伊藤计划
三部曲

I

无形的武器

〔日〕伊藤计划 著

邹东来 朱春雨 译

人民文学出版社

著作权合同登记：图字 01-2017-2126 号

1) "Genocidal Organ" Copyright © 2007 Project Itoh
This book is published by arrangement with Hayakawa Publishing, Inc.

图书在版编目(CIP)数据

无形的武器/(日)伊藤计划著;邹东来，朱春雨译．—北京：人民文学出版社，2016
（伊藤计划三部曲）
ISBN 978-7-02-012058-1

Ⅰ．①无… Ⅱ．①伊… ②邹… ③朱… Ⅲ．①科学幻想小说-日本-现代 Ⅳ．①I313.45

中国版本图书馆 CIP 数据核字(2016)第 234881 号

责任编辑：卜艳冰　王皓娇
装帧设计：汪佳诗

出版发行	人民文学出版社
社　　址	北京市朝内大街 166 号
邮政编码	100705
网　　址	http://www.rw-cn.com
印　　制	山东德州新华印务有限责任公司
经　　销	全国新华书店等
字　　数	180 千字
开　　本	890×1240 毫米　1/32
印　　张	9.5
版　　次	2017 年 5 月北京第 1 版
印　　次	2017 年 5 月第 1 次印刷
书　　号	978-7-02-012058-1
定　　价	38.00 元

据吠陀梵语文献记载中的奇妙计算,估计即使加上众神的语言,人类的语言所表现出的也不过是语言整体的四分之一。

——帕斯卡·基尼亚尔《仇恨音乐》

目 录

第一部	\1
第二部	\43
第三部	\112
第四部	\178
第五部	\244
尾声	\291

第一部

1

卡车穿过泥泞留下深深的车辙,我看见一个小女孩将脸埋在里面。

她就像爱丽丝,想去车辙底下延伸开的神奇异国漫游似的。可那后脑勺大敞四开,绽放着殷红的花。

不足三米外,一个少年横躺在地,背后射入的子弹看上去像是在少年的身体里窜来窜去。从微微张开的唇际,可以窥见他那稍往外翘、讨人怜爱的门牙。好像是在诉说着,他在临死前还有什么未尽之言。

沿着卡车碾过的路向前走,有一个二十户人家规模的小村庄。

村子的广场上挖了一个坑,很多人的身体烧得熏黑冒烟,摞在一起倒在坑里。弥漫着烧过的肉臭味,还有头发的焦糊味。萎缩变形的肢体相互缠绕,宛如肢体结成的蜘蛛网。

人们都死了。

人们都死去了。我打开门,里面有我的母亲,殡仪馆已经履行华盛顿州立法案规定的义务,完成了防腐处理。遗体美容师适当地画出表情,涂上厚厚的妆粉,死者脸上焕发出永远凝固着的、虚假的安详。

"瞧,看看你的身后,所有的死人都将走过去。"

母亲这样说道。我回过头,在我面前展开了广阔的世界,死人们对我招手,微笑。那里有自人类开始埋葬同胞以来的所有死人。有的形体完好,有的缺胳膊少腿。我完全不明白为什么自己能看出没有头的死人在微笑,可尽管如此,他依旧微笑着。

"所有人都死了吧。"

我一边说一边转向死去的母亲。母亲点点头,伸手指向我。

"是啊。瞧,看看你的身体。"

于是我看向自己,发现身体已经开始腐烂,这才意识到我已经死了。

在很远的彼岸,自人类历史开创以来所有的死人排成长河,缓慢地向某处前行。

我问母亲:"这是死后的世界吗?"母亲悠悠地摇头。孩提时,她就用这个动作纠正我的错误。

"不是,这是平常的世界,大家生活到现在的世界,与我们的日常营生相毗邻的平常世界。"

"原来是这样啊。"我说。我放下心来,泪涌流而出。那头的队伍里有几个熟悉的面孔。患小儿癌症死去的本杰明,脑袋被吹跑的父亲。

于是，母亲牵起我的手，将我引向那个队伍。

"我们走吧！"

我点点头，与母亲一起走向对面死去的人们。我记得第一次上学时也是这般情景。我一边怀念感伤，一边与母亲并肩而行。我们的身边，有刚才将脸埋进车辙的少女；有背后中枪的少年；还有被烧死在坑里的人们。我们一起前行，准备加入死人的队伍中去。

2

杀死我母亲的是我的语言。

我用很多枪和很多子弹，杀死过很多的人，而杀死我母亲的就是我，不需要枪也不需要子弹。只需"是"这个词和我的名字。两者兼具时，我的母亲死了。

到现在为止，我杀死了很多的人，多半用枪和子弹。

也有过用利器杀人，不过说实话我不怎么喜欢这种杀法。我的战友里有极多专门承包这种杀人方式的职业杀手。他们从背后悄无声息地接近对手，在颈部一抹，接着切断对方持有武器的两臂的肌腱，保持原姿势劈开大腿内侧的主动脉，最后直刺心脏，耗时不过三秒。

我并没有想要钻研这项技术，但必要的时候，我还是有自信娴熟掌握的。而且我对枪和子弹比什么都熟悉，在接下去的一段时间里，我大概还会继续杀人吧。这么说是因为2001年的一个早晨，飞机气势汹汹地闯入纽约的两栋高楼。

至少在官方场合，在那之前的美利坚合众国，无论对于多么混账的人，暗杀都是明令禁止的。因为有上个世纪福特签署的11905号行政命令，南美毒枭巴勃罗·埃斯科瓦尔、美国对中东政策的眼中钉萨达姆·侯赛因都没有被美国政府所暗杀。

文件有这样一句话，"美国政府里的任何工作人员都不得从事暗杀活动"。里根、布什、克林顿都在这句话的约束力下推行政策。并不是暗杀消失了，而是这条行政命令加大了暗杀手段的风险。也就是说暗杀成了一种麻烦的办法，与"官方介入""正式交战"比起来，其优势直线下滑，若非确保在相当机密的情况下则很难被采用。

就算不暗杀，美利坚合众国只要一时兴起，就能找个碴儿挑起战争。况且只消想想暗地里杀一个人不幸暴露被媒体穷追猛打的阵势，还不如选择光明正大地大批杀人，伦理的那道槛要好跨得多。不是有人说吗，"死一个人是悲剧，死一百万人则只是个数字"。与其杀一个人，不如杀上万人，伸张正义的难易程度也相差悬殊。最起码在古代就曾是这样打打杀杀的世界。

暗杀在那个值得纪念的"本土轰炸"之日以来逐渐解禁，现在虽还不能说暗杀可以公然行动了，可在华盛顿已经视其为选项之一。凭借与恐怖主义作斗争、人道主义需要等各种托辞，11905号文件封上的黑幕被一点一点拉开了。

所以我成了职业杀手。这不是我有意为之，而是工作的职场渐渐增加了我练习这种技能的次数。除了杀人以外还有很多任务，不过美国共有五大军种的特种部队，包括陆军、空军、海军、海军陆战队、情报部队，其中我们情报部队的特殊检索群i分遣队是唯一负责特种作战命令中暗杀指令的部队。上个世纪，"绿色贝雷帽"也负责过，被叫做"三角洲"的陆军分遣队的家伙们也杀过人，不过时至二十一世纪——也就是现在——这种作战行动主要由我们情报部队的"食蛇者"担当。所以我们被海军陆战队的远程侦察部队和海军的陆海空特种部队这些其他特殊作战部队蔑称为"干湿活的"（wet works）。这个名字出现于约翰·勒卡雷、格雷厄姆·格林的小说中，从冷战时代起成了暗杀工作的暗语，一直沿用到现在。

大家要能想起电影《魔女嘉莉》的那张著名海报就好了。捣蛋鬼们往女主人公的头上浇猪血，茜茜·斯派塞克呆若木鸡，可怜兮兮的样子。我们的工作被称为"湿活"也是一个道理，不同在于我们沾满的是人血。美利坚合众国的猎取人头部队，就是情报部队的特殊检索群i分遣队。

事情的缘由便是这样。现在，我被装在"飞行海藻"的膛中，前往下一个暗杀目的地，途中再次阅读有关目标的资料。

下一个暗杀对象的面貌、姓名、行动方式、家庭构成、政治倾向等一切情报资料中都浸染上了此人一生的影子。特种部队的队员在训练中多少练就了一些观察人的手段。因为特种部队并不只是用于打打杀杀，相反，训练欠发达国家的军队以及通过医疗、教育、农业灌溉等向敌对势力内部人民实施教化之类的任务倒更多些。这类场合下重要的是沟通技能，所以归根结底，不善交际的独狼不适合特殊作战的世界。这样的人不如去做雇佣兵——我虽想这么说，但雇佣兵时而也有给贫困国家军队进行战术指导的工作，道理是一样的。

特殊检索群 i 分遣队的战友们更胜一筹，我们还接受心理学的训练课程，能够推测一个人的心理图表，勾勒出这个人物的清晰轮廓。实际操作起来，虽然现在暗杀这种办法的"政治风险"——或者说"逻辑偏见"——减弱了，但它仍旧是项困难且敏感的任务。在 11905 号文件签署的背景下，加上起草的作战计划里失败者堆积如山，暗杀行动是不可以交付给一个外行人去做的。

"准军事作战"，话虽这么说，可这个词到最后充其量被解释为 CIA 玩的军队过家家。正因为这样，像情报部队和它的特种作战部门即特殊检索群这样的新型军队才诞生了。它们是继承了以美国中央情报局承担的部分谍报能力的军事集团，也就是间谍和士兵的混种。二十一世纪的情报活动更加谋求军事性而不是文职化，因为战场情报不断变化，而且现在一切场所都是战场。

任何事情都不可能按照预知情形那样发生，其间必定包含不确定因素。这样一来，每一个队员在极力减少不确定因素的同时，还需要提高不确定因素实际出现时的反应能力。广泛搜集目标人物的特征就是其中一环。

确切地说，就是要把暗杀对象的形象、人生想象得非常生动。在想象得真实到爱上对方之后，杀了他。简直是令人发指的施虐狂。这种恶劣行径没给我们带来任何创伤，全都要靠"战斗适应感情调整"。我们借助战前辅导和脑医学治疗，将自己的感情和道德调整到战时状态。这么一来，我们就可以将任务和自己的道德观念巧妙地分割开了。乔治·奥威尔可能称其为"双重思想"，而科技使之成为现实。

事情就是这样，而我现在一边阅读资料一边思考的，并不是去怜悯什么暗杀目标，而是思念我到现在为止杀死的最后一个人——我的母亲。

死者之国时而造访至我的跟前，咯吱咯吱地轻轻骚动我的心灵表层，然后我一醒来，就离我而去。

死人的国度会发生一些变化。

最频繁降临的梦境是这个版本：死人们各有残疾，在漫无尽头的荒郊野外排成长队，蹒跚挪步。还有别的版本，比如在广袤无边的墓地上，每一个墓碑的主人坐在自己的位置上无所事事。在母亲死后我经常见到只有死人入住的病房，这像是玩笑话，可不知为什么给我的冲击最强烈。梦中出现的场景，也许是我失去母亲那一刻心像的投影吧。

我既是军人，又是特种部队的队员、杀手，目睹过很多的死人。我见过的死人应是普通人终其一生所能见到的数倍。那个场景是中亚某国进行屠杀后的残迹，我那时候也是个杀手。为了暗杀煽动国内民族大屠杀的前秘密警察长官，我们特殊检索群 i 分遣队取道阿富汗潜入该国，在某个村庄逮捕了他。

7

他死了。我对着他的头射出了一弹夹来福子弹。可是，他的部队已经把全村的居民都"处理"掉了。我在那儿看到了好几具尸体。雨住了，车辆穿过泥泞留下车辙，少女面朝下倒在里面，少年背后中枪，小女孩被扔进村广场上挖的坑，浇上汽油付之一炬。

最后，这个导演了一切的男人被我一枪击中，和那些由他自己亲手干掉的无数尸骸一样，失去控制的肉体奇妙地弯曲着倒下了。

接着，我从亚洲的记忆里回来，母亲已经被软管所缠绕，仅靠好多药品和纳米计算机维持生存。医生询问我是否坚持治疗。母亲从外表看上去一点问题也没有，好端端的，只是已丧失意识，横躺在洁净的床上等待我的决断。尽管她看上去还活着，可那不过是依靠植入体内的高效分子机器在维系，和当我们负伤时使用的战斗继续性技术是一样的。

在苍白的医院、苍白的静寂中，有人递给我一份征询同意放弃治疗的文件。"您是否同意终止治疗？"面对这个提问，我回答"是"。由于我的一句话，和拇指摁下的印证，分子机器群从失去意义、即将永别的肉体中撤出，母亲迅速获得了死亡。

可母亲真的死了吗？又怎能断定在我做出决断之前她还没有死呢？

从哪儿开始算生，哪儿开始算死呢？自二十世纪末期以来，这个问题随着医疗技术的发展变得愈加模糊难辨，可半个多世纪的时间里，人类对它置若罔闻，和其他的问题一起拖延到现在还迟迟未决。

可是，我们不得不和对待人生中的其他很多琐事一样，直截了当地去接受。无论如何，母亲接受了防腐处理，被干干净净地抬进了棺材。防腐处理是华盛顿州法的明文规定。做到这一步，无论谁肯定都是死人了。

这，便是我最近杀死的一个人。

"谢泼德上尉……谢泼德上尉。"

我被呼叫自己名字的声音吵醒了。我像是在看资料的时候睡着了。我条件反射地摸摸脸，去死者的国度后流下的眼泪还没干。还好没被叫醒我的空中运送管理人看见自己下意识的哭泣，我舒了口气。

"醒醒吧，离发射还有十五分钟。"

空中运送管理人告诉我后，便转身离开了。说"发射"并不是在开玩笑。最近潜入敌区的训练已经不再用高跳低开那种落伍的跳伞方式了，而是借助一种尽可能抑制电波反射性的侵入鞘，实现高速迅捷的机动。漆黑棒状的物体有如巨型圆珠笔般满满地排列在机舱里，由维修师们仔细认真地检查。环顾四周，战友们在"飞行海藻"的扁平机舱里忙活着。

"在这个钻岩机里面你居然还能睡得着。"威廉姆斯靠近我说，"刚才飞机遇上湍流，晃得特厉害，你知道不？"

我回答说不知道，威廉姆斯吃惊地笑道："你的感觉可真是迟钝！你这样的人做爱有快感吗？"

军用机不可能像客机那样舒适。尽管由于科技的进步,军用机与上个世纪的相比有了较大程度的改善,可舒适度在实用性面前一定是占下风的,这便是军队的世界。为了将电波反射特性压缩到极限,"空中海藻"被设计成扁平的长方形。这种变态的机体形状不能在空中飞行,只能借软件进行微量判断,控制其姿势,操纵其飞行。这么胡来,哪里还有什么考虑舒不舒适的余地。

"和普通人一样有快感啊。你不用准备吗?"

"你怎么抢我的台词啊。我已经没问题了,我是担心你没做好功课才来看你的。"

"多谢关心。"

我答道。威廉姆斯在我身边一屁股坐下来,将脑袋歪向我。这个人是八卦王,无论多么没劲的事,他说起来都神秘兮兮的。谁交女朋友了、谁其实是超级变态狂之类的,他就喜欢悄悄谈论这种事。

"对了,克拉维斯,你对这次的作战任务怎么看……"

这是参加这次作战的全体队员耿耿于怀,却谁也没说出口的一个问题。士兵不能问"为什么"成了军队里不成文的规定。威廉姆斯作为一名特种部队队员,好奇心极强,说话轻率,又太过八卦,与他强壮的体魄很不相称。"查理兹·塞隆十五岁的时候,看见过母亲用枪杀死自己的父亲哦,你知不知道?"这家伙会如此调侃地说这种事。

"怎么说呢,"我敷衍道,"同时暗杀两个目标,相当有难度呢。如果两个人不能一起出现在预定行动地点——讨厌的不确定因素支配着局面使我们无能为力。"

"我不是说那个。"威廉姆斯焦躁地摇头，"我说的是目标B。他是美国人啊。"

"世界各地到处都是呀，我们美国人。"我叹了口气，"还是说，外国的瘦子可以不假思索地干掉，要杀自己的同胞就于心不忍了？"

"他是个混蛋同胞，恬不知耻的人，压根没良心。"威廉姆斯这么断言，"不过，他的人物形象好奇怪啊。我有种感觉，他的重要信息被抽掉了。大家都说——完全弄不明白这家伙是怎么样的人，我们都没法儿建立目标B的心理图表。"

"你既然不知道他是怎么样的人，又怎么断定他罪不可赦而且恬不知耻呢？"

威廉姆斯耸耸肩。

"我们大家伙只惩罚坏人。这个人既然是非杀不可的人，那他对世界而言就必定是坏人。"

多简单的世界观。威廉姆斯仍然相信，无论以何种形式存在，国家具有无缪性。当然，这也是这项职业所要求的单纯和盲目。如果不维持这样的世界观，无论如何也做不到对完全不了解的一个人有意识地下狠手、杀了他、不断地杀下去。

为了保持身心健康，最好不要想得太深。为了做到这一点，应该坦然地把主体让给简单的意识形态。

既已被迫站在了道德的悬崖边缘，就将那些问号扔到一边

11

去吧。

让我们开启体内的迟钝开关吧,成为世界第一呆板的男人。

让我们接受"因为正确,所以正确"的逻辑重言式吧。

士兵为了保卫自身,要杀一群虾兵蟹将。常规步兵与我们高级杀手不同,他们面对的是成批大量的"敌军",比较容易做到不去想每一个对手人生的分量。

即便如此,崩溃的士兵还是有的。为了帮助曾经进驻伊拉克的士兵回归祖国重返社会,美军设立了大量的咨询顾问。他们在伊拉克为预备撤离的人员建造营地,用于模拟市民生活,提供切实的体验,作为撤离人员回归"美国"这一日常社会前的准备阶段。

他们在巴格达营地反复上演名为"美国"的过家家。

把战场这个异常世界当作习以为常的士兵们,要用力回忆在凯马特超市怎么买东西,玛氏巧克力棒是多少钱来着,诸如此类。在伊拉克战场上战斗过的男男女女们不通过虚拟的美国,就无法回到真正的祖国。

人类的精神如此脆弱。假若要杀掉的对象是有名有姓、已然描绘出了精彩人生的个体,那么杀人这个行为给杀手带来的精神后遗症就更严重。与一般士兵不同,我们杀的人不是一个整体的敌人,而是个人。我们承受的心理压力远比杀死无名无姓的敌人要强烈。

话虽这么说,还有一个原因,那就是我和威廉姆斯都是敏感细腻、娇生惯养的美国人。在这个世界上,还有很多地方的生命的价值低得可怜，有时甚至一钱不值。这一点我是了解的，要知道我亲眼见过。

装有我们的那个光滑的鞘被发射出去后周围的黑暗，也是地狱的一部分。在我们飞行点下方的遥远大地、我们即将降落的场所，所有的一切似乎已完全陷入混沌。这既悲惨又似乎有些庆祝的味道。

和希罗尼穆斯·波希描绘的地狱图景里也有欢乐的元素道理是一样的。

"本机侵入敌方领空已五分钟，敌对空炮火尚未察觉，萨姆导弹也未作反应。我方或已成功逃离敌方搜索。大家在睡吗？"

从飞行员座舱发出的联动声在耳中回响。

从事这种隐秘作战行动的特种部队队员，都在体内安装一个联动装置，这东西与周围组织有很高的亲和性，靠体温驱动，不需要像通信机那样暴露在外面。软件会帮助矫正嘴里小声嘟囔出的那点不清不楚的声音。所以对方听到的不是原本发出的声音，而是合成音。应该不是我正常讲话时所发出的那种声音。这种声音既不发自我的声带，也不存在于播放器中。

"隐形涂料把雷达波一股脑儿都吸收掉了。"威廉姆斯耸耸肩，"没了敌我识别信号，岂不是连友军都认不出来了？"

"距离降落还有十分钟，请裹好侵入鞘。祝大家好运。"

"但愿如此。"

我拍拍威廉姆斯的肩膀，他终止谈话，爬进鞘里去了。鞘的表面呈暗哑的黑色，那并不是电波吸收剂的颜色，而是为了抑制红外线特性的涂料外层。空中运送负责人在飞机里播放起吉米·亨德里克斯的歌,这是在出击前给我们鼓劲打气。

看到这群男子汉们往鞘里钻的时候,我常常想——这鞘跟棺材似的。

爬回自己棺材的死人们,配上为隐蔽在脸上涂的彩漆,乍一看去犹如还魂尸。被伏都巫术唤醒的死人们相继爬回本来属于他们的棺材。我一边想象这般光景一边抬眼看去,觉着他们的举动有些呆滞,就连眼睛看上去都跟鱼眼一般浑浊,好像死了似的。

我的脑海里猛地掠过一个念头:说不定那个空中运送负责人和我的想法是一样的。我瞥了一眼负责人,可他的脸被减压用的氧气面罩盖住了,没法判读他的表情。

我起身,走向侵入鞘。已经乘入鞘内的战友们被各自的鞘包围着,采取双臂交错在胸前的抗冲击姿势。从上面俯视,真的很像死人,真的很像棺材。

我忽然想起《2001太空漫游》中的一个镜头。

那是冷冻睡眠中的宇航员静静地被电脑杀死的场面。

我也进入鞘中,和其他战友一样,模仿死人。我将双臂叠放于胸前,如法老纳身于棺材之中。从鞘的舱口向上看,是货仓的顶棚和照明。我在棺材里能清晰听见自己的呼吸声。我是死人,从今以后我就是《默示录》里给大地带来混乱和杀戮的死人。

这时,一股莫名其妙的情感突然向我袭来。

"舱内开始减压,离发射先导还有五分钟。发射准备!"

那是一股接近悲伤,却复杂得难以名状的情感。

闭眼横卧在医院病床上的，母亲的身影。

做完防腐处理后，在棺材里长眠的母亲的微笑。

鞘的舱门不声不响地滑动、闭合。与外界的接触完全被封闭的那一刻，响起"咚"的一声闷响，那是调节内外气压的声音。外界再无传来任何声音，我们被闭锁在黑暗之中。埋葬入土，便是这般吧。

没错，现在的我，正体验母亲的死。我不经意间理解了这感情的来由。母亲的死，为每逢高空降落必经的仪式赋予了之前从未有过的意义。

鞘发出噼噼啪啪的细微破裂声。那是由于机舱内的压强减低，外壳被压迫导致的。

"货仓减压结束。离降落还有三分钟。打开后部舱口！"

马达驱动的声音持续了一段时间，然后锁被解开，"空中海藻"的舱门打开了。空中运送负责人想必是被舱口吹进的气流搅得一塌糊涂，不过我们被关在舱里，听不见风的呼啸声。

"离降落还有一分钟。倒计时开始。"

不知母亲是否是这样死去的呢？棺门闭合的一刻，外面的光线消失了，棺材被钉牢密封。连自己要被运到哪儿去都不晓得，就这么被锁在箱子里埋起来了。母亲是这样，自人类历史开始以来所有被置入棺材安葬的人们都是这样。

倒计时的声音在脑中回荡。可这次少了在降落前经常体会到的那种静谧的亢奋感。

"开始发射。上帝保佑！"

咚，发出厚重而沉稳的发射声。接着重力消失了。

单纯的物理法则支配着我，自由落体法则。

3

我的棺材悬于空中。

全身装备的武器悬浮了仅仅几秒钟。鞘迅速进入导航模式，自由落体的时间结束了。鞘自身没有动力，它没有装载任何燃料或引擎。鞘的基本原理是滑翔，其轨道调整靠安定翼的角度调节进行。也就是说，它类似于滑翔机——或许更近似于激光制导炸弹。即是将炸弹里的炸药拿去，取而代之将人塞进棺材。

棺材巧妙地控制机翼，在空气中曲折穿行，前往目标地点。控制机翼的材料是肌肉制品，由生物机体组织构成。侵入鞘中几乎不存在机械零件，不妨说绝大部分是由"肉"组成的。"肉"不仅控制机翼，而且埋在其表面的皮下细胞借收缩使鞘本身的形状产生微妙的变化。这样一来，起伏蠕动的皮肤表层会掌控并吸收机体附近产生的空气湍流。

激烈的振动和鞘体表面与空气摩擦的声音减弱了。角度逐渐变浅，轨道反复做轻微的调整，这从重力偏移能感觉得出。鞘似乎已经进入末端导航模式。

咚，又听见沉闷的一声，体重迅速倒向双脚方向。阻力伞展开，大大吸收了向下的推动向量。距地面已经只剩下几米了吧。我为避免冲击带来的伤害将身体绷直，在这棺材里除了这么做以外没什么别的办法了。鞘失去速度，急遽倒立。

制动伞和外壳的生物体组织帮助吸收了大部分冲击力。宛如蒲公英的种子找到了扎根之地，鞘缓缓着陆。假若给圆珠笔装上降落伞落地，想必与这场景很近似。尖端触碰地面，往任意方向倒下。外壳的组织配置是倾斜的。所以，要不是这筒状物体有相当的斜面，恐怕它会转个不停，将里面士兵的半规管搅个乱七八糟。

鞘安静地躺在地面上。我解开锁，扳动舱门。我将四角形的舱门轻轻向外一推，眼前展现的已不再是"空中海藻"的顶棚，取而代之的是繁星点缀的天空。

走出舱门并确保附近安全后，我们默不作声地开始准备工作。威廉姆斯的鞘在离我不出十二米的地点着陆。其他两个人也都在以我为中心、半径一百二十米的范围之内。散布圆中心前后落有百分之五十的弹着点的区域半径称为"圆概率误差"，也就是 CEP 精度。它可以说明制导炸弹、激光制导炸弹、小型无人机目标攻击炸弹等各种制导炸弹和导弹的命中率。现在一般误差都为米。猎物一旦被瞄准已然是盘中餐了——老生常谈，就是这样的感觉。这种高空投放的制导技术几乎已达到最高水准。

将鞘切换为废弃模式后，人工肌肉等生物体组织各细胞所需的特定酶供给中断，细胞坏死，鞘体迅速分解。水分被抽取，鞘变成木乃伊的样子，机体组织如老人的皮肤一般开始角质化。若是弃之不管，它就会这么崩离瓦解，变成这片草原的肥料吧。

因此，我们要处理鞘的残骸，只有一件事是非做不可的：去除没有生物体化的少数机械零件。不过仅有的零件也是模块化的,处理起来非常简单,不消十分钟就解决了。我们在深夜的暮色底下清理物件的残迹,简直像收拾篝火晚会道具的十几岁的小伙子。

不过,我们的祭典才刚刚开始。

一清除完毕,我们就开始了行军。

必须在天亮之前完成一切任务。我们不怎么适应在白天执行暗杀、逃离。理想的状况是不被任何人看见——可能的话,连暗杀对象也包括在内。

小组一共四人,除我和威廉姆斯外还有两位——两位战友都在这类作战中有所亲历,颇有经验。根据标准操作程序,能干的绘图员亚历克斯负责侦察,在很远的前方担任先导。与亚历克斯同期入伍的利兰殿后。他俩做前后警戒,我和威廉姆斯在黑夜里向前进军。

行军可不是轻松活。不过比起前辈来,我们确实已经很幸运了。贴身内衣可以吸收汗液并将水分重新返还体内,覆盖眼球的纳米薄膜不仅能够调整光亮,使我们在漆黑的深更半夜也能看得一清二楚,而且会将各种战斗情报投射到我们的视网膜。

尽管如此,基于暗杀的作战性质,我们不能直接把侵入鞘降落在目标的附近。特种部队的基本功——抱着枪支弹药和其他能派上用场的玩意儿持续相当长距离的行军,是省不去的。特种部队有各种任务,而在我印象里这份工作的大半是走路。总之就是走啊走，直至倒下。在选拔流程里，最先测试的就是这个行军，我们肩负塞满石头的大型背囊向前挪步，竞走式的强行军漫无尽头。在这个最开始的环节，就有一大半志愿者被淘汰。

在起飞前，我们小组拿情报部的报告与地图作核对，经过协商选择出了一个大家认为最恰当的降落地点。但我们还是免不了在到达目标村镇之前，沿着上坡地形全神贯注地行军，持续四个小时。

亚历克斯比我们强壮得多，所以他担任侦察角色，移动得更快一些，一到山脊线就进入警戒状态。由于这项任务耗时不需半天，没必要担负装有大量食品、水和弹药的背囊，因此行军速度极快。只要不错过敌人存在的任何征兆就行，我们拿出此范围内所能允许的最大速度往目标地前进。

道路，或者不如说是坑洼不平的田埂，可卫星照片告诉我们那儿的交通流量，在那附近行军太过冒险。这就是为什么我们只好选择没有路的路往前走。话虽如此，这块土地在欧亚交界处，基本是森林和草地。比起沙漠、密林要好得多了。

两个宗教的对立造成一片惨状，但这并非所有纷争的唯一原因。两个宗教共存的国家不计其数，事实上，这个国家此前也曾处于两派教徒和平共处的局面。原归苏联领导，共产党放弃政权后便宣告独立，在资源问题上同俄罗斯对立——苏联解体后，按照既定路线前进的这个国家，似乎并没有与宗教相关的火种被点燃——直到数年之前。

为什么对立会激化到如此严重的程度？为什么仇恨会急剧膨

胀直至引发大屠杀？而且是以倍增的势头。关于这个问题，到目前为止，没有一个学者能够建立像样的假说。

绝对要避免与敌人遭遇，特别是在暗杀之前。一旦被发现，无线联络会引导目标远离预期地点。即便被一定程度的军力包围，凭我们的训练和装备，逃到安全地点也不算一桩难事。但作战本身就失败了。

经过两小时的强行军，我们决定休息片刻。几乎是以跑的速度到达这里，所以威廉姆斯已经上气不接下气，我也相当疲惫。我们躺下来藏在草丛中，纳米涂层扫描一遍周围的色调，生成即时变化模式。环境追踪迷彩，对潜伏来说是非常难得的技术魔法。

可是，过于融入环境并不是件好事。

一台皮卡货车在潜伏的草丛附近停下了，我们全身的肌肉立刻解除休息模式。屏住呼吸，和草丛融为一体，凝神看去，只见三个扛着步枪的家伙从车上一拥而下，开始生起火来，显然完全没有注意到我们的样子。

大概他们完全没考虑到枪弹吧。他们把装着弹夹、里面应该有子弹的步枪抛置于火堆的附近。

"一帮外行。"

看见威廉姆斯的唇语，我耸耸肩。这一带的士兵——如果这么称呼那些有空没空在镇压下的村庄烧杀抢夺的无赖——充其量训练到这种程度。

然而，他们坐着不走，我们就动弹不得。想到离日出的时间所剩无几，行军就由不得半点延误。我没有因道德伦理而产生丝毫犹豫，决定杀掉这几个巡逻兵，尽管他们并没有攻击我们，只是围着篝火取暖罢了。

我们从他们身后悄悄接近，那帮人全然没有察觉。所以，刀刃一闪，颈部被割裂的那一刻，他们大概一点儿也不明白发生了什么。自己为什么死了，自己被谁杀了，都不知道。温暖的鲜血从咽喉涌出的瞬间，他的眼眸里没有杀手，只因映照了面前的那团火焰而闪耀着橘色的光芒，然后失去意识，躯体伏倒在地面。一共四个人，几乎同时变成了尸骸。

我们马上搜他们的衣服，没有发现任何卡片之类证明所属的东西。于是我将他们的衣服从浸满鲜血的肩口处撕开，袖子裂开一个大口。

不出所料，肩部的肌肉上有一处小小的隆起，不知情的话说不定会看漏。那是个比小拇指指甲都要小的轻微隆起，要不是因为有一点伤痕，恐怕就完全看不出了。

我用刀削去那块肉。肉里有一小块椭圆形的板。

那是ID芯片。

威廉姆斯挑起眉梢朝我看。我马上明白他是在建议我照常行事。决定权在资格最老的我身上。由于选择杀手时考虑到作战地域的因素，我们四个人当然都是白种人。我们和杀死的这些士兵一样，和在这个国家屠杀异教徒的人们一样，都是白种人。

我向亚历克斯和利兰投以眼神，以求认可。两个人耸耸肩，好像在说"听你的"。于是我选择了相对轻松的办法。从背囊里掏出保护啫喱，包裹上从士兵肩头挖出的芯片，将它置于掌心，像服用阿司匹林那样吞进肚里。

4

卡车的载货台面上架有50口径狙击步枪，可以一边转换方位一边乱射。一辆普通日本车加上一架这样的机关枪，就能在这里构成相当程度的威胁了。自内战一开始，这儿的空军马上陷入瘫痪状态，不过即便如此，雷达和联动的对空警戒网还在苟延残喘。一想到此处的武装势力还拥有勉强称得上近代化的军事设备，如此业余的底层作战能力让人觉得既失衡又好笑。

刚才一直尽量绕行的道路上，敌方车辆正在通行。我们不得不丢弃纳米层以外的精良的高科技装备，激光瞄准器、榴弹发射器等模式化的特种作战装备，还有像玩具一样可以任意拆卸的突击步枪也一并丢弃了。

即便如此，也要比在异国之夜没完没了的行军要强得多。我们原本是幸运的美国人，有时喜欢过分保护那些装备。美国作为一个拥有世界最高端科技的国家，可以把世界最先进的军事技术变为时尚。我们因为受到这样的恩惠而兴奋不已。人类是任性的动物，有些时候会忘记流行，反而想回归简朴野蛮的时尚，我也不能否认自己内心存在这种孩子气的愿望。

开车的是亚历克斯。我坐在副驾驶位置负责前方警戒。为了不至于引起车外人的怀疑，我故作轻松，装成心不在焉的样子。

从敌人那里夺来的衣服上满是血迹，不过由于本来就脏兮兮的，我们用随身带的饮用水稍加清洗，和着其他地方的污秽搓了搓，就几乎看不出了。

"开车的话马上就能到目的地了吧。"亚历克斯开口说道，"这辆皮卡的侧面写的不知道是哪国文字啊。"

"日语。"我回答。我在大学里曾学过一点日语，也出于这个原因被选到日本，给他们的自卫队训练过。车上文字的意思是说，这是叫做"藤原"的豆腐店使用过的车。日本的豆腐店一定想不到，自己卖掉的破旧不堪的车竟然会出现在东欧的内战，用作机关枪的机动枪座。

"汉字好酷哦。"

"读不懂的文字与其看作情报不如说是图案呢。"

"会不会是因为读不懂才觉得酷呢？"

"有这个原因吧。无法理解的文化容易遭到排斥，同样，也容易成为崇拜和美化的对象。什么异国情调啦、东方韵味啦，这些词感觉酷酷的，应当说是无法理解的文化模式带给我们的。"

"这么说，外国的文字既是语言，却又不是语言。就跟纺织的样式、图案类似喽。"

"由于丧失了传达意思的功能——准确的说，我们无法从中获取有意义的情报。要是用外国文字做拼字游戏，拼出来的图版说不定只能当作艺术品来看呢！"

我们在基地待命的时候经常玩拼字游戏。凝视 15×15 的方格，往图版里填英语单词，我们这样消磨原地待命的漫长时间。

我和威廉姆斯经常比赛，他必输，总闹情绪。威廉姆斯输掉比赛之后一定会这么说："知道吗？一般的美国成年人认识五万四千个单词呢！是五万四千个哟！可凭什么往 15×15 的格子里填单词，我却想不出来呢！"

附带提一句，在拼字游戏里得分最高的，是地方领主。有一次和威廉姆斯比赛，我用过这个词。这是个从西班牙语派生、有点狂热意味的单词。大概也因为它得到的分数太高了，威廉姆斯怒不可遏，嚷嚷说这词根本不存在，直到翻出字典来查对才善罢甘休。我玩拼字游戏，有生以来一次都没输过。自从八岁时第一次和母亲玩起，一次都没输。

"你呀，对语言有特殊癖好。可以算是'语言爱好家'啦。"

十来岁的时候，母亲曾经这样对我说。尽管那时自己还没有意识到，可我确实很喜欢语言。我喜欢语言所持有的力量。语言能够改变人类这一事实既可怕又趣味无穷。有些人因语言而动怒，有些人因语言而哭泣，语言左右着，甚至时而支配着人类的感情和行动，这太有意思了。

在我看来语言不仅仅是沟通的工具。说"不仅仅"，是因为我将语言当作真实、有触感的实体存在去感受。对我而言，语言不是飘浮在人与人之间的关系网，而是规定人、约束人的实体存在。好比数学家能感觉到算式的实际存在，能在心里真实地描绘虚数一样。有人说物理学家不用语言思考。爱因斯坦说，他提出的相对论既不是语言也不是算式，这话很有名。这位天才是将相对论作为一种具象获得的。也就是说，相对论是作为与语言或者理论框架完全无关的纯粹情景进入爱因斯坦的脑中的。

我呢，将语言本身当作具象来感受，将语言本身作为情景去描绘。要将这种感觉讲明白很难。简而言之，这是个关于我感知现实的感觉附着在哪里的问题。感觉什么才是真实的，这在每个人的脑中实为迥异。罗马人不谈论味道和色彩，这句话的存在也是同一个道理。

我可以将语言作为实体具象化，同样的，也有人可以将"国家""民族"等抽象物作为实体具象化。这样，尽管我为了这个国家从事杀人的行当，却缺乏对国家、民族之类的想象力达到了令人悲伤的程度。大概是因为对语言的现实感过于强烈吧，我对国家、民族、共同体之类，只能把它们想作"语言"而已。就只是把它们当成语言来看，却不能把它们想象成活生生的东西。

反过来讲，将国家想象得栩栩如生的人们，在为我考虑世界的问题。这些人坐在国防部、美国中央情报局和美国国家安全局，一边把美国这个国家想象得栩栩如生，一边给我下命令，告诉我去杀谁。

此刻，在我们身处的这个国家指挥作战的各武装势力头目，也拥有这样的能力吧。由于能够将国家当作生动的物体去感受，所以我难以分辨国与国之间的界线，在他们而言，也能勾勒出鲜明的形象吧。要不是将现实感附着于"国家"的那些人，一定很难持续将性质不同的他人当作敌人看待。如果那个人对自己拳打脚踢，就在眼前实施暴力行为倒也罢了。凭借宗教、民族这样抽象的因素分开彼此、划清界限，甚至视对方为敌肆意杀戮，在这样的人心中,"国家"应有其现实存在的方式。

现实因人而异,同理,历史也因人而异。所以,任何一场纷争都不可能留下唯一的历史。

不存在犹太人大屠杀,人类没有登上月球,猫王还活着。

这样的一派胡言时而引起激烈的议论,无非成为历史此物从本质意义看并不存在的佐证。"海湾战争不曾发生",如此语出惊人的好像是后现代派圣人鲍德里亚。

有种说法,说历史是胜者的历史。这还是不太一样。

历史,是各种言论竞相传播的竞技场;言论,即是个人的主观之见。在这个竞技场内胜者书写的历史容易被接受确是事实,但同时也给弱者、败者的历史留有充足的空间。在世界上称胜,与在历史中称胜,两者往往不是一回事。

所以,在我脚踏的这片土地上,无法说清哪一方势力是正义的,哪一方是邪恶的。我是个只能通过 CNN 了解世界的美国人。一边在家中享用外卖比萨,一边透过显示屏观看世界形势。这二十年间发生过很多战争,还有恐怖事件,它们有着形形色色的意识形态和目的。世界上,很多人出于很多动机重复上演战争。战争绵延不绝地发生变化。

不过,外卖比萨是不变的。

在我出生之前就恒常存在,到我死去应该还会营业得红红火火吧。在达美乐比萨永恒存在的世界里,讲述变幻无常的世界,很难。

有些人却完全不把生于美国的困难和达美乐比萨、购物广场长久不变的困难当回事。他们若无其事地谈论不停流动变化着的世界和战争，在华盛顿给我们下达要杀什么人的命令。我无论如何也做不出这种判断。我只能通过我理解的世界——外卖比萨具备不变性这个视角谈论事物。

多么值得庆幸。

没什么的。我只是和威廉姆斯一样，把判断的自由这桩麻烦事转手交给了别人。

我想要表达什么呢？这里的政治状况对我而言一片混沌，就我的理解能力实在无法将之付诸语言。我能明白教徒的对立只有百分之五左右是真的。作战命令和目标人物是清晰的，目标是冠名以"暂定政府"的一帮无赖的"国防大臣"。国家安全保障会议将这个人物视作头号目标，换句话说他是个大人物。在这个尽管扭曲但也算成立国家体制的地域，他是国家军队的准将，拥有足够多的枪支和弹药。

他们在远离首都的各个村庄里巡逻，招募少年入伍。我们接下来要去的就是很多村庄里的一个。在"暂定政府"享有"国防大臣"头衔的原准将手下的机动部队，将进村扫除异己分子。他们借用"搜捕恐怖分子"的说辞，搜查村里是否窝藏有反对势力，一边扫射可疑分子，一边将"用得上"的孩子们编入自己的势力。

透过挡风玻璃，依稀可见远处的村庄里也上演着类似的征兵和屠杀。橘色的光焰将浮在夜空中的云底细节照得一清二楚。镇上的很多地方大概都燃烧着烈火吧。滚滚浓烟往高处蹿去，好似不祥的恶龙。

"离大本营越来越近啦。同志们，放自然点哦。"威廉姆斯在载货台上说道。

我们又用围巾遮了遮嘴边的污迹。凭以往的作战经验，我们知道这种大差不差的伪装也能蒙混过关。

曾经美丽的城镇如今已无影无踪。经过内战初期的空袭和之后的炮轰洗礼之后，绵延数世纪将人们拥抱在怀的建筑物崩塌了，残留的墙壁也已经千疮百孔。

到城镇入口处，负责盘查的士兵高举手臂叫我们停车。亚历克斯操着一口当地语言告诉他们，我们带车出去巡逻，半路燃料、粮食都用光了。检查兵点点头，举起随身携带的读取设备依次对准我们。

沾满血的ID在啫喱的包裹下，从我们的胃里将自己主人的资料返还出来，那就成了我们的新身份。检查兵将读取的数据输入笔记本，浏览完部队管理软件页面后，满意地将我们放行了。

真是木偶，我想。

他们好像完全不在意显示的信息和我们本人是不是吻合，好像体内的芯片发送了信息这件事更重要。

认证方式如此廉价，情报信仰如此粗劣，这在美国或者世界上的大多数发达资本主义国家是无法想象的。在我们的社会，为了确保信息可靠，会附带很多生物识别技术。单凭信息资料不可靠。有认证方法能证明毫无疑问是此人，还为此构建了公共数据库用作参照。哪怕是达美乐比萨配送，也要往指纹识别器上按压拇指印，否则就拿不到比萨。

可那个检查兵看过微软的管理软件里显示的信息，就心满意足了。在这里，"信息化"本身还有其价值。因恐怖主义和内战陷入混沌的信息滞后国家大致如此。他们从未受到过如何收集情报的教育。

我们将皮卡横靠在一处废墟边下车，这里曾是教会。

"有枪声。"

亚历克斯说。从镇子东侧某处零星传来干瘪的破裂声。

"难道这些家伙还没有完全控制住这座城镇？"

"有可能。"

利兰一边点检自己的步枪一边说。尽管沾满泥渍的步枪凑合能用，可还是怀念那堆乱七八糟的特种作战装备。怀念归怀念，利兰还是没忘记从每个满仓的弹夹中取出一发子弹。那是因为满仓状态下，从弹夹压迫子弹上膛的弹簧完全被压扁，这样经常会妨碍子弹顺利上膛。

"或许是在处决镇上的居民呢。"

我们默不作声，在敌阵里堂而皇之地行走。建筑物都是火光冲天，明显不是士兵的尸体俯拾皆是。我看见一个体格完好的妇人，她的右半边脸不知哪里去了，旁边有个孩子牵着她的手，大约是女儿或儿子，身体不见了，只留下纤细稚嫩的手臂，小手紧紧地握着妇人的手。

亚历克斯拍拍我的肩膀。顺着他下颚指示的方向看去，穿着极其普通的少年们在镇子中央的广场上排成几列，接受肩口的芯片埋植。武装势力正在将这个城镇里还活着的少年应召入伍。

他们把实际上还没长大的孩子们诱拐过去，训练成为士兵。也有不少孩子是自愿入伍的。因为一旦入伍，就有人给他们埋ID芯片。

武装势力的士兵和应召入伍的少年让小型ID芯片埋在皮层下面，然而这和给陈列在商场货架上的商品所贴的标签没什么两样。ID标签在这个国家的内战中得到使用，现在正躲在胃中帮助我们伪装身份，可它就是与在世界任何商店里用来管理任何货架的玩意儿一样是便宜货，在俄克拉何马或大阪某地的工厂大量生产。

因为内战而失去政府的国家里，丢失户籍信息的情况并不少见。就算还用"国民"二字，实际上也不知道谁是国民谁不是。枪林弹雨的环境下，也不可能做什么人口普查。所以，即便在这个国家居住，在这个国家生产农作物、生活劳作，这个人也不算那儿的什么人。只不过在邻里或者充其量在叫做村落的共同体里有一个通用的名字罢了。

要是变成士兵，就会被贴上标签，成为在武装势力便携终端管理之下的人员。他将在免费的电子数据表软件中得到记录、管理，成了个能了解是死是活的某某。在这纷争地带的基层，也要用市场上出售的终端设备管理部队，这已经成为战场上的常识。

少年们为了从算不上国民的无名分子升格为陈列在商场货架上的商品，才应征成为士兵。为了和玛氏巧克力棒、品客薯片和力士架平起平坐而奔赴战场。

说起此时此刻行走在异国黑夜中的我们，要比商场的货架高级一点，埋入的芯片与控制体内信息的传感器联动，可以传送出每个人的身体状况。商场的 ID 标签还缺乏这个功能。

少年们没有自由。他们或加入刽子手行列——尽管那些人杀死了自己的双亲、凌辱过自己喜欢的女孩——否则就只能和大家一起死亡。

利兰言中了，那枪声是处决居民的。

重型挖掘机在和平时期本应在建筑工地发挥作用，如今却在这段地面上挖了一个巨大的坑。只见男男女女排成一列站在坑的边缘，刽子手们相互一示意，子弹齐发，被击中的人们掉进坑里。

我见过烧焦的尸体。目睹这个场面，就会明白人无非是物理的存在，也就是坯料。尸体不过只是"物品"而已。

有些肉体失去控制力，变得软绵绵的，瘫倒在地。士兵们要把它们弄到坑里去。失去生命的肉体没那么轻巧，靠踢两脚是掉不下去的。武装势力的那些人得费上九牛二虎之力，一个一个用手将那些没掉下去的尸体推落到坑里去。

我们怎能不悲伤。少年应征入伍，镇上的平民被聚集在一处遭到屠杀，目睹这样的场面，我们怎能不心酸。可是，面对此情此景，我们不会采取道德行动去阻止悲剧继续，因为我们目睹了太多没有意义的死亡。而且我们与这些武装势力的士兵又有多大区别呢？我们不也是根据别人的意志为了杀人而来到这片土地的吗？

我现在有一个任务，三个部下。如果帮助眼前被屠杀的人们，任务会失败，疯狂的原准将会继续杀人、杀人，斩尽杀绝。后果是我们本来可以帮助的那些人也只有死路一条。

既已被迫站在了道德的悬崖边缘，就将那些问号扔到一边去吧。

让我们开启体内的迟钝开关吧，成为世界第一呆板的男人。

我们照例选择了开启体内的迟钝开关。再者，目标建筑物正在往眼前逼近，我们的两个目标人物预定在那儿会面。在这紧要关头，接受过感情调整训练的我们瞬间便完成了思维模式的切换。

原准将"国防大臣"为了躲避暗杀，在国内频繁移动。萨达姆也曾使用这个手段。据说希特勒对付暗杀的策略也是不停地变更计划。自意识到这个国家人口开始大量死亡的那一刻起，美国就开始探讨将暗杀作为可以采取的手段之一。而国防大臣以前在欧美接受过谍报训练，熟知逃离危险的方法。

所以，他即将来到眼前这个曾是清真寺的建筑物来。这个情报能被我们捕获，完全是运气好。若是让这个机会白白溜走，就不知道什么时候才能埋葬这个屠杀不止的原准将了。我们不允许这次任务失败。出于这些原因，我们和往常一样，对眼前遭遇屠杀的人们熟视无睹。

"我们会不会下地狱？"

亚历克斯问。亚历克斯有天主教修道士学位，是位信仰笃定的年轻人。所以我无法想象亚历克斯是如何做到这样的让步，要对眼前的地狱放任不管。任务完成返回基地的那天，他说不定会向值得信赖的神父告解忏悔吧。

"我是无神论者，所以关于地狱什么的好像提不起兴趣。"

"就算你不相信上帝，地狱也是存在的。"

亚历克斯说罢，有些悲伤地微笑了。

"就是嘛，这里已经是地狱了。"

威廉姆斯笑道。如果这里是地狱，我们的工作就成了地狱巡游。但丁也会吓一跳的。

可是，亚历克斯说"不是这样的"，并用手指了指自己的头部。

"地狱在这里。在脑中、脑髓里。在大脑皮质的褶皱纹里面。我们眼前的风景不是什么地狱。因为那样的话我们可以逃脱，闭上眼睛它就消失了，我们回到美国又能开始普通的生活。可是，地狱是无法让人逃脱的，因为它就在脑中。"

"天堂也在那里吗？"

利兰笑着问。听说利兰会去星期日教会，这无非是一种习惯，而绝不会是别的什么，它始于自古如此的邻里交往。去教会的无助者当中能有多少会像亚历克斯那样怀有热忱的信仰，真实情况无从知晓。

"那我就不知道了。"亚历克斯回答同期战友利兰，"我知道地狱在我的身体里，那是因为我曾见过它。但天堂还没有见到过。天堂是神的世界，人类这么一点儿大的脑袋可能装不下吧。也许不真的死去就不会弄明白。"

"好啦，同志们。"威廉姆斯打断谈话，"神学讨论就到此为止吧。目标地清真寺就要到啦，那儿毕竟不是我等这般伪装就能过得了关的。"

"可能会有挂壁式 ID 读取器。这种小卒的标签被读出来的话就适得其反了。把芯片抽出来！"

我下达指示后，大家一个个牵出贴在上颚的线头，将芯片从胃里钓上来。芯片被线缠绕，在淡蓝色的保护啫喱中，仍沾满了其主人的血。

我们隐蔽在附近的废墟中，将芯片埋入地面下藏好，核对确认侵入步骤。往身体上喷洒上隐性涂料，操作藏在从敌人那里夺来的肩袋中的终端装置，启动环境追踪迷彩的软件。伪装十进制生成的隐形图表通过体内盐分传送数据，喷在衣服及装备上的纳米涂层将数据显示出来。

一瞬间工夫，我们完全融入那满是弹痕的墙壁中去了。

"按原定计划，利兰和威廉姆斯在原地待命，确保退路安全，以防不测发生。我和亚历克斯侵入清真寺，伏击目标会面。明白？"

"注意轻手轻脚哟。四个人在镇上和对手打枪击战，可不好玩。"

威廉姆斯说着，微微一笑。这种作战的基本单位是四人编制，这是从二战后固定下来的标准。要是不足四人，战斗力太弱，而且人数上看也没有候补可供顶替，若是谁负了伤，小组很可能陷入瘫痪。而五个人以上的话，指挥体系的难度会直线攀升，隐蔽行动也更加困难。

这个编制有一个优点，是可以进一步分割为更小的两人编制战斗单元。两人搭档行动系统，是特种部队的最小单位，单独行动可以说几乎不可能。

所以，时至暗杀的最终阶段，我们分成了两个两人编制。虽说我常和威廉姆斯搭档，但两个老兵不可能都去突击。

我们从废墟往清真寺的墙壁迅速移动。周围的警戒有如针山，不过我们有环境追踪迷彩的伪装，加上精心选择了较难暴露的路线，谁也没有发现我们。黑暗中，我们的身影近乎完美地与废墟化为一体了。

到达清真寺后，我用手势指示分头行动。周围一片漆黑，还有自身伪装的缘故，手势本身难以辨认。但软件能抽取人物的轮廓，覆盖眼球的薄膜将虚拟现实投射到视网膜。亚历克斯点点头，往清真寺背面绕行过去。

我们隐匿在黑暗里，附有纳米涂层的伪装，只要身伏地面、贴住墙壁，除非对方使用红外线监视装置，否则不太可能被发现。我沿清真寺的壁面边缘匍匐爬行，找到了通往地板下方空间的洞口。

远处对居民实施处决的枪声不绝于耳。我把那声音抛在身后，往清真寺的地下爬去。

在地板下面爬行的过程中，一阵音乐声传来。如果这是不乏夸张妄想的瓦格纳的音乐，定有漫画般的效果叫人忍俊不禁。可惜不是，是贝多芬的《月光》。在这地狱一般的夜晚，月亮也不肯出来，死人的脂肪燃烧将云底染成红色。传来如此美妙的乐曲，不能不说是种讽刺。我往音乐的源头爬去，在途中发现了一处通往地面上的出口。

我从洞口往地板上方不慌不忙地探出头来。如果有特种作战装备，瞄准器就可以伸出它的探测触手确认地板上方的状况。可惜现在我手上只有从士兵那里抢来的原始步枪。只好用原始的办法，拿眼睛目测了。确认上面一个人也没有之后，我悄无声息地来到地板上。

《月光》的钢琴声渐入悲伤的旋律。我小心翼翼地穿梭于一个又一个的房间中，在清真寺里摸索前进。

花砖的样式充满数学风格，复杂而美丽，把这片原本简单的构造伪装得像迷宫似的。这也是无法理解的文化模式衍生出的神奇效果吧。我深入迷宫内部，跟随音乐的指引往阴森森的地点移动。

音乐声越来越响，我发现并接近音乐的源头。那是清真寺里唯一有灯光的地方。我贴着墙壁往前爬，从入口处往屋内迅速一瞥加以确认。

里面是原准将一个人。《月光》从桌上放置的一台便携收音机发出，小小的机器应该放到了最大音量。原准将"国防大臣"看上去正陷入沉思，写满忧郁的双眸望向收音机，手举在扬声器跟前,像是要切肤感受从那里播出的音乐。他身着军装常服,俨然要参加什么典礼似的。

一眼看去,房间里没有护卫,目标A只身一人。仅从难易度上讲很低。但问题在于,原准将并没有按原定计划与目标B会谈。一旦在这里发现原准将的尸体,目标B就很难清除,他可能就在附近的某一个地方。

目标B今晚到底打不打算来呢?降落前的担心被不幸言中,我脑海中浮现出墨菲定律。即便目标是单个人,暗杀也是项多有不确定因素的困难工作。而目标成了两个,简单地讲困难并非乘以二,而是次方。这么想大概没错。

怎么办?不能就这么匍匐待着。要知道这里是敌人的中心,是针山顶上的空隙。万一出事,"针"会如雪崩般倾泻而下,把我和同样在清真寺某处的亚历克斯扎个千疮百孔吧。

要求当机立断也是特种部队队员的工作特性。我屏住呼吸,把步枪换成匕首。原准将转身背朝我的一刹那,我飞身上前,一只手控制住他的两臂,一只手用刀抵住他的喉部。

"我们要杀的不是你。但是不许叫,不许动,不然就杀了你。听清楚没有?"

我对他撒了个谎。对离死不远的人——而且是我准备杀死的人——撒谎,我并非一点儿也不在乎,但这个情况下没有拿道德来挑剔的余地。

"我们要找的是个美国人,那个你今天准备见的人。"

"我不知道他是美国人。"

"国防大臣"说话的时候，呼吸异常平静均匀。

"他是我们的文化情报次官。哦不，应该说曾经是。"

"你把他杀了？"

我用力捏紧握住匕首的拳头，催促他回答。

"没有，但他说要离开这里，那是几天前的事了。因为太突然，我说想听一听缘由。于是就约在今天这里，可他只让人传了个口信。"

也就是说，目标B不会出现在这里了。能将头号目标A清除，任务虽称不上失败，但我还是忍不住失望。

"传信里说什么了？"

"'这是我能做的一切了。'就这么多，写在我们政府的公用便签上。"

"公用便签？听起来就来火。这里有什么政府？只有几个抢夺霸权的武装势力，你就是搞大屠杀的最无耻的家伙！"

"你说屠杀？你用这个词来亵渎我们对和平的渴望？我发动的是与针对我们政府、国民的卑劣恐怖主义之间的战斗。"

"你当'国防大臣'的那个所谓'政府'得到哪个联合国成员承认了？对你的国民杀了又杀的就是你自己！"

"联合国算什么？肆意践踏我们的文化，对民族自决嗤之以鼻！不同民族和平共处了那么长时间，而那些卑鄙无耻的帝国主义分子，竟把我们的国家……"

原准将说到这里停住了，眼眸里浮现出一股既非胆怯又非悲伤的奇妙色彩。沉默笼罩着清真寺内，"啪啪、啪啪啪"，外面处刑的枪声闷闷地传来。

"是啊，我们怎么成了这个样子……宽容和多文化主义不正是我们国家的美德吗？对，都是恐怖主义。它是以不宽容为土壤生存的，都怪恐怖主义……不，不对……对付它用不着把军队调到首都，靠警备就绰绰有余了……为什么，为什么成了这个样子？"

啪啪，啪啪啪啪。

没有悲鸣声，只需枪声，就可以告诉我们有人死了，有人的身体掉进了坑里。

我开始烦躁了。五十多岁的人在死亡面前说不出什么正经话。凶残地杀死那么多人，时至如今还要做迟到的忏悔吗？他难道觉得这样可以让自己减免一点罪行，可以稍稍救济自己的灵魂吗？基督教我们，只要请求原谅，无论什么罪行都会被原谅。不巧我是个有自主判断能力的无神论者。

"烦透了！"我毫不避讳地说，"我不是神父也不是牧师，连基督教徒都不是。你对着我忏悔一点用也没有。你的忏悔让我觉得很烦，不管什么宗教，只要有地狱，你一定下地狱。"

"是啊，我会下地狱的。你误会了，这不是告解。我是真不明白，两年前那么美的土地，怎么竟荒凉到了这个程度……"

这时候我终于意识到了，原准将是真的百思不得其解。这个男人怕得要死，但不是因为我用刀抵住他的喉咙，而是因为他刚刚意识到，自己丧失了发动内战的动机。

我毛骨悚然。到这种时候才丧失理由实在不合逻辑，而且原准将好像刚刚才开始反省。我对原准将的语气感到愕然。

"你为什么杀人？"

我问。

"我为什么杀人？"

用询问回答询问是违规的，我想。

现在这个老人内心无比恐惧，开始浑身打颤，可能快发疯了。他的回答太不着调。我更用力地将刀刃抵住他的喉咙。

"为什么？说！"

"为什么？我不知道。"

"说！"

经过几分钟身体的紧密接触，我身穿的迷彩开始追踪原准将的常服色和五颜六色的勋章。我感觉他的癫狂挪到了我的身上，不禁背后一阵发凉。可我正抓着他的双臂拿刀抵住他的喉咙，这个姿势令我动弹不得。

"你告诉我吧！"

他的瞳孔与死人一样空洞。见到幽灵或许就是这个感觉吧。我不禁咬紧牙关，强忍眼前这派颠错的场景。

我没想到他会说出这么狂的话。吞吞吐吐的忏悔要比这好过百倍。这个男人口中冒出来的话如咒语一般，那气势简直要侵蚀我的神志。

"求求你，告诉我吧，我为什么杀了那么多人？"

原准将对我全然不顾，继续说道。他语气里的威严消失了，那悲惨劲儿活像一个被抛弃的情夫。

"给我闭嘴!"

尽管我不愿承认,可我发出的,是微弱的悲鸣。

"我为什么杀人?"

"叫你闭嘴!"

"为什么?"

到极限了。

我提刀一抹。鲜血飞溅到墙上,画出杰克逊·波洛克那样色彩艳丽的画作。在他窒息之前,我抓住原准将的脚往外拖,快速地把他强壮的身体摆倒在地板上,拿刀直刺其心脏。

原准将,自称"暂定政府"的"国防大臣"的这个男人死了。

巡回各村反复杀戮国民、三万五千武装势力的指挥官死了。

猛然返还现实的感觉向我袭来。我这才发觉刚才充斥在房间里的钢琴曲调没有了。

《月光》的演奏不知什么时候结束了。我回过神来,痉挛似的撑直腰板,环顾四周。我好像被施了什么魔法,锁在时间里即将窒息。我咽了口唾沫。

啪啪啪啪。

在《月光》消失的夜晚,屠杀村民的枪声长久不息。

"怎么回事?"

回过头,亚历克斯一脸惊讶地站在那儿。我叹了口气。该如何解释大屠杀头头的离奇反应呢?我不晓得。

"没事吧?"

亚历克斯说着,开始检查倒在地板上的原准将的尸体。他从不同的角度观察尸体,这样双眼的纳米层可以通过画像记忆功能收录原准将的死。

"目标B好像不来这里了。"

"这么说,情报部弄错了?"

亚历克斯一边说着,一边淡然地着手完成自己的工作。

远处传来枪声。

我想,这个地方的屠杀大约还要再持续一阵吧。

第二部

1

地狱在这里。亚历克斯说。
"地狱存在于脑中，所以我们无法逃脱。"

离杀死原准将的那个夜晚已经两年过去，我至今还未能找到自己的地狱。"死者的国度"到现在还会时不时造访，可里面是那样祥和，怎么也无法和地狱联想到一起。

亚历克斯脑中的地狱到底是什么样子？我到最后终究没能问个清楚。目送着从教会里抬出的灵柩，我思索，亚历克斯现在会不会在天堂。天主教没有继续遵循以前那样不宽容的教义。如今神灵之门向所有的死者敞开。

哪怕对于自己选择死亡的人。

所以，亚历克斯是自己了结了生命，可他的葬礼还是遵循天主教的仪式进行。在中世纪的欧洲，自杀者被埋葬在路岔口。由于人类没有资格夺走由神赋予的生命，所以自杀被视作可怕的罪行，在审判日到来前要被埋到十字路口彷徨流浪。

现在，天主教也不再对死者施加如此严厉的惩罚。对待自杀者与普通的死者一样，举行肃穆的葬礼。致吊唁词的教会神父，是看着亚历克斯长大的一位爱尔兰老人。

亚历克斯在自己车内一氧化碳自杀的夜晚，我们接到联络去他的房里搜寻遗书。他的房间非常整洁，收拾得有板有眼的。书架上摆放着一些神学相关的书籍，还有几册《圣经》。不记得什么时候威廉姆斯曾问过，有没有什么好看的小说，手上的小说都读完了。亚历克斯反问他对哪种小说感兴趣，他回答："嗯，哪些呢，有娱乐性的就好。性啊，毒品啊，暴力之类的。"于是亚历克斯笑着递给他一本《圣经》。

要问遗书找得怎么样了？我们没找到。亚历克斯没有对任何人说任何话，便决意启程了。

说老实话，在我认识的人中，亚历克斯是第二个自杀者。

从这个意义上说——有点对不起亚历克斯——这次的事件并没有给我多大的冲击。要知道第一个是我的父亲，要超越那次所受的打击实在很难——这么说绝对是骗人的，父亲自杀时我还是个小鬼，一点也不懂人死的含义，什么打击也没办法感受到。身边的人去世这件事，就这么在年幼的我理解世界之前硬生生地闯进了我的人生，之后一直赖着不走。

父亲为什么自己选择了死亡？这句话也许本身就是病句。也许，父亲一定是无法做"选择"。人因为没有别的选项才自杀，而不是相反。至少在父亲的脑中除了自杀以外没有出现其他的选项。

尽管自杀是因为无从选择,但还可以选择自杀的方式。父亲在没人的家里,尝试了好几次上吊失败后,用这个国家最流行的方法获得安息。也就是一枪崩掉自己的脑袋。美国自杀者中有一半用这个方法,在父亲死后二十多年的今天也没有改变。枪带来自由,包括轻易死去的自由——要问有多轻易,成年人里有七成左右持枪。从无家可归的人到企业老板,枪带给合众国市民普遍的自杀机会。海明威、亨特·汤普森、科特·柯本都是往自己的脑袋开了一枪。也不怎么需要做准备,从口袋里掏出来就可以一枪毙命。巴德·德怀尔在记者招待会上突然用枪击中自己的脑袋死在众人面前的影像,现在应该还散布于网络的各个角落。遗憾的是未成年人不能持枪,只好选择上吊自杀。这是美国第二流行的自杀方式。

不知道父亲确切的死亡时间。那时还没有枪支登记制度,贩卖的枪支自然没有贴标签。要是现在用枪自杀,埋在握柄里的联邦统一·枪火兵器管理芯片会记录每一发子弹,将数据发往酒精·烟草·火器·爆炸物取缔局的数据库。所以这把枪什么时候击中了它主人的脑袋,其结果可以精确到秒。记录在数据库里的数字成为自杀者的墓碑。但是在父亲的那个年代没有这么便利的系统,父亲在无人的空房里,于下午的某个模糊的时间段里死去了。

父亲为什么一开始要尝试稍微繁琐的第二流行的死法呢?当然,我到现在也不知道。为什么要死?为什么选择用枪?没办法向死去的人询问自杀的细节,无法向死人提问,也无法向他们请求原谅。

孩子用纤细的心敏感地嗅出了父亲自杀前从身体里散发出的死亡的味道——我想这么说,可是完全没有。对于我来说,父亲在某一天突然不见了,消失了。我不想过分夸大孩子的敏感。

人就是这样,没有理由,也没有留下任何可供别人理解的理由,突然就从眼前消失了。

"爸爸为什么会自杀?"我好多次这样问母亲。然后不知从何时起不再问了。因为我得到的回答千篇一律:"不知道。"我每次问,母亲都会露出凄惨的表情回答我:"真的不知道。"

不讲缘由地离开,是对活人的诅咒。"我怎么就没觉察到呢?是因为我不好吗?会不会我正是他死去的原因?"死去的人不会回答。所以这诅咒本质上无从解除。谁都知道忘却这东西是多么的不可靠。夜晚,耻辱的记忆会在行将入睡时突然袭来。我们的大脑无法做到忘得一干二净——人做不到完美的记忆,也做不到完美的忘却。

因此,母亲遭受着父亲的诅咒。

关于父亲,我只有一个问题到最后都没对母亲问出口。是谁清理了父亲溅在天花板上的血?是警察,还是专门的人?他们会不会对母亲说:"为您拂去成为墙壁污迹的爱人?"无论是怎样,我反正一点也记不起来了。当我十几岁,成为俗不可耐的电影迷时,在深夜里看过一部叫《天使之心》的老片子——要说有多老,那是里根时期的作品了——我看后毛骨悚然。因为有一个这样的镜头:身着葬服的老妇人在擦拭墙壁上的红色东西。恐怕导演设定的这个角色就是自杀者的妻子吧。可惜电影里没有任何对这个场面的解释，甚至这个剪辑与故事情节之间一点联系也没有。

将父亲擦拭去的，会不会是母亲？

原因是工作上的压力。

累垮了的亚历克斯要是去心理咨询，咨询顾问大概会这么回答吧。

杀人，杀人，不停地杀人。为了杀人要制定详尽的计划，在脑中要将被杀对象的姿态勾勒得活灵活现，然后预想被杀对象接下去会采取的行动。被杀对象有妻子吗？有孩子吗？会不会在睡觉前念鹅妈妈的故事给女儿听？如此一一地想。

对于这样的工作，用"压力"这个词不知是否合适。信奉天主教的亚历克斯若是找谁交谈，这个人大概不会是咨询顾问，而是神父。亚历克斯也许会找今天站在葬礼上的神父商量。也许会在告解室向那些自己杀死的人们乞求宽恕。如果是这样，那个神父会不会为自己没能解救亚历克斯，为自己没能编出解救亚历克斯的话，而心存罪感呢？

原因是工作带来的罪恶。

我多少能想象得出神父像咨询顾问那样回答的样子。你好像出于工作原因，总是背负着罪恶和地狱。不如与上司谈谈调换一下工作如何？为了逃脱罪恶和地狱，在温暖的地方休息一阵子或许也是好的。

说实在的,这两年我们忙坏了。华盛顿颁发了太多的暗杀许可证,以致我们在工作上背负了太多的罪恶和地狱,却没有精力将它们处理干净。

当然这并不全是华盛顿的错。两年前杀死某国原准将之后,世界似乎决意发狂了。非洲、亚洲、欧洲,在世界所有的地方,内战和民族纷争风起云涌,其中的大多数都犯下了联合国某条决议中所谓的"不容忽略的人道主义罪行"。

一日之间,屠杀成为内战这个"软件"的基本模式。

这两年间被杀死的非战斗人员总数占进入二十一世纪以来内战和恐怖主义中遇难人数的六成。由于数量过多,记者们都无法全部追踪到。

于是,通过记者传来的屠杀之悲鸣完全淹没到网络的汪洋大海里去了。除了跟踪报道的大屠杀以外,其他屠杀行为仅能放在不起眼的网页里存档。输出信息容易,引起关注却很难。世界只对自己想要的信息感兴趣,也就是说,信息这东西只能算是普通的资本主义商品。

威廉姆斯有一次开玩笑地说,我们猎首部队历时两年环游世界,长时间持续在超高速航空器里移动,相对论肯定起作用了,我们的时间会比平均的美国人过得慢。

我们在超负荷工作。

世界过多地要求我们干预,我们过多地把责任推给某一个人担负。我们说他们是"屠杀的指挥者",可哪怕希特勒都是由民众选出的。屠杀的责任并不在哪一个人的身上,况且到最后,我们也并没有对那个罪人做出应有的审判。

如果杀了这个人物，武装势力会失去向心力。

如果杀了这个人物，双方更容易接受和平。

我们选出最有效阻止屠杀延续的对象，把他解决掉。被美国杀死的头号目标人物，在某种意义上可以说是和平的殉葬者。

殉葬者们。从那以后的两年里，我亲手干掉两个人，参与的暗杀行动包括这两次在内有五次。有时通过侵入鞘穿越国境，有时假扮旅客或记者乘客机或由陆路入境。作战形式多样，目标也各不相同。但是，只有一点始终没有变。

五次作战命令里有四次记载着同一个目标的名字。

两年前，这个人在欧洲某国的内战中担任执行屠杀的武装势力的"文化情报次官"。不知从何时起，这个人的名字必定在作战指令书上出现。奇怪，这个人简直像游走于内战和内战之间的旅行者。

可是，既然华盛顿这么喋喋不休地命令要杀掉他，这个人不可能是普通的旅行者。作战命令上记录的人物情况的细节，随作战次数的增多变得更为详尽。上面虽想逮捕那家伙，却不会一次性把有关该人物的全部信息都告诉我们。威廉姆斯为此忿忿不平，"一开始就把所有情报全下达不就得了"！作战每次以失败告终之后，情报才得以逐渐公开，这让人觉得是官僚主义思维。可正是这样，给这个人物的机密面纱添上一种恶魔抑或神话的氛围。

约翰·保罗。

这个令人感到恐惧的冷漠无情的名字，正是这两年间屡次逃脱我们追捕的那个人的名字。

"约翰·保罗是何方神圣？"
威廉姆斯用戏谑的腔调说。
"美国政府追捕的美国人；被同胞下达暗杀命令而非逮捕命令的逃亡者；巡回观看尸体堆积如山的屠杀观光者。约翰·保罗的真正面目究竟是什么？"
"是人啊，和我们一样的人。"
我这么回答。威廉姆斯摇头，仿佛在说我没弄懂他的意思。
"你真是的，太扫兴了。重要的是下面要发生的事情啊。"
"那家伙也是个人。这就是对于我们来说重要的全部内容了。因为是人，所以总有一天会露出马脚。到那个时候我们就可以逮捕他了嘛。"
"然后，杀了他？"
威廉姆斯有家室，真搞不懂他干嘛在这么难得的休息日到我这个单身汉的家里来，还自作主张地点了份达美乐比萨，兴致勃勃地聊那些叫人郁闷的事情。可能很大程度是因为受到昨天亚历克斯葬礼的影响吧。

起居室里的一面墙壁照不到阳光，是空白的，用来播放电视和电影。我们窝在沙发里，单手拎着百威啤酒，没完没了地看《拯救大兵瑞恩》开头的十五分钟。我们反复播放诺曼底登陆中盟军被击得溃不成军、痛苦呻吟的画面。要问为什么，因为《拯救大兵瑞恩》里最精彩的部分便是这十五分钟。而且,关键是只有开头十五分钟的预览在付费电影里是免费的。

今年我们三十了。我们一点儿也不适合做成年人。至少在被纳入美国消费圈的期间是这样。

"那小子,挺痛苦的吧。"

威廉姆斯嘟哝了一句。

"是啊。"

"和我们随便谈谈心也好啊。"

"你去跟亚历克斯说啊。"

我回应他。

"那倒也是。"威廉姆斯叹了口气。

"嗨,那小子一直在地狱里吧?在战场上的时候,和我们一起训练的时候,还有在基地瞎聊天的时候也是。"

"只有你会瞎聊。"

我这么一说,威廉姆斯变成一脸吃惊的样子。

"你难道没听亚历克斯讲过笑话?"

我不由瞅了一眼威廉姆斯。确实没听过。

"那小子经常拿冒渎神灵的笑话回敬我们哟。"

"是不是你想读娱乐小说,他递给你《圣经》的那次?"

"不对的,不是那次。是有关天主教习俗和教皇的笑话。还用旧约中上帝的随心所欲开涮呢,利兰和我都乐翻天了。"

出乎意料。我一直以为亚历克斯是忠贞的天主教徒。

"我……没听他说过这些。"

威廉姆斯凝神看了我片刻。德军 MG 机枪的连射声回响在屋内。没多久，威廉姆斯把一个空了的百威罐子扔向垃圾箱，足有三米远，但正入其中。

"哼，比萨还没来，一瓶都空了。"

回想起来，我发现亚历克斯只谈和上帝有关的话题。我虽然站在无神论的立场上，却没有意识和力气将自己的想法强加给上帝的信仰者。亚历克斯也很通人情，没想过把我引向宗教的道路。我们在互相尊重各自想法的前提下，常常讨论上帝、地狱和罪恶的问题。

地狱在这里哟。亚历克斯第一次说这句话并不是在两年前那个作战的夜晚。在基地休养的时候，我已经听他说过。那时亚历克斯也是指着自己的太阳穴对我说：谢泼德上尉，地狱在这里哟。人体的构造就是让我们坠入地狱的，这里的体系就是这样组成的哟。

亚历克斯在自己的脑中开拓了怎样的地狱？时至如今已经无从知晓。不管是怎样，亚历克斯大概是为了从难以摆脱的自己的地狱中逃离，才自发断送了性命吧。为了不坠入地狱而抢先一步死去，看上去也像恐怖而颠错的想法。可一想到那时亚历克斯的认真劲儿，我觉得那有可能是真的。

大门的门铃响了。

"哎呀，比萨到了。"

威廉姆斯去开门，接过比萨。他在外卖员递过来的便携设备表面按压拇指，进行本人签收认证。威廉姆斯和我的个人信息都在军队数据库存档。从那儿回馈确认消息后，外卖员说了声"谢谢"，便回去了。

"在军队里不用担心情报安全，多轻松。"威廉姆斯说着回到沙发上，已经大口吃起了青辣椒比萨，"在地方保存个人信息还要花钱。"

"基本包含在社会保险金里了。而且确切地说我们的个人信息也不是军队保管的。情报部队委托给了民间情报安全公司，军队支付开销。"

"到我能自己管钱的年龄，已经进部队了。没做过正儿八经的工作，所以搞不清。"

"医疗记录啦，个人认证需要的指纹、视网膜、脑电波、人脸轮廓啦，还有信用记录等等。诸如此类的信息要完整地保存在安全服务器中，并且一旦有认证需求，得保证随时能调出来。这还是需要相当的花费呢。"

"对啊。"威廉姆斯伸出手指，"我们的约翰·保罗啊。那家伙到底是怎么通过这么多种认证的呢？叫一份青辣椒比萨都要拇指识别啊！我十岁的时候签个字就完事了，可现在所有的地方都要指纹啦，视网膜啦，还有什么人脸轮廓。既然这样，约翰·保罗到底是怎么从欧洲到非洲，又从非洲到亚洲的？"

真的，我从未考虑过这个问题。买飞机票也需要认证。其实认证相当于付款，所以只要他有账户，应该就无法回避。

约翰·保罗究竟是如何游走在内战和内战之间的呢？

正想着，威廉姆斯的便携终端传来呼叫。真让人难以置信，他直接将沾满辣椒油的黏糊糊的手指伸进口袋，毫不迟疑地摁下通话键。那是他自己的终端，也只好随他去，可我本能地无法接受威廉姆斯式的不拘小节。

"是！"威廉姆斯一边吮着沾满油的手指一边通话，"好的，是的。立刻出发……一小时之内。"

威廉姆斯挂断电话。他又用还是油乎乎的食指在墙壁上画传唤指令，他的大条神经使我烦闷得很。墙壁表面的薄膜纳米层涂料开始高速传输，遥控器不知从哪里出现，滑落到那沾满油的手边。

威廉姆斯触摸遥控器的停止键，《拯救大兵瑞恩》的播放暂停了。"什么事？"我问。威廉姆斯叹了口气。

与此同时，我的终端开始振动起来。我从屁股后面的口袋里取出终端设备。是司令部。

"说是要集合。"

威廉姆斯说。

2

总之，身份不能被识别出来。

根据国防部的指示，我和威廉姆斯着便服来到华盛顿。

"穿常服会因为姓名牌、勋章什么的被人推测出身份来，当然不行。其实就是让我们穿便装来。不过要见的可是大人物，不穿军装不自在。"威廉姆斯说。死板的军装把身体包得紧绷绷的，胸前挂上满满的勋章，就不用费神考虑穿着打扮。因为军装就只能是军装。可换成便服，里面就渗入了个人的价值观。据说他不喜欢让素不相识的陌生人瞧出来。

我们没有坐军用机，而是乘民用航班前往华盛顿。总之，无论对内对外，上面似乎都不想将召集我们的事声张出去。约翰·保罗如果在组织内行动，就可能有监视网掌握谍报机构和特种部队的动静。最关键的是，华盛顿内部大概有什么鲜为人知的秘密。

于是，我们扮作普通人的样子来到华盛顿。抵达国家机场后，由于接到不许搭出租车的指令，所以我们从机场出来坐上地铁，跟随普通职员和观光客在五角大楼站下了车。

来五角大楼并不是第一次，可这回感觉好像乡下人进城，不觉有些抬不起头。

朝五角大楼站下车的人群看去，很难分辨谁是普通观光客，谁是联邦职员。多亏有生物识别技术，根据穿着打扮判定一个人的必要性在某种程度上淡化了。

我的身份从衣服和鞋上都看不出来，而是保存在情报安全公司的安全服务器里。好像是这么回事。

也出于这个原因，在这栋大楼工作的联邦职员或军人，都倾向于穿随便一点的服装。而普通观光客呢，由于当前流行的时尚元素是五角大楼风格，所以上个世纪两大阵营以核弹作威胁相互对峙的军事官僚风格在他们中间盛行。所以民间人士（看上去）

爱穿索然无味的套装，国防部职员或遵循五角大楼风格，或打扮得更随意一些。这样一来，就无从辨别一个人是不是这里的职员了。

我在制服、便服和鸟脚中间穿梭，往指定地点前行。鸟脚搬运工看上去好像只有人的下半身在活力四射地走路，让人恶心得难以忍受。人工肌肉组成的下半身机器人在这几年成为较宽阔的办公室里不可或缺的一景。要说五角大楼，岂止是宽阔，它的占地面积达到帝国大厦的三倍。不过尽管如此，得益于其五角形的构造，行走所需的时间很短。不过，到达指定会议室之前，必须在好几个大门保安那里按压手印，接受静脉拍摄、视网膜扫描，还有耳鼻眼吻合度判定。

我们进入会议室集中的区域后发现，大部分房间正在使用，门上悬挂有各种各样的门牌。

"利比亚自由化委员会"。
"东欧安定化委员会"。
"苏丹问题道德介入准备会"。
"反恐情报汇总会议"。

全世界的问题在这五角大楼集中会议室的一角被探讨、被决定。

让一个国家"自由化"，简单想想就会觉得这完全是干涉内政，多管闲事。可是，这里似乎从一开始就不存在所谓的外交

"伦理"，人们就如何处理别国内政的问题极其自然地展开谈论。

其中，只有一个会议室，上面写着"禁止入内"。

"就是这里了。"

威廉姆斯回头环视一圈其他房间的门说。

"'禁止入内'——这话题比其他房间要超现实主义得多呢。"

"解决这个世界有关'禁止入内'诸多问题的是霸权国家的义务啊。"

威廉姆斯对我的话点点头表示同意。

"这里面有没有点卡夫卡的意思？"

"你读没读过卡夫卡？"我这么一问，他耸耸肩。

"没——有。只是想说出来感觉一下。"

威廉姆斯敲门，房间里传来男人的声音。

"用指纹认证！设备在门上的小窗口。"

往多米诺骨牌一般大小的黄绿色窗上摁压拇指后，锁解除，门向内侧打开一条缝。

漆黑的房间里，男男女女在观看色情片——

是我进房间时的第一印象。壁面屏幕上投影的是身穿囚衣的黑人，壮年男女们在那里看得出神。我们一进去，目光一齐转向我们。一张张脸在昏暗的房间里模糊浮现，其中有我们的老板、情报军特种检索群 i 分遣队的头头罗克韦尔上校。

"对了，他们是我 G 单位的同事。"

老板说着，催促我们拣空椅子坐。坐在桌前的人们个个都上了些年纪，我俩在这里只算毛头小子。一个男的站起来开始自我介绍。

我是负责情报的国防部副部长,他说。也就是说,他是国防情报局(DIA)的领导。这意味着,这回文职官员可算是群龙聚首了。美国中央情报局、美国国家安全局等组成美国情报系统的各机构副部级诸位领导,以及包括参议院议席领袖在内的参议院情报活动监视委员会议员数名。这伙人神秘兮兮地集中在昏暗的房间里,目不转睛地观看身穿囚衣的黑人录像,着实变态。

"这是一周前拍摄的录像。"DIA开始说明,"这是第四次联合国索马里行动(UNOSOM IV)的最新成果。关于去年十月的'黑海大屠杀'事件,我们将这个人视为头号目标人物。"

"你们把他逮捕了?"

我有点惊讶地问。对头号目标不采取暗杀,这不像最近美利坚"猎首"合众国的作风。

"是的,这里面有一些隐情。"

老板说,DIA点头。

"逮捕录像里的男人的,是坐在这里的艾莉卡·塞勒斯女士。"

坐在DIA旁边的女性微微行礼。威廉姆斯觉得奇怪。

"不是军人?"

"如果仅将人类历史上极少数属于部队、国家独占的有组织暴力团体称作'军',那么没错我不是军人。"

那个女的站起来,DIA把接下去的话题交给她,自己就座。她看上去像民间人士,一身行头是流行的五角大楼打扮。

"我是尤金＆克虏伯斯的第三企划部长。"

我为自己刚才用的是"把他逮捕了吗"这句话而感到庆幸。要是说"没把他暗杀了吗",那样在民间人士面前太坦率了。因为至少在公开场合,美利坚合众国政府从未暗杀海外的任何重要人物。

"UNOSOM Ⅳ 在开展初期就是以外包形式为前提规划的。"DIA 为塞勒斯女士作补充,"当地开展的军事力量主要为民间群体。我指的不仅仅是红十字会、争取武装解除的联合国以及民间公益团体的警备力量。与当地武装势力实际交战并武力压制的战争遂行业务,也被委托给以她的部队为首的民间军事承包商。"

战争遂行业务。

多么不可思议。有一些人甚至可能感到厌恶——和平活动家和自由主义者们。我从这个词语身上预感到从来没有想象过的未来,心止不住地扑通扑通直跳。我总是对语言的反应太过敏感。

我听着 DIA 的话陷入沉思:在某种立场上看,战争,即便是赌上民族身份的战争,也不是为了向信奉的神灵殉教,而不过是像比萨店做比萨,害虫驱逐员驱逐蟑螂,是一项业务罢了。既是业务,那么就可以建立预算,可以定计划,可以向行家订货。战争已经从举国发动的暴力,沦为可以订购委托的业务。

"战争业务"这个词语好像在嘲笑血肉纵横的"战争",于是连我也遭到了嘲笑。遂行战争的业务——战争单单是一项工作,是可以预测、驾驭的"课业"。

发明这个说法的是冷战时期智库的那些人。在描绘核战争导致世界毁灭的时候，需要包含冷酷无情意味的措辞。赫德森研究所的赫尔曼·卡恩说过，分析热核战争并使其持续停留在报告文字中，就如同"思考难以思考的事物"，可这几乎是维特根斯坦做的事。

思考数百万计死亡的文学。

要将圣经默示录放在战略战术层面上，需要语言的技巧。而这办法到现在已经完全化为基本定式，有了它，我们躲在官腔味儿的词句背后，用不着在脑海中一一浮现无家可归的孩子和遍体鳞伤的尸体。

"食品供给及运输、在当地自助餐馆掌勺的厨师、工作人员的衣物清洁、新政府办公楼建设、原民兵回返社会训练营地搭建、战争罪犯收容监狱建设及警备运营等等。以前我们不得不开赴当地设立总司令部，交给工兵队做这些事情。现在所有这些已经获准委托给民间军事承包公司和联合国认定的民间公益团体。在这次 UNOSOM Ⅳ 中，作战行动完全交给民间处理。"

DIA 解说道。我瞧了一眼艾莉卡·塞勒斯。这位来自民间的女性接过话茬。

"UNOSOM Ⅳ 中，享有美国政府联邦津贴等级的人包含军方在内只有三人。他们常驻敝公司管理并认证我们的判断。我们尤金&克劳伯斯在美国、英国、德国、法国、土耳其以及日本的委托下，与红十字会、民间公益团体，当然还有其他同行——为我们维持兵站的哈里伯顿公司等——相互合作，为索马里地区重返和平展开必要的行动。"

这时艾莉卡·塞勒斯展现出职业的笑容。

"敝公司拥有由很多原特种作战人员组成的人才库，去年着手的专业计划执行业务在这里也大获好评。"

"和我们一样，是食蛇者（Snake Eater）啰。"

老板轻描淡写地说。想必他对军事承包公司老挖我们的人才不痛快，可他不是在这个场合说这种话的人。我瞧了一眼艾莉卡·塞勒斯，完全猜测不出她是否听出老板说的"食蛇者"这一自嘲口吻里所包含的嘲讽。

"九月下旬，我们尤金＆克房伯斯在从调查部那儿获取情报的基础上，向美国政府做了一项相关企划的陈述。这就是对头号目标艾哈迈德·哈桑·萨拉多的逮捕业务。我们向参议院年支出预算委员会做了如下说明，我们的调查部在当地武装势力内部保有几支相当重要的情报来源，足以证明本企划有得以实现的充分可能性。"

她讲起来滔滔不绝，真是颇有实力的营业能手。可我觉得塞勒斯女士的话是在现实上蒙了一层什么，是另一种现实。

原准将的喉咙被割裂时飞溅在墙壁上的鲜艳画作。

遭受枪击后被抛弃在坑里焚烧的男男女女。

后脑勺盛开红花的少女尸骸。

企划、陈述之类，涵盖了这活生生的一切。用看上去不适合用来讲述战争的词语编织起的现实层。宛如这些活生生的事实都不存在，仿佛在战场上谁也没有杀人谁也没有被杀，将战争当作商业行为，当作民间的普通工作来考虑的现实层。

用这样的语言，可以形容一场谁都可以杀人谁都可能被杀的战争。多么令人震惊、感动、新奇。

"年度支出委的国防预算小组委员会与国防部对话，最终国防部与特种作战司令部交换了意见。"

DIA说明前后经过，老板点头。

"我看完陈述资料以后回答说，这个战斗计划可以实施。尽管有些不甘啊。"

"由于得到年度支出委对临时预算的首肯，我们着手组编部队执行任务。实施期间，敝公司职员无一伤亡，也没有预计之外的因素介入。可以说进行得基本顺利。"

我又一次向画面中的男人看去。左上方记有暂停的时间，和摄像机GPS显示的经纬度。简易审讯室是空旷的白墙，我们的人让艾哈迈德坐在中间唯一放置的椅子上。应该是刚刚逮捕后的状况。

他很恐惧。

"他真的是武装势力的重要人物？"威廉姆斯手指录像，"他可是猴子王啊，他若说这是非法逮捕、帝国主义暴行什么的，才算合情合理，怎么这么拘谨，担惊受怕呢？"

"是的，艾哈迈德在牛津接受教育。他应该知道我们先进资本主义国家不会对俘虏严刑拷打。"

"既然如此，这个艾哈迈德又为什么表现得这么心神不宁呢？"

"继续往下看吧。"

DIA发出指示,时间开始往前走,可以看出录像开始播放了。只有一个身穿囚衣的囚犯在那里纹丝不动,难以辨别录像是播放还是停止。画面外的审讯人用英语开始和艾哈迈德说话。

审讯人:……我们军事代执行者受美利坚合众国的委托将你拘留。在我们与美国政府签订的合同书中包含遵守日内瓦公约这一条款。我们在将你转交给美利坚合众国之前,只要你不陷入暴力状态,我们不会对你施加任何不合理的暴力行为。

艾哈迈德:……这难道就不是非法暴力?

审讯人:我们的客户美利坚合众国是根据对索马里各武装势力停止战斗的劝告、联合国第560097号决议向我们订购这项业务的。这是得到国际承认的武力行使。

艾哈迈德:……正当的武力行使?制造证据说明暴力的正当性,这算什么?

审讯人:我认为这是受到更广泛的群众认可的行为,不是吗?

艾哈迈德:我们的行为,也受到我们国家人民广泛的认可。那是应大家的希望才做的事情。

"举止、声音上看他挺畏缩的,说起话来还蛮厉害的嘛。"威廉姆斯好像松了口气,"没什么大不了的,不过是个普通的屠杀犯。'正义'的笃信者。"

"当然，是这样。"DIA耸耸肩，"但从这里开始有点戏剧性的变化。"

审讯人：民众也有错误的时候吧。就像德国人民在选举中选择了希特勒。

艾哈迈德：那么，你们"世界民众"也应该有错误的时候。

审讯人：你大肆屠杀国民同胞啊！

艾哈迈德：因为非那样做不可。

审讯人：我无论如何也不信，在仅仅半年之间，这么多的人变得相信在这个国家里藏着大量非杀不可的人。人类能这么简单地做到去杀昨天还谈笑风生的朋友吗？

艾哈迈德：……可事实就成了这样。

审讯人：为什么？

艾哈迈德：为什么呢？我了解必须杀他们的原因。

审讯人：但是一年前这个观念在你心中是不存在的吧？

艾哈迈德：是的……大概是吧。

审讯人：杀人的观念难道可以在半年这么短的时间里培养起来吗？一个人倒也罢了，这种观念和憎恶感在那么多人民那儿都瞬间开花结果了。

艾哈迈德：……这是可以培养的，事实上，我们已经证明了这一点……

录像播完了。

"据说有四万六千人在'黑海大屠杀'中丧生。"

艾莉卡·塞勒斯平静地说。

"这里我们必须记住的是,这个叫艾哈迈德的人一年前还是索马里的和平使者。在这之前索马里处于非常稳定的状态,让人觉得持续到二十一世纪第一个十年的内战已落下帷幕。"

"有其他什么军队插手吗?"我问。不怕说来丢人,直至最近,我几乎没听说过有关索马里的消息。我们忙于工作、吃比萨、看《拯救大兵瑞恩》的开头十五分钟,除了接受任务时需要掌握的知识外,我们认识的世界充其量是通过 CNN 和"非虚构电影"了解到的。

"没有,那是索马里人自己造成的。那个国家的惨剧于二十世纪七十年代开始、九十年代激化,国际社会曾经有过一次想插手拯救其惨状。但在海湾战争后,你们的前辈——特种作战部队在介入中遭到惨败,作战人员的尸体在摩加迪沙城里被巡回拖走示众。克林顿总统在电视上目睹此景后,决心从这个麻烦的非洲地区撤退。9·11事件后,也有怀疑过那里成了基地组织的温床,但因为周旋于对阿富汗、伊拉克的介入,就把这事给抛在了脑后。世界已经将索马里彻底忘却,有意避开那儿发生的惨相,直到最近。"

从世间的关注"溢出去"的地区。他们往网络的大海发送信号,在水泄不通的电波中,那悲鸣太过渺小,谁也听不见。"救救我,救救我。"好几个国家就这么安静地灭亡了。谁也没有回头看一眼。

"不过,二〇一〇年前期,索马里开始自力更生,步入重建文明的道路。"

老板冷不防地说了一句,我有点惊讶地向他看去。上校脸上浮现出不好意思的笑容。

"九三年我也在摩加迪沙,我那时是三角洲的一员。我在百家乐商场听见了有关黑洞坠落的无线电通讯。我是塞勒斯女士所谓'惨败的前辈'中的一个啊。"

"实在很抱歉。"

艾莉卡·塞勒斯低下头。老板摆摆手让她别介意。

"不不,那确实是一次失败的作战行动。不过不在军事上,只是政治上的失败。这暂且不论,我后来一直关心索马里的形势,虽然除了偶尔捐赠些钱物便做不了什么了。就我所了解,索马里人民在进入二〇一〇年后,自主回收步枪、火箭弹,重建警察和学校,建立法院及行政机构,力图将自己从混沌中解救出去。要证明给世人看,霍布斯的这种'万人对万人的战争'言论是骗人的——以这个冷静而不乏激情的男人为核心。"

"这个人就是艾哈迈德·哈桑·萨拉多。"

我听完一点儿也不震惊,只不过有一点悲伤,我几乎毫无感触。为了孩子,为了女性,为了贫困饥饿的人们,为了所有的弱者而战斗的男人们,在掌握权力后有很多都演变为独裁者。对常有的事没什么好惊奇的,也用不着小题大做地唉声叹气。

"艾哈迈德的集团倡导和平,尽管道路并不平坦。也许贫穷,也许饥饿,但我们有不能放弃的信念。想来那个时期全体国民都强烈地认识到了这一点。孩子们走入课堂，学习文字。装备机关枪的卡车不再在大街上来回行驶，这个国家的所有人都可以安心入眠了。

"接下来，就到了考虑如何摆脱贫困的阶段。"

"索马里有资源吗？"

威廉姆斯问。艾莉卡·塞勒斯摇头。

"几乎没有。也可能只是还没有发现，但截至上个世纪末的最后一次调查，这个国家已经被定了性，即没有任何诸如石油、矿产、农作物等可以向外国出口的资源。"

"那就无计可施啦。"

"只要有人在，就还有办法。"艾莉卡·塞勒斯耸肩，"有人，就可以出卖劳动力。联合国千禧年计划'国际贫困对策机构'已经重建了好几个既没有资源又不适合农作的国家。再说非洲的风景还在，发展观光业也是选择之一。问题是……"

"因为长期内战，谁也不愿意在那样的国家投资，也不想去那里旅游，是吧？"

威廉姆斯打断艾莉卡·塞勒斯的话说。

"正是如此。"

艾莉卡·塞勒斯说完后，向 DIA 投去询问的目光。DIA 点点头，站起身。

"塞勒斯，谢谢你的说明。接下来由我们内部讨论。"

"明白了，那么我告辞了。"

民间军事承包公司的代表行了个礼退出会议室。所有人目送那五角大楼风格的背影直至门合上。

"下面由我来说明。"

DIA清了清嗓子。那样子太做作了，我强忍不笑。

"索马里为了清白正义友好地生存下去而放弃了兵器，但仍然陷于极度贫困。所以，他们必须扭转长期内战给世界带来的负面印象。他们需要证明，这个地方值得投资，这里有受过教育勤于工作的文明人，而且来观光旅游绝对安全。这些在一年前的索马里已然实现了。但仅仅实现代表不了什么。如果不让世界知道，一点用也没有。"

"得用PR公司？"

我说。DIA点头。

"是的，国家形象很大程度上取决于PR公司。艾哈迈德在牛津学过国际政治，他深刻意识到需要曾在波斯尼亚和黑塞哥维那纷争中发挥重要作用的PR。"

有本书上说，叫做"希望"的军势，向它宣誓忠诚很简单，但实际操纵很困难。为了让"希望"实际运作起来，就必须让美国人知道它。必须让华盛顿的政治家，还有网络记者们知道，然后启动那些说客。这时登场的就是以国家为客户的PR专家。

在华盛顿召开记者见面会；让高级官员在美国网站上作秀；安排与美国政府要员会见申诉自己困境的同时，请媒体报道消息。这样一来，"希望的军势"才开始活动，世界上的事就是如此。

"总而言之，必须让世界了解索马里的国情。让世界明白，我们已经停止战争，有着努力进取的优秀国民，但仍然贫困。于是，艾哈迈德将原 PR 公司的一名男子聘用到索马里政府做文化宣传顾问。"

我已经听出故事的端倪了。

"那个人就是约翰·保罗吧？"

所有人，包括威廉姆斯，都往我这里看来。我并没有想吸引大家的注意，不过他们好像都为我的抢先理解能力感到惊讶。

"没错，约翰·保罗入职以后索马里变成什么样，谢泼德看来已经明白了。"

想象一下把整个国家当作人格"犯人"的杀人事件吧。

新闻中心记者采访他的邻居，她这样回答道："很亲切，也很认真，连倒垃圾都一丝不苟，完全想象不出会做出那样的事。"

反正就是这么回事。我点头接过 DIA 的话。

"嗯，不就是成了现在这个样子吗？整个国家一瞬间又回到混沌状态。霍布斯所谓万人对万人的战争开始了。混沌。人民被分为杀人的一方和被杀的一方，然后——"

"黑海岸边，无数具索马里人的尸体像迷路海豚一样横卧在那儿。"

威廉姆斯收尾说。会议室被苦闷的沉默包围。

约翰·保罗。

现在清楚了，这个人不是在内战地带闲逛的奇特观光客。立案并下达暗杀命令的人们从一开始就明白这一点，但执行命令的我们并没有被告知。

让我们屡次暗杀失败的这个男人，正在世界各地点燃屠杀的火种。

凡是他踏入的国家，不知为何就会陷入混沌状态。

凡是在他踏入的国家，不知为何无数无辜的生命被剥夺。

"这一切仅在半年之内发生。"DIA继续说，"回归和平却没有受到关注的国家，反而因为杀戮引起反响。舆论、总统竞选，总是这套固定的流程。但世界各地不断兴起内战、恐怖主义、民族纷争，美国快速反应部队全被派出去了。近代军事政务开始史无前例的大规模外包服务，就是在这个背景下发生的。"

"现在美军是手忙脚乱。这几年世界各地的纷争和残暴屠杀行为增加得太异常。"议员席里的一个人发言，"经历过苦难史本应开始走向重建的国家，瞬间坠入比原来还糟糕的状态。完全没有暴动预兆的国家内，民族争斗突然蜂拥而出。我们委托分析的各大智库，没有一个能够对这种异常状况给予回答。"

"但你们是知道答案的吧？"我说，"从我最初接到约翰·保罗的暗杀命令之前就已经知道了。"

没有人开口。

我没有转动脖子，只用眼睛扫过会议室里坐在桌前的人们。

大家漠无表情，眼睛滴溜溜地转动，好像在找用作活供品的羊，可笑至极。这种气氛下再开口发言的话，在华盛顿力学里可能意味深远到不要命的程度。

过了一阵子，一位身着蓝色套装的女性打破了华盛顿派的隐微式沉默。

"没错。我们在委托特种作战司令部进行暗杀作战之前，尝试了好几次拘捕约翰·保罗。"

"你说'我们'，你是谁？"

威廉姆斯用手指着那位女性。她好像对这不逊的态度有些愕然，不过老板和主持会议的 DIA 都没吱声。

"我来自中央情报局。提及海外，那就是我们的庭院了。"

"海外不但不是中央情报局的庭院，连美国的庭院都不是。这是一个妖魔鬼怪为所欲为、混沌不清的世界。你们就是因为有这个意识才搞砸的。"

威廉姆斯并没有言辞激昂，只是冷冷地放出这几句话。他特别讨厌中央情报局这样的战争业余爱好者。老板喝止威廉姆斯道。

"说话给我注意点！"

"失礼了。但要说失礼，是她对世界失礼，对我们也失礼。"

威廉姆斯耸耸肩，也没表现出厌恶的样子。在美国境外战斗的是我们，不是玩战争过家家还美其名曰"准军事活动"的中央情报局，所以不想听这帮人称世界为自己的"庭院"。威廉姆斯大概是这么想的。

中央情报局在 DIA 的敦促下面不改色地继续说道：

"如您所言，我们在对约翰·保罗的拘捕中屡次失败。不过，那个阶段我们还不清楚他在世界各地煽动屠杀。我们大约感觉到他通过某种形式与纷争地域发动的几场残暴杀戮行为扯上关系。只是怀疑到这个程度而已。"

"就在我们忙这忙那的时候,世界的混乱加速深化,我们将获得的各种情报相互比对,确信了约翰·保罗才是这些屠杀行为的根源。"

在中央情报局袖手旁观的期间,约翰·保罗导演的战争和屠杀,不知吞噬了多少条生命啊!

在我们杀他未果的两年间,多少生命被夺走了啊!

独自一个人,在世界到处奔走,引导大量杀人。他深入小国和反复内战的武装势力中枢,在人们耳边低声私语几句,尸体便如魔法般堆积成山。

这真的可能发生吗?

我想起来了。我想起两年前杀死原准将"国防大臣"时的事儿。"为什么?为什么?我的国家为什么成了这个样子?"那不是出于悔恨才说的修辞疑问句。那个原准将是发自内心地在问为什么。既是自己发动的屠杀,动机和目的都很明确,可他仍然不得不问为什么。

刚才的录像里,艾哈迈德的脸上浮现出与原准将相似的表情。

"所以,主题是?"

我问老板。上校整了整贝雷帽,环视桌上的人们。征得同意后,他用沉稳的语音说道。

"暗杀约翰·保罗。"

"以前还不是一样。"

威廉姆斯皱了皱眉头。那表情在说,现在哪还用得着说这个。我和威廉姆斯不一样,理解了这里面的含意。

"是追缉吧?"

"是的。"

追缉。对约翰·保罗展开追缉,逼他出来。根据美国情报机构获取的情报,满载最新装备潜入纷争地带,以小组为单位行动。

"目前认为约翰·保罗潜伏在欧洲。撇开约翰·保罗不谈,我们情报部队的暗杀作战取得了辉煌的战绩。特别是你们G单位,硕果累累。"

"让我们学着做特工?"

"是的。"CIA说,"可惜我们没有像你们那样对杀人习以为常,而且也没有像你们这种顽强的战士。想暗杀只有一个办法,就是让与我们接触的当地极左派去做,但这是一项高机密性的作战,要确保人员可靠。这种作战行动以前会交给绿色贝雷帽或三角洲,但如今你们情报军特种检索群i分遣队在这个领域是专家。"

"另外,最重要的是,这一次是先发制人的作战行动。"

上校转向我们,再次开口说。

"迄今为止的战斗都是在屠杀开始后,情报机构判断约翰·保罗在场,才派遣我们过去。或许可以说,为时已晚的时候才采取行动,被人牵着走,警察才会这样。

"但是,这次虽说我们还是追踪,但对手不是机会目标。我们即使发现了目标,判断可以暗杀,也不去杀他,而是弄清楚他现在有没有在一个什么地方培育大屠杀的萌芽。"

"你们被任命为情报参谋的同时，暂时归属总参谋部情报部。"

DIA接着说。总参谋部情报部与分属DIA的参谋情报部统一运作。

"也就是说，听从你的指挥？"

"你属于情报部，但这次是情报部与DIA共同指挥作战，可以做到全面支援。任务非常重要，我们得到了充分的信任。"

老板说着拍拍我的肩膀。

"为了阻止新一轮屠杀，只有靠你们了。就在我们坐在这里的时候，约翰·保罗可能正在这个地球上的某国叩响地狱之门。"

3

好多尸体。

陨石坑将地面撕开一个大大的裂口，宛如一口巨锅，烧得焦黑的人们像豆子似的不留间隙，把里面塞得满当当的。

"我烤熟了。"

母亲盯着自己的手小声嘟哝。我点点头。

"嗯，看起来有点像北京烤鸭呢。"

"这样看起来，妈妈真的就是个物品呢。"

"哎呀不懂礼貌，你还不完全是物质。"母亲剥开皮给我看，"要说死人'充其量'是物质，那么活人也'充其量'是物品而已。"

"是这样吗？平日生活里，我好像很难把威廉姆斯当作马克杯使用呀。"

"是啊，但有时候你不得不承认这一点哦。"

军用飞机压得很低，划过黄色的天空，缓缓远去。仿佛鲸鱼肚子从我头顶越过。干瘪的炮响零星传来，这一带飘浮着淡淡的火药味。

"是说自己是物质这一点吗？"

"自己是肉，我儿啊，你说你是无神论者，却没有领悟其中最关键的要点呐。"

我笑了。"我儿啊"好怀念的称呼。母亲在世的时候常这么叫我。她这样评价我，你这个孩子呀，最后关头总是掉以轻心。

"所以我是肉，我受肉组织的支配……"

"你是肉，意味着你不受任何牢狱。放心吧。"

我点头。因为母亲说的话总是正确的。母亲对我这么说，所以我一点也不用担心。

"瞧，接你的人来了。"

"叮叮叮"的声音响起。客机缓缓垂直降落，洞穴边缘的树木在风压下显得绵弱无力。我举起手遮挡扑面而来的尘埃和沙土。飞机舱门打开后，威廉姆斯挥手叫我。

"妈妈再见！"

"再见。"

我使劲挥挥手，与烧焦的母亲告别。

母亲也挥了挥她烧得跟针一般细的手臂。

飞机开始起飞,我倒在活动躺椅上进入梦乡的时候,尸体的大锅在眼前越来越小,死者之国处在遥远的彼岸。

我在死者之国的客机上落入睡眠,在生者之国的客机上睁开双眼。

自从亚历克斯死后,我频频见到"死者之国"。由于太频繁了,我也有想过可能应该找军队的心理咨询顾问谈一谈,可这件事迄今还没有到给我工作带来障碍的地步,所以我每夜任凭死者之国的引诱。

在那里母亲对我讲一些道理,这个故事的构造本身不过是孩提时代我家里的光景重现罢了。父亲走后,母亲没有再婚,一手将我拉扯大。她对我说了很多很多话。我有一段时间沉迷电影,对文学感兴趣,都是受到母亲的影响。所以"死者之国"本身,差不多就是原样提取了我和母亲共进晚餐的场景,或者是在客厅里消磨时光的氛围。不过当然要排除风景里的异样感觉。

母亲一直守护着我。可能因为她害怕如果不这样做,我会不知道在什么时候从她的眼前消失。正如父亲那样,人会在完全拒绝理解的状况下变得无影无踪。母亲对此感到恐惧。

我尚年幼时,发觉了母亲有这样的恐惧,所以自己做什么事都尽量不让她担心。我成了个谨小慎微的孩子,注意自己的一言一行、一举一动,以免卷入纠纷。即便发生了什么糟糕的事,也颇费周折绝对不让母亲知道。我不想让母亲感到恐惧,于是我不停地证明自己不会在某一天突然消失。从小时候到上大学之前，这是我一以贯之的、优先考虑的事情。

立志参军入伍并且选择特种部队，是因为我对那样的自己厌倦了。我志愿应招情报军这一设立不久的军种里面刚刚成立的特种部队，通过了五十挑一的选拔。没想到，母亲对我的选择什么也没说。"按你想的去做吧。"母亲只是对着我莞尔一笑。

结果，像父亲那样突然消失的却不是执行危险任务的我，而是时常怕我离开而提心吊胆的母亲。而且现在，母亲的残骸留在华盛顿的墓地，灵魂每夜从"死者之国"来找我说话。

抬起眼，死者之国不见了，飞机进入降落状态。

透过机窗可以看到机翼表面，和侵入鞘类似，软绵绵地微妙波动。整个机翼轻微曲折、扭转，吸收气流的波动，以使机体保持稳定。

在波音747的巨大机翼表面覆盖了多少层肉？我想将这肉质客机的表面涂层全部剥去，看看将机翼覆盖得严严实实的肌肉纤维。还想用刀子将它撕开，看看从机翼迸发出的血液。

我吞下时区同期剂，重置睡眠节奏。就好像女性靠药物调整生理期。我不想拖着一副因为时差而疲惫不堪的面容见先来到这里的威廉姆斯。

肉质客机在鲁济涅机场的跑道上悄然着陆。机翼柔软弯曲以吸收大量推进力，形状简直让人心中发怵。就如同小鸟落在枝头时将翅膀往前伸展，好像要将自己包裹起来似的。这种制动方式不仅完成了相当短距离的着陆，而且乘客承担的重力负荷惊人得少。这是由于高分子材料座椅在通电条件下发生材质变化，客机因而转换为冲击缓冲用模式。

乘客的身体深深陷进伞状蘑菇一样的座椅中。当重新返回初始质感的时候，乘务员们面带微笑，为我们指引飞机云梯的方向。比超隐蔽的运输机强多啦！我这次作为一个普通游客，充分享受了这次空中旅行。

布拉格，文化之都，百塔之街。

我从鲁济涅机场乘坐地铁，来到云天之都。

威廉姆斯注视着伏尔塔瓦河上蔓延的黄色云朵说，约在查理大桥上太失策了，在这么多人里把你找出来真是大海捞针。

说威廉姆斯为自己的迟到开脱也不是，我见他一脸正经的样子，便毫不迟疑地点点头。确实，查理大桥上实在是人山人海，简直就像地面上的所有人一起决心想让这个桥不堪重荷沉下去。

不过威廉姆斯同我都是特种部队成员，我们长期训练"威利在哪里"，从林林总总的武装势力的士兵中寻找到暗杀目标，所以找人和杀人一样都是擅长的。威廉姆斯这次迟到百分之一百二十是因为他的懒散。不过这也是他的家常便饭了，所以我也只好将错就错，不想一一追究，一问一答，搞的跟演二人闹剧似的。

"情况怎么样？"我问。威廉姆斯貌似对刚才我的将错就错心存不快，皱起眉头。

"就那个样子呗。一点点在干。"

"什么一点点在干啊，你不才比我早两天到吗？"

"我刚才就在等你对我说这个呢。"

我迷糊了。

"千里迢迢来到布拉格出差，难不成是为了说相声？"

"有点这个意思。因为我来了一看，发现约翰·保罗不在。"

这下我明白了。因为这次是那些大人物们干劲十足地下决心发动的作战，所以多少有点惊讶，尽管这对我们而言是常有的事。可不用说，反反复复才是噱头。

"一开始就不在？"

"我到的那天，在星巴克和一个情报局的同伙见面。他对我说，不好意思，我看丢了。那家伙刚从哈佛毕业，连捷克语的报纸都读不懂，倒成了大使馆下属的情报局成员，真是个蠢货。"

"让那家伙盯梢，说明情报局也够能耐的。"

叹气归叹气，却也不至于大惊小怪。这不过再次证明了情报局只是冷战的遗物。现在情报局的大部分业务都由我们情报部队接管。

"不是有些军事小说里面会出现特别得力的官僚组织吗？我每次碰到这种情况就想，应该禁止它们发行。"

从威廉姆斯的语气看，他确实动怒了。我想，情报局缺乏人才的时候就要到啦。我往桥上排成一列的天主教圣人像看去。身边的那尊雕像和其他的圣人相比别有一番意趣，它被几个发型奇妙的日本武士托着脚，感觉像黑泽明的电影中出现的。查理大桥上有很多耶稣的雕像。这一尊像描绘的想必是向日本传播天主教的传教士吧。

这个圣人在语言不通的国度里,是如何将自己信仰的教义传给日本人的呢？GOD 这个词是怎么翻译的？GOD 原本在他们的语言里代表什么意思呢？

"干什么呢？有没有在听我说？"

"哎，我刚才在想，不懂对象国语言的情报局年轻人，工作起来到底是什么感觉呢？"

"当然是想，应该派个懂捷克语的人过来。"

"得了，现在怎么办呢？"

我问道，威廉姆斯耸耸肩。

"约翰·保罗有个情人。只有赌她了。"

"他有情人？"

"约翰·保罗在那个女的家里出现过。所以被美国谍报网跟踪到了。"

"早点监视不就好了，早该抓住他了。"

"情报局说，一直在监视。真实情况是什么样就不得而知了。据那些人说，自从监视以来约翰·保罗是第一次在那个女人家里出现。"

"约翰·保罗有没有离开捷克国境的可能性？"

"不知道。反正这个人神出鬼没的，到现在为止没有一个机场 ID 能抓到他。有可能已经走了，有可能还没走。或者是监视那个女的，赌他可能回来？"

威廉姆斯说话的表情有些抑郁。确实，除了这么做已经没有其他办法了,可我和威廉姆斯对这项工作都不感兴趣。

"等待约翰·保罗。嗯,这个有点卡夫卡的味道。"

威廉姆斯又摇身一变成了文学青年,可惜不伦不类,我向他指出两点:你说的如果是"等待戈多",那作者不是卡夫卡而是贝克特,这是其一;其二,那个故事里戈多到最后都没有出现,等待的人滔滔不绝地讲有关戈多的事。所以,别老是说些不吉利的。

"但凡荒唐的都是卡夫卡。"

威廉姆斯说。

4

一天早晨,小职员格里高尔·萨姆沙发现自己变成了一只巨大的甲虫。

卡夫卡用德语写下这篇作品。

哈布斯堡皇室曾试图让德语成为捷克的语言。他们通过官方语政策决定用德语作为政治中枢里使用的语言。这个状况一直持续到奥匈帝国没落,接着捷克与斯洛伐克合并归属于共产主义的统治之下。

所以这个国家里既卖德语地图,又残留着使用斯洛伐克语的居民。斯洛伐克语酷似捷克语,因此相互分别用自己的语言讲话,对方也能听懂。那些上了年纪的人,有的也在捷克语里混杂德语名词说话。

也就是说,这个国家现在使用三种语言。官方语言当然是捷克语,可纷繁的名胜古迹有完全不同的名字自然麻烦,旅客也会被歌剧院的地点搞得晕头转向。

一个建筑物用很多国家的语言描述。

使用多重语言说话的老人。

单是捷克语,外国人就很难听懂。再掺杂进些德语、斯洛伐克语,就更叫人头疼了。

"确实,可以说学习捷克语要比其他语言更难一点。"

露西娅·斯科罗普一边说明,一边递来红茶。

"捷克语从基本上说与俄语、克罗地亚语一样,隶属斯拉夫语支。斯拉夫语有一个特征即各个单词会根据所处语境的不同发生词形变化,而且捷克语在这一点上尤为突出。甚至有些单词的词形变化达到两百种以上。"

"这么说,学一个单词就要花上一个月啰。"

我往红茶里加柠檬,问道。

"这只是一个最夸张的例子。"露西娅笑道,"这些词形变化是难,不过捷克语更难在自由变换的语序和难以掌握的语调。来我这儿学习的大多是从国外调来工作的那些人的家属,他们好像都为发音苦恼不堪。"

"原来如此。"

"我们做的是包含语言学在内、关于人与人之间沟通的教育。网络远程教育的方式还是有它难以解决的问题。要知道发音的技巧非得有老师面对面地教不可,否则会留有很多疑难点的。"

其实，借助网络资料库学习当地语言并不能称得上高效。语言不管怎么说是门沟通的学问，尽管对于今天的我们来说，完全替代直接交流的仿真模拟训练越来越多，但在语言学领域，面对面教学仍有市场。

露西娅·斯科罗普靠教外国人捷克语谋生。她的家兼教室位于布拉格中心外的一座古建筑内，在这稍显宽敞的起居室里，学生们向这位女性学习捷克的语言。

"是啊。而且老师您的英语非常棒。之前还担心老师会不熟悉我们学生使用的母语，这下可放心了。"

"如今英语是霸权语言嘛。"

露西娅笑着说。我竟然没生气。本来我是最烦在国外听到有人说美国霸权之类的话了。

"那倒不一定。最近我看了一个代理店的流量分析，说在网上写日记最勤奋的可是日本人哦。我就想，从这个数据看，那个国家的国民大概是把实际生活中压抑的感情在网络里释放出来。"

我现在的身份是广告代理店的人，最近来这儿赴任。工作是在网页里张贴广告开发空间。也就是硬往漂亮和谐的网页上插入服用减肥药而且皮肤光滑水嫩的美女照，或者在两个视频间隙里插播医院的人气顾问活灵活现地讴歌普世共同的慈爱。日本人的日记也好，美国人的日记也好，都一样地往上贴。

"嗯，是哦。我没有这样记录自己过去的习惯，所以没什么概念，但既然日记的流量最多，那么网页里岂不漫天都是有关人生的词汇？"

"您记过日记吗？"

我想把谈话引向露西娅过去的经历，所以转换了个话题。

"在很久以前写过。"

"您是在哪里学习英语的？"

"美国。学的是语言学。"

"哦？这么说您是语言方面的专家了。"

"没有，我要是专家，这门学问就该对人际关系多起些作用，我现在说不定能俘虏一两个男人，高兴时粘着，不高兴时就分开呢。我学习的是更接近躯干的部分，不是语法那样的血肉。"

"很难认为乔姆斯基说的话有血有肉呢。"

"对于感情不敏感的普通人来说可能是这样吧。但在这个世上，也有个别的人会觉得乔姆斯基的话魅力四射。比如我。"

露西娅又笑了。她挺爱笑呢，我想。那笑纯粹是愉快的会心一笑，不是出于礼节性。她好像在用心享受与人交流和使用语言的快乐。微笑时的露西娅显得很年轻，丝毫看不出她已经三十三岁了，要是光线暗，指不定说她是十来岁的少女都不稀奇。

"在美国的哪儿？"

"麻省理工。"

"工科大学啊。真厉害，精英呐。"

分明已经知道了，还要假模假样地作吃惊状，而且不能让别人感觉你很假。能把这种戏演好大概就是间谍的功夫所在吧。说实在的，刚才装得好还是不好，我自己一点儿信心也没有。

"因为非在那儿念书不可，所以才去的。就这么简单。"

"那您在麻省理工做哪方面的研究呢？"

到刚才为止流畅没有阻断的谈话在这里停顿下来。露西娅虽然没有表现出明显的戒备心，不过估计她在怀疑我为什么关心这个问题。

稍过片刻，露西娅谨慎地挑词说道。

"嗯……说起来就是，语言怎样影响人类的行动，就是研究这个的。"

"语言形成人类的现实——爱斯基摩人用二十种名词形容雪，是你讲的那个意思吗？"

"萨丕尔-沃夫假说，很怀念呢。不过，我说的和它不是一回事。"

她的脸上再次浮现出笑容，我松了口气。不是因为担心她怀疑我，而是不想看见她皱眉头的样子。这个女人在笑的时候很美。

"你说的近似一种都市传说。单词的数量会随每次语言的传达而增加。博厄斯最初提起这个话题的时候，才四个。到沃夫写论文时有七个，之后经过杂志、收音机、电视的传播，爱斯基摩人'被'拥有的表达雪的词根数量逐次增多。但是，从实际调查来看，真实数量是一打（十二个）也不到。若是这样，要说表示雪的词汇，英语都不比因纽特语逊色呢。"

原来如此。这俨然成了非常有名的杂学知识，有一群装腔作势的人喜欢在做作的对话中使用。"因纽特语里有上百种表达雪的词汇哦。那是因为因纽特人被雪包围，生活也以雪为中心吧。

85

他们的现实与我们的完全不一样。"从一个鸡尾酒会到另一个鸡尾酒会,文化的传播与复制以装腔作势的人为搬运工而得到传播,就这样爱斯基摩人使用的雪的词汇数量急剧飙升。

在这个做作的杂学链的末端,爱斯基摩人有关雪的词汇到底有多少个呢?

"其实,人类对现实的认知和语言并没有多大关系。不管人在哪儿长大,现在身处何地,现实都没有语言规定的那样模棱两可。思维是先行于语言的。"

"可是,我现在用英语思考哟。"

"那是因为思考面对的现实里包含语言。作为思考对象的各种要素里,语言也是其中之一,于是也要处理语言,仅此而已。语言是思维的对象,不是比思维更宽泛的范围。那样与说河狸是牙齿进化的生物,所以一定用牙齿思考没什么两样。"

"原来是这样啊。"

我由衷地钦佩。说实话,语言规定现实,人类因各自语言不同而有不同的现实,我们只能通过语言这个过滤器认识事物,这种思维方式确实很吸引人。话虽如此,我总对这个假说有抵触。尽管高中英语老师带着份得意给我们讲爱斯基摩人的这个故事——那时的数字还在二十个——可对我而言,语言是作为实体存在于我身外的,我感觉它是实实在在的一种团状物,所以我难以想象它会对我的人格产生影响。

"你认为数学家和理论物理学家是怎样思考的?"

她这么问我。应该是用算式思考吧,我回答。露西娅摇摇头。

"爱因斯坦明确地说，是靠具象浮现。很多天才科学家都这么说。大脑中想定一个具象，然后反复糅合那个图像后，最终通过算式'输出'。"

"无法想象啊！虚数啦、无限啦，这些怎么才能形成具体的图像呢？"

"正因这样，才应该说他们和我、你拥有不同的'现实'。现实是通过思维规定的，不是语言。"

"那你把语言当作什么来看待呢？如果语言并没有规定人类的现实，那它包含怎样的意义呢？"

"当然了，它是沟通的工具。不对，不准确……是器官，应该这么称呼吧。"

我总算发觉，露西娅不知从什么时候起语气轻松起来，好像在和同事或朋友说话一般。一开始，应该只算作与前来听取课程内容说明的学生，也就是"来客"之间的谈话。

她与我交谈愉快。

"器官？这么说，是和肾脏、肠胃、胳膊、眼睛什么的一个意思的'器官'？"

"没错。"

"但是，语言是人类特有的抽象概念啊。"

"抽象概念不会从实体中产生，或者可以这样说，灵魂不可能栖息在那么小的脑袋里，你想过吗？……失礼了，你信教吗？"

我突然想起亚历克斯。

地狱在这里哟。

手指所向，亚历克斯的太阳穴。

"不，我不信教。"

亚历克斯信教。他相信有上帝存在。

亚历克斯说，地狱在脑中。他说地狱住在大脑皮层里。

"那就好。我说这句话有些人会发怒的。"

"可你刚才还不是说了覆水难收的话吗？"我笑着指出，"'灵魂'之类的话。"

"是啊，我后悔的事还多着呢。"

露西娅也笑了一下，继续说。

"语言是人类在适应生存的过程中获得的进化产物。个体为了生存，将其他存在与自己相比并模仿——也就是预想，人类种族的进化使这种思维成为可能。为了在个体间做信息的对比，自我诞生了。原本没有'自己'也就没有'他人'，没有彼此之分也就没有'比较'，对吧？这样一来，人类才能躲避很多危险，接着，为了能够在个体之间相互交换单独个体'预测'的信息，语言诞生并且进化了。为了构建自己没有体验过的数据库，为了提高生存适应能力。"

"也就是说，语言纯粹是适应生存的产物？"

"和其他器官现在呈这个样子的原因没有区别。"

所以说，我的脑袋现在能和露西娅交谈，它的机能纯粹是进化过程中发生的适应生存的产物。和大象的鼻子、长颈鹿的脖子是一样的。

这么想来，语言作为一项机能确实有其惊人的精妙性。然而，如今人工肌肉、神经系统都在客机机翼中使用，可肾脏、肝脏的过滤机能却无法小型化。内脏与语言的精妙性是相似的。我们离完美的人工器官还很远，内脏里还隐藏有太多太多的神秘之处，却偏偏仅将语言视为神赋予人类的唯一神秘之物，这何以见得呢？

我认识我自己。我为了与"他人"交流而使用语言。这不过是人在进化过程中必定拥有的器官。自我这个器官、语言这个器官，不外乎我肉体的一部分。

"假若这样，认为生物进化必然带来语言，是人类的自负吧。"

"要是乌鸦构建了文明，进化的生物就都该长着尖尖的喙了吧。"

语言，我的存在，都不过是为适应生存而产生的"器官"。和鸟儿的羽毛一样。

但是，我想语言并不规定人类的思维，这个我懂。然而，尽管语言只是为适应进化而产生的"器官"，那不是也有因自身的"器官"而毁灭的生物吗？

就像因为牙太长而灭绝的剑齿虎。

5

"你看上去还蛮享受这种有文化味儿的聊天嘛。不愧是文学专业出身的。"

我从后门返回据点——正对露西娅·斯科罗普的居室兼教室的一座公寓房间。这是威廉姆斯在我回来后对我说的第一句话。

"不过顺其自然罢了。"

我脱下紧绷绷的外套挂上衣架。威廉姆斯目不转睛地对着监视器。

"是吗？我怎么觉得你是刻意扯到那个话题上的呢？"

"我看是你这种已婚人士的偏见吧。"

"那我就要说了，我这样的人还挺讨女人喜欢的呢！就那个老师，要是我去，一下子就能搞定。"

"你是想说你能谈文化方面的话题……"

"谈爱斯基摩的雪。"威廉姆斯说，"或者谈卡夫卡。"

"你不是有一句话很经典嘛，'凡是荒唐的全是卡夫卡'。"

"漏洞很重要，作为点缀。给女人预留点参与进来的空间，会惹她们喜欢哦。"

"还漏洞呢，不如说是弹坑好了。自以为受欢迎，其实最惹女人讨厌。"

我就对威廉姆斯惯有的腔调很厌烦。

和捷克人聊卡夫卡的话题本身就是个错误。这就好像对鱼市的人聊鱼的话题。我突然浑身无力，想起给我们讲授特种作战的情报局的僵硬面孔，那种被羞辱的感觉简直无法忍受。

"你在她家里有没有嗅到约翰·保罗的气息？"

我回想了一下。在露西娅房间里的时候，我对戒指、相框、杂志、凌乱程度、打扫状况、男人的气味进行了一番搜寻,但最后什么都没能发现。

我这个"人"只有钝化的器官,而感应器不同,它发现了男性的痕迹。提前贴于鼻腔的插入补片会记录房间空气中飘浮的分子。准确地说,鼻内的封条不过是感应器而已,记录分析则由衬衣下方皮肤表层贴附的设备完成。设备与没有无线输入输出功能的鼻下薄膜之间,通过人体的盐分作传输导体来相互联系。

潘海利根的淡香,男士香水。

"在她面前,约翰·保罗也要臭美一番呢。"

威廉姆斯讥讽说。

"约翰·保罗从露西娅·斯科罗普的房间消失后,进入过房间的学生中不包含男性。"情报局在回答我们的疑问时如此断言,"尽是一些跟随丈夫搬来的家庭主妇。"

约翰·保罗的余香。我的鼻子虽没有闻到,但是提取到了。

"可惜没有精液的味道。"威廉姆斯看着设备分析结果说。

"分明好久才见一次情人,真没劲。"

我坐在椅子上一边舔洋葱奶油,一边浏览露西娅·斯科罗普的人物像。窥看他人的人生,这是工作,我虽然这样说给自己听,可还是改变不了自己沦为威廉姆斯一样的庸俗。没过多久便烦躁不安,索性合上文件。

我连上USA,那是偷窥狂们相互勾结的场所。

网络审核通过我的账户,USA的导航页面打开。

专题页面上排列有最近更新的知识百科链接和最新的新闻报

道。我看了看热门点击栏，这期间，KH侦察卫星捕捉到的印度屠杀景象引起热议。在线的USA情报从业人员在后面疯狂跟帖。各国情报机构都将视线热情地投向了核战争后的印度局势。

小窗口里显示有机密级别的话题、讨论组和字典集。USA当然是业内人使用的暗语，网站的正式名称是国家防卫情报共享空间。我也不太明白它为什么被叫做USA。

在公司、职场，如果整理、共享信息资源，繁杂的工作会变得轻而易举。可出于开发团体的人际关系以及系统订购商等历史性原因，基础设施落后，各机构间互不往来。如此滞后而低效，却扩大到国家单位——且是世界最大的，这就是从前的美利坚合众国情报系统。

对行动暴露还蒙在鼓里，在现场发生冲突便立刻陷入危机；分明有电子资料，却用传真传送，再重新手动输入；一个机构不去注意其他机构持有对作战成功有用的情报，结果一败涂地；每个人把自己关在机构的牢笼里构建矮小的"社会"，行动像一盘散沙。这些是情报机构的日常景象。

不过，在这个世界贸易中心从纽约消失后的世界，不能再这样下去了。

时至今日，美国开始将情报联网提上议事日程。开始大力度裁掉懒散的情报官员，构筑情报机构的统一情报环境。尽管全球情报识别的狂妄构想中途受挫，不过美国情报机构还是实现了比社会落后至少五年的网络化。

截至现在，约翰·保罗仅限极少数范围内的人知道。那些大人物，还有我们几个。另外也有 i 分遣队的几名同事知道，可要是没什么人喜欢在 USA 上跟帖，那情报活跃度就不太有指望。

但在我出发前发起的有关约翰·保罗的话题里，一个也曾从事暗杀作战的同事给我留言了。

"有关布拉格的事，唐纳德给我留言了。"我告诉威廉姆斯，"快看 USA，我发起的话题。搜索'布拉格'第一个出来的应该就是。"

威廉姆斯也上网打开导航页面的搜索引擎。

"咦，三分钟前的留言嘛。USA 现在检索速度很快啊！"

在布拉格消失的人好像很多，唐纳德这样写道。在欧洲情报界，据说对那些从布拉格消失的人进行追踪的成功可能性为零。

至少在美国、欧洲、新加坡及日本，就现在的局势而言想要失踪相当困难。无论购物还是出行，必须得不断证明自己确实是合法的自己，否则寸步难行，就连无家可归的人也一样。所以，要是实在想玩失踪，只好死在荒郊野外，或者学卡斯帕·豪泽被禁闭起来。

唐纳德从一个国务院工作小组的朋友那儿听来这个消息，那个朋友参加了一个北大西洋公约组织在法兰克福举行的反恐情报集约会议，听一个参加操作部会议的荷兰人这么说的，那个荷兰人的消息源来自法国人——一个法国对外情报局的熟人，那个人仔细调查了近年来失踪的特工人员、情报源、监视对象及追踪对象的履历，结果得出结论说"好像"有这样的倾向。反正，据说就是使用了这么别扭的表达。

对推测的谣传。这在情报界是常有的事。谣言不胫而走，都市传说之类的也一样，毫无根据、苍白无力的情报被煞有介事地口耳相传。有鳄鱼隐居在纽约的下水道里啦；联合国为压制美国暗藏黑色直升机啦；政府与UFO签订密约之类，都是一样的胡说八道。问题在于，在情报界一派胡言的汪洋大海里，有可能混杂着真实情报。看看伊朗门事件便明白，哪怕是阴谋论有时也是真的，所以很棘手。

有人在布拉格消失这一传言，要把它看作不靠谱的情报剔除出去很简单。

但是，约翰·保罗确实从这座城市消失了。

而且，几年前他曾从全世界面前突然消失，几天前的那次已经是第二次了。

认证，认证，再认证。

跟踪露西娅·斯科罗普期间，我接受了好几次认证。乘地铁，坐有轨电车，进购物商场。

9·11之后，世界与恐怖主义开战，当时的总统许可美国国家安全局对本国国民实施窃听，军队开始出现在街头，其他国家纷纷效仿。然而，不管再怎么严密戒备，恐怖袭击还是继续发生，连续几年禁而不止，其结果，萨拉热窝被炸没了。

广岛和长崎不再担心后继无人，萨拉热窝城被炸穿，成了一个巨大的洞穴，化作一块遍布死亡诅咒的不洁之地。

其结果，就是我们如此穿过一次次的认证。我们无时无刻不需要证明、告知自己的存在，以获得每日的安全。"政府监视市民、侵犯隐私"，也有人用这类词语呼唤自由，可包括我在内的普通至极的人们，每一次通过认证都会感觉好像往更安全的场所更近了一步，并且每天都在体会。

当然了，这不过是妄想罢了。这些只不过是一个一个的关口，无论通过怎样的认证，我们的行动本身仅仅是从一个场所转移到另一个场所。即便如此，大多数人毫无怨言，每日持续在认证的森林里通行。

就好像认证到最后，有一个无限安全的场所似的。

广场上，追求自由的市民团体在举行示威游行，可人们的眼神却很冷漠。露西娅·斯科罗普瞟了一眼标语牌上变化着的纳米显示屏，丝毫没有停下脚步，径直往前走去。我从中判断不出露西娅对自由所持的看法。

我为执行任务游历过很多国家。

我看见人们逮捕反对势力后用古已有之的绳索将他们施以绞刑。在文明国家，被逮捕的人称作为俘虏，假若日内瓦公约具备约束力，就不该处刑。在没有"法"之约束的地方，他们被"死"之约束逮捕而终。

在手臂上埋入 ID 芯片，变身士兵的孩子们。那片大地上没有法律。从本质上考虑，在那里所有一切都得到允许。因为政府也倒台了，没有任何权威管理霍布斯式的混沌。

在自由得到允许的地方，少年要么选择死亡，要么当兵打仗。在拥有自由的地方，他们丧失了活着的自由。

牺牲一种自由，得到另一种自由。我们一定程度上出卖了自己的隐私，得以免遭核袭击、客机撞入大楼、地铁里放置化学武器，能安全地活着。

自由是个平衡的问题。纯粹的、独立存在的自由压根就不存在。

这个意义上说，自由也许和爱相似。爱本身也不独立存在，只在我们人类的相互关系中才有栖息之地。

露西娅·斯科罗普那天和我们一起牺牲了好几回隐私，才获得买东西的自由。她主要买了些吃的和衣服。我和威廉姆斯、情报局支援人员交替跟在她身后，我从远处遥望露西娅的面容。

她绝对算不上美女，但脸型有奇妙的魅力。脸颊上留有少女时的雀斑痕迹。鼻子略微上翘，鼻尖处有微微的凹陷。

在这张脸上的所有特征中，尤其吸引我的是那双美瞳。她的眼睛大大的自不必说，眼睑总是忧伤地下垂，将眼睛的一半遮掩。我为这欧式眼眸所深深吸引。美国女人怎么也不会有这样的忧郁。布莱恩·伊诺看过影片《低俗小说》后也这样说：加利福尼亚的女人可以是充满活力的女人，但成不了命中注定的女人。

露西娅·斯科罗普不是加利福尼亚的女人。她是不折不扣的欧洲女人，尽管缺少活力四射的样子，却也从中感觉不到看破红尘的冷漠。

"那么，暂且先学一个月，可以吗？"

露西娅向我确认。我点头。

"好的，我想先听几节课再决定之后怎么办。"

我说了一句废话。通过正常、定期与露西娅接触，是进入房间最简单便捷的方法。

"知道了，那么就签约吧。你能认证一下吗？"

露西娅递来设备，我碰了一下黄绿色的金属板。我这个代理店商人的 ID 与露西娅的捷克语教室之间便完成了签约。

"要是有一天能用捷克语读卡夫卡就好了。"

我用比威廉姆斯高级一点的方法显示出"漏洞"。不过，估计那小子连这个是"漏洞"都认不出来。

"哎呀，卡夫卡是用德语写小说的哟。"露西娅果然钻进了我的"漏洞"，"卡夫卡的父亲给儿子教的是德语。因为在当时，这样能找到好工作。你知道这里以前是奥匈帝国的一部分吧？"

"大概了解一点。"

"卡夫卡还是犹太人呢。不过，他既没有完全融入犹太社会，而且身为捷克人，却只能说德语。他感觉德语只是'借来的语言'。"

"这种暧昧的归属感——更准确地说，是自己不属于任何地方的意识感——在《城堡》《美国》这些作品中也有所影射啊。"我喝了口露西娅递来的红茶说。

"卡夫卡也许是这样想的：自己不属于任何地方，使用的语言是借来的连续音节。好比在'城堡'周围游走的测绘师。"

"这不正好证明了语言不决定思维吗？纳博科夫也没有用母语创作《洛丽塔》。"

"毕晓普，你对文学很了解嘛！"

露西娅用假身份证上的名字叫我。

"要知道代理店里的人不是文学系就是经济系的。"

"你不止学这个专业那么简单吧？我见你这样，会觉得你是确实爱好文学呢！"

露西娅托着腮帮直直地看着我。

我不禁一怔。这个女人在约翰·保罗面前也会这样讨论文学的话题吗？

或者，屠杀的话题？

"我还真不喜欢看书。代理店不就是信口开河的买卖吗？为了追逐利益就该掌握些浅薄的相关业余知识。也就是做生意的工具。不过，如果能得到您这么有魅力的才女钟爱，我也愿意爱上文学。"

"毕晓普，你嘴可真甜。"

不是我嘴甜，至少有三分之一是真心话。不过我没承认自己没在奉承，而是挑了一下眉梢，假扮轻浮。

"没有人为你读书吗？"

"没有呀。"露西娅摇头，"现在没有了。"

"几时分开的？"

"这个问题好突然哦。你有爱人和孩子的吧？"

我摊开双臂。

"因为有妻子，才喜欢这么冒昧地问。因为我不会对你有什么想法呀。"

"有很多人可不是这样的哦。"

"我不是那样,因为我自愿用过时的伦理道德约束自己。"

"是吗……"露西娅犹豫了片刻,"以前……他和我一样,是研究语言的学者。"

"在麻省理工……"

"嗯。不过,他比我厉害,好像和国防部的一个语言项目有关。"

"国防部投资语言项目吗?"

"他说,国防高等研究计划局出资的呢。不过我不知道到底是什么研究。"

初次听说。在我读到的约翰·保罗的人物像中,仅写有他从事一项国家资助的语言项目,详细的就不知道了。我和威廉姆斯都没把语言学和约翰·保罗之后的活动联系起来,觉得这方面无所谓,于是没太注意。

"他好厉害啊。"

"我们在麻省理工认识,交往了一段时间,有一天他消失了。是突然不见的。在那之后我回到家乡捷克,开始这份工作。"

"你不想留在大学里任教吗?"

"嗯,总觉得……因为是研究人员,其实留校可能挺好的。可怎么也没那个心情……"

露西娅耸耸肩。我似懂非懂地点点头。

"他也喜欢读书吗?"

"是的,他喜欢读巴拉德。你听说过《太阳帝国》吗……不过那是上个世纪的电影了。"

"那是斯皮尔伯格的作品吧？我喜欢老电影。"

"原作是巴拉德写的。小说比电影更冷酷，世纪末的幻想式笔触给我留下的印象很深。"

"好像和电影很不一样呢。"

"那倒没有。故事本身还是很忠实原作的。不过……巴拉德的小说更无情，更残酷。他经常以废墟、世纪末为题材写小说，是位科幻小说家。"

"我对科幻小说不熟悉……抱歉。"

"没关系。约翰常读巴拉德的书。描写核试验场废墟的小说，还有在空无一人的宇宙空间站徘徊的故事。"

"你说的约翰，听起来好像被末世所吸引呢。"

我说着，试图想象约翰·保罗酷爱的风景。在尸体堆积如山的世界里奔波的这个男人所酷爱的，废墟物语。

约翰·保罗在期待地球化为一片废墟的模样吗？就像无人宇宙空间站围绕太阳不停旋转的"宇宙飞船地球号"。外星人踏入这片土地，确认这里有古老文明的痕迹，但它的主人已经绝迹，只有建筑物井然有序地屹立于地面。

我想象起那光景来，发现自己竟被一种不可思议的安心感包裹住了。

因为，那风景，同我所梦见的死者的国度，并没有什么大的不同。

6

走出露西娅公寓的那一瞬间，我猛然发觉了。

至少有两个人在跟踪我，或者在监视露西娅的屋子。不过，既然这几天在露西娅房间对面设立的据点监视也没有发现，大概能推断这些人的目标应该是我。

我忍住笑意，信步走向街头。

我知道肾上腺素正往血液中传散，所以我为避免过激反应而不断调整情绪。

一步，两步。鞋底能敏锐地感受到地面的触觉。太敏感了，以至于有些痒痒。

不能径直回据点。要是让盯梢的人看见我为了不让露西娅发现就随便绕几圈最后还是走进正对面的建筑里去，想必会遭到耻笑。追踪者是否已经察觉到我们在露西娅的家门口监视了呢？

当然，这是假定事态。我并不知道这些人是否为约翰·保罗的爪牙，但由于我们将对手假定为有组织的存在，所以有意留出时差进入捷克境内，而且在露西娅房间里待着的时候，会暂停身上各种传感器通过无线进行实时数据传输。

我挠了挠后脑勺。那是为了告知威廉姆斯自己身后有人盯梢。我走向布拉格的街道，决定弄清追踪者的真面目。

走到人多的大街，眼前忽然变得鱼龙混杂。虚假的现实满目皆是，投影在本不存在的广告招牌上。

布拉格是观光城市，虚拟现实尤为饱和。在被称作店铺的店铺里，被叫做街道的街道上，张贴着过多的信息。这些充斥各处的文字信息给百塔之城布拉格的景观增添了香港的霓虹灯或雷德利·斯科特创造的洛杉矶那样的混沌。不存在的霓虹给现实增加了过多的批注。比如商店的类别、营业时间、米其林的评价。次现实中面向游客的广告已化为层层重叠的卡斯巴哈。

　　必须制定计划。

　　我在寻找接触屏。在充斥着虚拟屏的布拉格步行街，到处都是平板。画着键盘的合成树脂板随时随地都会面向旅客。我站在平板前面，凝视三秒钟，隐形镜片将画辨识为界面。我触碰画上的键盘，就好像敲打键盘一样。只要不奢求"按键"的手感，就不需要真正的键盘。有红外线抽象化键盘的平板就足够了。

　　有一种只要盯着文字看就可以输入的视线检出设备曾经风靡一时。但与其将视线从一个文字移动到另一个文字，不如用手指触碰键盘要迅捷得多，所以视线输入很快就被淘汰了。

　　我启动忽略布拉格观光资料的过滤器，登陆 USA。

　　布拉格、交通流量、地图，我输入以上关键词检索，却没能获取有价值的情报。应该事先调查清楚的，我咂咂嘴，抱着试试看的态度在贴吧里建了一个话题：急求标注布拉格交通流量的地图。我设定为一有回复立即通知，顺便发了个同样的消息给威廉姆斯之后，便离开了触屏板。

　　我需要的街道——我只得自己寻找适合反攻的寂静街道。

　　我一如往常借反射物边确认后方情况，边登上电车。和我一起上车的有两男一女。他们在车内分别与我保持适当的距离。一个衣着随便的年轻人对距离把握得相当到位，反而引人生疑。但现在证据太过缺乏，不宜轻易下判断。过了几站后我在有些接近布拉格中心地带的地点下了车。和我一起上车的男女没有追上来。

为了防止万一遭到绑架再无机会重见天日，我将暗藏指甲里的费洛蒙一点点滴在路上。这样，估计威廉姆斯或者别的什么人会以它为线索让追踪犬追踪。最坏的打算是这香气会成为我的墓碑。

我穿梭在百塔之街，在石头与石头组成的建筑物的夹缝中前行。布拉格的古老在欧洲城市中都是罕见的，因为这座城市没有成为上世纪世界大战的战场。连德国纳粹和苏联军都没有破坏它们，大多数建筑都保存完好，于是其结果为这个国家对遗产的保护意识更显突出。

古老曲折的小道，还有卡夫卡的形象，让这座城市在我眼前好像一座迷宫。它和博尔赫斯描绘的拉美风不同，是欧洲苍白黯淡的光下隐约浮现的、阴冷的迷宫。

跟踪依然在继续。

我不停地走在布拉格的尖塔间，大圣堂门前，还有石台阶上。我在瞻前顾后地伪装，在行走的过程中确定了跟踪小组的人员。除了乘电车的年轻人外，还有一名男子裹着五角大楼风格的乏味套装，一名女子穿着复古运动装。

他们都很年轻，没有一个人在我年龄之上。

是崇拜约翰·保罗的年轻人组织吗？我仔细确认追踪者的行迹，并展开各种想象。即使其中一个人被活捉，支援马上也会跟上。这种情况还是甩掉他们为上策吧？但我若再次出现在露西娅家中，恐怕追踪还会再次开始。

难道我每回去捷克语会话教室，都得转悠一个小时才能回到正对面的家里吗？

实在愚蠢。

这时，信息从虚拟屏中跃然而出。有人给我在USA上建立的话题添加评论了。我搜索手边的平板，再次打开USA页面一看，有人从捷克交通部的公开资源里找到一幅完全符合我要求的地图，上面用颜色浓淡区分出过去一个月布拉格的交通量分布。是布拉格交通流量观测飞艇的统计数据，飞艇于高度两万米的上空盘旋，测量人们来往的数量。

我观察地图，发现附近有一条极少有人通行的小道。

正因为约翰·保罗不见了，这个跟踪者才成了求之不得的线索。我边走边活动肩膀、伸腰扩胸，开始公然地做行使暴力的准备活动。现在跟在我身后的是一开始电车里的青年，他对我的突发举动表现出了一点惊慌失措。他一定没想到跟踪对象正在做殴打自己的准备体操。

所以，我给这个悲剧年轻人创造了完美的一击。

我绕进几无一人的岔道，朝慌忙赶来的那家伙胸口给了一拳。他发出奇妙的一声"啪"，第一拳就无情地被我给放倒了。虽说如我所料，可也太如我所料了，有点失望。

"吓我一跳。"

我嘟哝了一句，继续揍他。总之要控制在让他无还击之力的范围之内。不能让他丧失神志，又要完全摧毁其抵抗能力，找到两者之间的暴力程度相当难，不过今天还算顺利，我集中往他脸上一顿拳打脚踢，他就束手就擒了。

"那么，"我说，"我最先想问的是，你是谁。"

"不说！"小伙子用被打肿的嘴唇回答。我毫不留情地拿脚尖向横躺在石阶上的青年的肾脏踢去。

"说，"我再次问，"我想知道，你是谁。你不说就别想回去！"

"我谁也不是。"小伙子说。

又是一脚。有点偏了，踢到胃部，年轻人嘴里渗出呕吐物。

"说！"我第三次问，"你是谁？"这一次我用上刚刚从露西娅那里学来的捷克语。说捷克语的时候，无论疑问句还是陈述句，重点强调的部分都放在最前面。

"我谁也不是，你相信我。我真的谁也不是。"

我的捷克语还不理想，所以我放弃了与他对话交流，开始提取他的活体信息。翻开肿起的眼皮拍下视网膜血管，把手指摁向指纹读取设备。要是环境允许，我本可以让他再吃点苦引出更多情报，可毕竟这是街头，只好作罢。

已经出手了，再解释有点那个，可我不是施虐狂。无论如何这只是职业手段，我的工作就是暴力。我的工作殃及人的生与死，或者说主要是死。我的工作是疼痛，和喊叫，和吐泻物。

那小伙子的后备力量差不多该察觉到可疑，追过来了吧？我迅速离开了那个地方。

看了采集的情报，想向小伙子道歉的心情涌上心头。如果有缘再见，我应该会干脆果断地对他说声对不起吧。

情报分析说明，年轻人的视网膜和指纹分别属于不同的人。威廉姆斯一边吃着捷克也有的达美乐比萨上的青椒，一边说。

"你这家伙好过分啊。"

他笑嘻嘻的。"我谁也不是"这句话至少在数据库看来没错。完全无法考虑视网膜和指纹中哪一个是本人的可能性。

"我确实很过分。"我回敬道。我也吃起威廉姆斯叫来的外卖比萨。露西娅·斯科罗普也正在吃晚餐。我时而扫一眼监视仪，展开对年轻人活体认证诡异结果的揣测。

难道是遭遇事故后失去手指，接受过他人的器官移植？不过尽管在这个拥有纳米仪器、人工肌肉普及的世界，免疫系统的问题至今还未得到完全解决。自己的手指倒也罢了，若是移植别人的手指，这么大的事情应该会有记录。

或者，只是单纯的资料库不完整？要是很久以前还可能，可现在的个人信息管理——尽管保险公司签约的情报安全公司排名先后会有差距——为避免人为疏忽而投入了充足的资金。无论何时都要确保能够认证才行，否则这个人可能哪儿也去不了。也就是说，在现代，个人信息维护与航空管制、医疗系统一样被当作人命关天的业务。

所以说，上面列举的都不太可能。

我谁也不是。

那个年轻人哭着说。他哭自然不是因为某种浪漫的理由，而是忍不了我对他肾脏的攻击。很难认为他含泪说出的那句话是骗人的。

要是这样，还有一种可能，就是他背后的人脉可以更改数据库。实际上，我在这次作战里的身份"毕晓普"，也是个从来没存在过的虚构人物。但让这件事成为可能的原因是，我是政府工作人员，而军队委托从业者管理我们的身份，是与一般保险公司没有关系的封闭系统。这还不够，在 ID 得到管理的发达国家，军队以及情报局进行作战需要伪造 ID，还需要事前通过上议院情报安全委员会委员长等三人的许可。

这样一来，那个年轻人很有可能是某个政府的工作人员。

某国正在进行与约翰·保罗有关的活动吗？难不成，正因为某国在行动，国防部才急于将约翰·保罗杀害？

"有可能呐。反正约翰·保罗在国际范围内活动。"

威廉姆斯点头。如果是这样，他们便是因为发现我在露西娅·斯科罗普那儿出现而认定我是约翰·保罗的人于是跟踪我？要是其他国家的情报机构也介入进来那就麻烦了，我的情绪变得很低落。

无论如何，为没有确证的推测而伤脑筋是不明智的。重要的是查明可能性。正如与露西娅·斯科罗普的谈话中提到的那样，查明可能性，预测、提高生存可能性，这样人类的自我和语言才得以诞生。如果把时间全消耗在思考可能性上，就无法付诸实际行动了。

因此，我停止思考，决定从确切的情报入手。

约翰·保罗的人物像，有如即将填好的纵横字谜游戏。两年前几乎填不出恰当的词，但随着暗杀失败，每次有新的任务就能填补前面的缺漏，到现在离完成仅一步之遥。

这摆在平常，是必须杜绝的情报公开方式。遂行战争期间，伴随形势恶化一点一点地逐渐投入武力军备，这种谓之"战力逐渐投入"的办法被认为是万万做不得的。因为这意味着想凭初期的战力投入预算达成目标是痴人说梦，而最初的投入也就白费了。

对于情报部队，情报无疑就是军事物资。以前作为战场支援的情报对于我们来说等同于真枪实弹、军需物资。所以，不得不说，官僚们神秘兮兮的暧昧态度——不知道其中有怎样的黑幕——招致的"情报逐渐投入"在我们情报部队的军人看来是一项错误的战略。我和威廉姆斯共同认为，如果起初就把所有情报告知我们，情况肯定不会是现在这个样子。

约翰·保罗在萨拉热窝失去了妻子。

约翰·保罗的妻子和六岁的女儿，在这个纯粹为旅游而到访的城市，在萨拉热窝核爆炸事件中与当地居民和众多的观光客一齐瞬间蒸发，随着大气中的放射性物质扩散开去。蘑菇云笼罩欧洲上空，后广岛长崎世界宣告终结。

根据 ID 行迹追踪，那时，约翰·保罗正待在学生露西娅·斯科罗普的公寓里。当然，如此追溯过去、偷窥别人隐私的事，除了国家军事行动和谍报作战之外是不被允许的。我接受的训练使我丝毫没有觉得约翰·保罗无情无义，却能切身想象出他感受到的悔恨。妻儿被核吹走的时候，自己竟在背叛她们——这给约翰·保罗带来怎样的苦痛，怎样的惩罚，令人浮想联翩。

一个月后，约翰·保罗以遇难者亲属的身份抵达萨拉热窝环形山附近。他和其他受害者一样，在还勉强支撑的北大洋公约组织和其他各国军队驻扎的帐篷里，无言等待放射能防护服的租赁。在这里"消失"的遇难者人数太多，其中大半都不知是死了还是失踪了。热核反应无非如此，当时不会仔细记录个人生物体认证和遗传基因标记，所以连那些幸运残存的少数遗体也没有经过识别，直接被埋葬了。

三个礼拜后，约翰·保罗终于站到环形山的边缘。此时此刻，怎样的情感会向这位失去妻儿的男人袭来，只能凭记录想象了。不过，我想，当看到自己喜爱的小说里的风景活生生地展现在眼前，人们会是怎样的心情呢？曾经的街道现在被核热扫平，如玻璃般平坦的荒野上，躺着被炸穿的巨大环形山。人们身着雪白色放射能防护服站在边缘处，直愣愣地盯着爆炸中心点，想象自己的亲人在酷似研钵的洞穴里被研碎。

回国不久，约翰·保罗辞去麻省理工的工作，与世隔绝达半年之久。买东西基本通过网购解决，可以说几乎没有踏出过家门。半年间，地铁、巴士、高速公路入口、购物广场、杂货店，均无他认证的记录。网上支付记录里购入的物品全都是食品。约翰·保罗与外界切断了联系。

闭门不出的半年里，不知约翰·保罗经历了何种绝望？是否会企图自杀、辗转难眠？可怕的沉默之后，约翰·保罗突然进入某家著名PR公司。这是一家与国家及大型企业开展形象战略协同合作的公司，曾担任某落后国家的PR，为那个国家从国际社会招商引资，使该国经济步入轨道，之后便一跃驰名海外。

或许因为麻省理工时代与国防部及白宫周围的人脉关系，加上具备语言上的才能，约翰·保罗在那家PR公司作为以国家为客户的议案负责人，在好几个国家兼职。

举行面向华盛顿高官、议员的招待会，让他们了解这些国家的困境；从客户国挑选容易让媒体接受的幕僚，邀约他到美国在新闻节目中抛头露面；建立新闻传播中心使海外记者能轻松采访，从报道难易度的角度给人们留下这是个好国度的印象。

约翰·保罗对这些工作操纵自如，他的业绩很快得到认可，从而受聘担任好几个国家的文化宣传参谋。

大屠杀由此开始！

凡约翰·保罗负责的国家必定在转瞬之间陷入内战，一个国家也逃不过。或是在野武装势力，或是正规军，有时甚至是庶民百姓直接参与毛骨悚然的大屠杀。公司内部认为约翰·保罗担任的案件在一定程度上是成功的。也就是说，他成功地骗取了美国国民对那些国家的关注和同情。而且，他让人们相信一旦美国介入，那些国家就会好转，重现民主文明。然而转瞬变为如此事态，让美国国民大失所望。

简直是国家级的杀人犯。那时，大概没有一个人想到造成这种事态是约翰·保罗的罪过吧。包括PR公司的领导、同事在内，没有谁能想象得出一个人单枪匹马地蓄谋组织内战和屠杀。不过，既然负责的案件无一不陷入屠杀，他当然很难继续在公司里待下去了。我可以断言，约翰·保罗本人一定可以厚着脸皮留在公司。可以确定这个男人将公司里的一切视若空气，毫不在意。因为要知道，他进入这家公司就是为了上演屠杀而走的一步棋。

约翰·保罗被勒令辞职。从那以后，这个男人的足迹忽然从世界里消失了。任何国家的交通设施，任何国家的电子商务网站里都没有他的任何认证踪迹。约翰·保罗最后一次认证是在布拉格的一家购物商场，随即又杳无踪迹。

这里正是几天前我们的目标从资料中消失的街道。

从PR公司辞职到现在，约翰·保罗只在我们接到的作战指令书里出现。指令说约翰·保罗在某个内战地区，于是我们飞去发现他不在。指令说约翰·保罗站在某个屠杀洞穴的边缘，于是我们穿越国境发现他依旧不在。情报局那个把他跟丢的毛小子应该见过他长什么样，可不知道为什么这个街道上一次也没有约翰·保罗接受ID认证的踪迹。

我们等于是在追踪幽灵，说不定是一个出生在萨拉热窝环形山的幽灵。

等待戈多？我有种直觉，等待也未必是错的。

第三部

1

布拉格的街道满目疮痍，仿佛台风方才横扫而过。

由于暴徒往警队乱攻击一气，石阶破碎。暴露的历史底下，人工肌肉的鲜红肉体起伏搏动，血管纵横交织覆盖于上。

我漫无目的地行走在无人的街上。古建筑墙壁上，由代理店开发的纳米层显示广告被暴徒撕掉焚烧。街角各处黑烟滚滚，暴徒却无影无踪。所有人闹腾一番之后，好像受到哈默尔恩笛声的召唤，一溜烟地跑掉了。

街上露出的红色肌肉给灰蒙蒙的街道添彩。我用鞋试探表面，是硬的，不过膝盖处能感受到它生物般的弹性。

我留意不让脚陷进破裂的石阶段坡，往郊外走去。暴徒散尽后，这条街上仅留有文明的残渣，除我之外空无一人。这条街上只剩下我一个人。说不定全欧洲只有我一个人。

布拉格的街到了尽头，郊外的红色草原往地平线彼处蔓延。

"怎么了，孩子？"

从上方传来声音。抬头看去，草丛中矗立着一个巨型物体。那是超巨型喷气式飞机的机翼。它如一座塔一般竖立于地表，直插云霄。白色的机翼表层剥落了，露出鲜红色的人工肌肉。

"这里哟，在这里。"

我顺着声音的方向凝神望去。和机翼的人工肌肉化作一样的鲜红，让我一时间没认出来，可那确确切切是我的母亲。她也和机翼一样，皮肤被剥离，全身鲜红的肌肉一览无遗。

我定睛一看，这才发现，往地平线远处延伸的红色草原，是侵入鞘密密麻麻地埋在地面中，也是表面的黑色隐形涂层被剥离，里面的人工肌肉组织暴露于外。肌肉一端从舱门掉落，细长的红色纤维组织在风中哗啦作响，看上去好像鲜红色的海草随风摇摆。

"妈妈，你的肉露出来了。"

母亲耸耸肩。

"我被核弹灼伤了。"

"妈，你不是在华盛顿死的吗？是我亲手杀死的。"

"是让车给害的。让我死的是医生，你没有杀我啊，孩子。"

"但如果机器还运转，你就能活下去了。"

"都成那个样子了，哪还算活着……别开玩笑了。"

"可心脏还在跳动，"我快哭了，"妈，我这么想你觉得落伍吗……只要心脏还在跳，内脏还凑合能用，就不算死。"

"唉，太过时啦。那早是上个世纪的概念了。"

母亲悲伤地轻轻一笑。看着她，我能弄明白人类肌肉如何通过运动形成我们称为微笑的表情。

"不过，困扰你的该不会是人的生死分界线吧？我说的没错吧?"

我摇头。

"我想知道,你是不是我杀死的。我认证的时候,说出'是'的时候,你死了没有?妈,告诉我。"

"关于罪孽的话题啊。"母亲点头,"你做得对。你为我做出了一个十分艰难的抉择。停止亲生母亲的生命维持装置;停止维持亲生母亲生命的纳米仪器供给;把自己的亲生母亲装进棺材。这抉择是多么的艰难啊,可你是为我着想,做了不得已才做的事。"

"我该说什么好呢……妈妈!"

"不。"

母亲冷冷地说道。

"你想听到这些话吧?事实上谁也不清楚。要知道当时我已经死了。"

我恐惧起来。母亲突然变得异常残酷。

"你是这么想的吧?自己总是听从别人的命令杀死很多人。别人说那是为了阻止更惨烈的屠杀,可你安慰自己,我就是一把枪,我就是政策的工具,我没有权力自己做决定。你一直用这种办法逃脱重责。"

"妈,求你别说了!"

我哭着恳求。

"但你杀死自己母亲的时候,那是你自己做的决定。你能想象到,妈很痛苦,妈这样活得很辛苦,可躺在床上的我什么也不能对你说。那些不过是你自己的想象罢了。所以你在医生的敦促下对我中止治疗的时候,不得不背负靠自己的意志决定让我死的事实。那不是国防部、特种作战司令部决定的,是你自己决定去杀人,你必须背负这个罪责。"

母亲像放连珠炮一样不停地说。我堵住耳朵,却无法阻止残酷无情的话奔流不止地向我袭来。

"可是,我的儿啊,岂止是我一个呐。你至今为止杀死的将军、上校,还有自称总统的人,都是你自己决定,自己杀死的呀。你只不过回避这个问题,一直不去想罢了。你有认真地想过,自己为了什么而杀人吗?一次都没有过吧?"

对不起,对不起!我呼喊着,奔回无人的布拉格街道。

"既然杀死我是你自己的决定,那么你至今为止断送的性命都是由你决定的。我和他们没有明显的区别。你只为我的死背负罪孽,却企图为自己赦免杀死那么多人的罪孽啊。"

无论跑多远,母亲的声音都无情地响彻耳际。那简直是魔女的声音。我抱着头,想将周围的风景从我眼前隔离出去。

"捂住头,也没有任何效果。"

年轻而率真的话音响起。我猛一抬头,发现亚历克斯笑容满面。死人咚咚咚地用手敲着自己的脑袋。

"因为地狱在这里面哦。"

"求你别说了!"

"人类就是脑细胞,是水,是碳水化合物。就是丁点儿大的DNA组成的群体,尽管长得漫无天际。人类从出生之刻起就是物质，和人工肌肉一样。在物质中寻找灵魂，想从中领悟道德、高尚，那是自欺欺人。罪恶、地狱，都在物质里。"

石阶被吹散了。

鲜红的人工肌肉如植物般迅速生长，冲破布拉格的历史岩层急遽上涨。肉的奔流直入云天，将布拉格街道层层覆盖。

海啸般的洪流中，我被不停地往上顶，往上顶。

去往无边无际的地方。

去往没有罪恶没有地狱的地方。

"你没事吧？好像做了个噩梦。"

威廉姆斯让我放宽心，给我递来了冰毛巾。我睡着的时候出了一身汗。

我摸摸脸颊，发现刚才在梦中哭过了。

"死者之国？"

威廉姆斯问。我迟疑了一下，老实承认了。

"特别是在亚历克斯自杀以后，总梦见。"

"我也是。"

我一惊，威廉姆斯的回答让我感到意外。

"我可没像你那样起个'死者之国'的名字。单纯只是做梦，和亚历克斯有关的梦。内容记不大清，但醒来以后浑身难受，就这一点跟你一样。这也算做噩梦吧？"

"应该找心理顾问咨询一下的。"我叹了口气，"和作战时需要杀儿童一样。亚历克斯以前可能会找神父谈心，可我不信宗教。"

"我去咨询过的。"

威廉姆斯说着递来凉水。

"那次是为了夫妻危机，就是倦怠期。我们夫妻俩把女儿放在保姆那儿，一起去了军队咨询处。"

"然后呢？"

"有效果。不过仅限于夫妻问题啦。至于亚历克斯的死，瞧那医生的疲沓样，他能给出什么有用的建议？我表示怀疑。"

"亚历克斯的死——困扰我的还不止这个呢。"

"除了这个还有什么？"

我搜寻适当的词语回答，却想不出好的说明方式。威廉姆斯见我愣在那里，很无语。

"算了，别提了。不是努力就能解决的问题。只有靠自己完美收场啦！你又不信教，也不能用'前世报应'之类的词敷衍了事吧？"

我知道，其实我早就知道了。

只是在梦里，母亲和亚历克斯在我面前给我这样那样的建议，让我怎么也无法忍受。

"我来换你值班吧，反正已经醒了，大概也睡不着了。"

我把床单递给威廉姆斯。"你小子把床单弄得湿湿的，真叫人不舒服。"威廉姆斯喋喋不休地抱怨个不停，可我明白那是为了使我分心。

车站附近有三块公墓：老犹太公墓、新犹太公墓、高堡公墓。

卡夫卡墓在其中的新犹太公墓里，一下地铁就能找到。我在入口的管理事务所领到一顶小帽子。上面写着我读不懂的希伯来语。我想，希伯来字母还真奇形怪状，简直像外星人电脑生成的文字，有奇妙的人工感。帽子有点小，与其说戴上，不如说是轻轻地搭在头顶。

"进公墓必须戴上它。"露西娅解释给我听，"因为这是犹太教的墓。"

如果再去露西娅家被跟踪、花好长时间绕路、痛打对方一顿后为了防止有人追上来而撒腿就跑，那样太麻烦了。于是威廉姆斯想出了个对策，让我索性约露西娅出来见面。如果露西娅也被跟踪，说明敌人关心的不仅是我，还有露西娅。成为监视对象的只有我一个，还是与露西娅两人，抑或露西娅本人就是同谋？在外面见一次面也许能弄清这个问题。

因此我对露西娅说自己想去卡夫卡墓，恳求她做我向导。其实虚拟现实可以引导我们到几乎任何地方，我的谎言很容易被揭穿。露西娅稍微迟疑了片刻，还是点头同意了，于是我和露西娅一起乘地铁来到布拉格郊外的新犹太人公墓。

公墓里草木丛生，枝繁叶茂。树枝成巨大伞状遮蔽天日，透过黄色云朵射下来的微弱日光似乎无法到达地面。

还有其他几名旅客，在卡夫卡墓地前摆放小石头。根据犹太人的礼仪，墓前不是供奉鲜花而是石头。

"这是卡夫卡的妹妹吗？"

我指向墓碑一侧添加的金字石板说。那上面刻有三个人的碑铭，看起来都像是女性的名字。

"是的，没错。"

"她们都是在一个时期去世的。一九四二、一九四三……"

"是啊，在奥斯维辛。"露西娅点头，"都死于大屠杀。他的第三个妹妹奥特拉是和德国人结的婚，可还是和丈夫离婚后独自住进了犹太人区。奥特拉的丈夫当时反对离婚，因为只要是白种人的妻子，就可以免于被认定为犹太人。可她还是去了，她把女儿托付给丈夫。"

"闻所未闻。"我说。"是吗？这故事很有名的。"露西娅说，"据说，卡夫卡家的小女儿奥特拉是她哥哥弗兰兹·卡夫卡最疼爱的妹妹。"

"你对卡夫卡了解得真多！"

"与其说是卡夫卡，不如说我对大屠杀比较了解。我经常听约翰提起这些。"

"约翰……是你以前交往的那个男友？"

我故意问。露西娅点点头。

"约翰常和我谈起大屠杀，大概因为是他大学里的研究课题吧。反正他本人不是犹太人。"

"国防高等研究计划局的课题是研究历史？……好不可思议啊。"

"我也不了解详情。不过你感兴趣的方面倒是挺非主流的。"

"是吗?"我反问,"在军队里做大屠杀的研究,好难想象啊。研究些机器人、人工智能、新素材之类的还差不多。"

"你这么说也有道理。"露西娅陷入思考,"不过,他好像不仅仅研究大屠杀。还有斯大林、柬埔寨、苏丹、卢旺达等等。约翰对很多残酷的历史都挺关心的。"

"大屠杀也是其中之一?"

"我认为是的。"

我和露西娅一起给卡夫卡的墓献上小石块。包括弗兰兹与他的三个妹妹。与弗兰兹不同的是,三个妹妹的死没有确切的时间。那个时代与她们共遭此运的犹太人都是这样。时至如今,他们的死仅以大屠杀这个词一言以蔽之,其细节在历史的黑暗中掩埋。

"但是,押送的时间是明确的,因为有记录。"露西娅的音量很低,"我们移动的时候,上地铁要认证,在店里付钱要认证,乘坐电车要认证。无论去哪里,做什么,都有被追踪的可能性。"

"是啊。和萨拉热窝以及纽约一样,不仅要防止恐怖分子侵入,而且万一恐怖事件发生,还得把它当作线索追踪犯人的足迹。在确保追踪可能性的同时,还能警告他们,再掀起恐怖活动就会暴露,从而起到抑制犯罪活动发生的效果。"

"你不用说我都知道。我也没心情和你讨论什么社会管理、奥威尔和独裁国家。"露西娅微笑,"不过呢,当时的政府并没有正确掌握国民信息,这可是历史事实。一个十多年前的人口普查就是当时政府能掌握的全部了。那么是谁摆脱这个状态,做到有效地记录、分析、分类、统合国民信息的呢？是大屠杀的功劳。将犹太人送往强制收容所是人类历史上首次大规模集体押送，而纳粹为了使之成为可能，引进了计算机运行管理及记录设备。那可是IBM的大型计算机哦。当时还没有电脑，但已经出现了商业使用的大型计算机。"

"也就是说，如果没有IBM计算机，大量押送犹太人就无法完成。"我又确认了一遍，"说电脑是为破解密码而诞生，为弹道计算而发展的，原来电脑的前身也逃不过战争的影子啊。"

"他曾经给我看过IBM输出的犹太人押送管理表。那项研究是机密级别的，不过表格是公开资料。"

"一对情侣一起看大屠杀记录。实在是与众不同啊。"我开了个玩笑。

"是啊，确实不同寻常。"露西娅一笑，"他常说……屠杀有独特的气味。"

"气味……"

"他说，犹太人的大屠杀，以及克钦的森林、高棉的胭脂，都带有一种气味。在进行大屠杀的地方，发生大量谋杀的国家……总有一种'气味'。"

屠杀的气味。

约翰·保罗通过调查过去的屠杀，摸索到了那股气味。

"该不会是尸体的气味吧？"

"嗯。我想那是他诗意的表现。也许是他在研究里的发现，为了讲给我听又不涉密，就挑了这个词吧。"

"这么说，那个约翰到底在做什么研究，你到最后仍然没弄清？"

"是的。他好像对谁都没有说过。尽管他也隶属于少数几个人组成的小型团队，不过感觉实际上是他一个人负责的。我觉得他的夫人也不知道。"

"夫人？那你……"

我竭力装作惊慌失措状。对本来就知道的事情故作惊讶够难的。

"嗯，我还知道他有孩子呢。我真是最次的女人。"

说着，露西娅往地铁站方向跨步而去。

我慌忙从后面追上来。

"哎呀，对不起。我问得太突兀了。"

"没关系，是我自己一不留神说出来的。"

露西娅的眼睛里充满悲伤。

"抱歉。让你听到这些。"

"没有，我才该说不好意思。问你那些过去的事，也没顾及你的面子。"

我说着，暗自嘲笑自己的卑鄙。

露西娅·斯科罗普小姐，我早就知道你和有妇之夫交往了。

我不但知道你们在哪家店用餐，买了哪本杂志；还知道你们在哪个星巴克一起喝咖啡，甚至知道约翰·保罗买了多少只避孕套。

明明知道，我还佯装不知。在我看来是装模作样，对你来说是自然反应。

"要是觉得不好意思,那你能不能陪我去一个地方?就当补偿我了。"

露西娅说。依然是那悲伤的笑容。

那时,我强烈地感觉到,自己堂而皇之地偷窥别人的隐私,是个厚颜无耻的男人。

2

年轻人将酒吧搞得闹哄哄的。里面大声播放的舞曲对于很久不听音乐的我来说无法理解。青春的气息在这里四处洋溢,很难说是布拉格风格。

"我不适合这种地方。"

我脸上浮现出一副困惑的表情。

"就当是道歉吧。拜托了嘛,陪我一下。"

露西娅牵住我的手腕。

说实话,我觉得这个地方不适合露西娅。她和这么活力四射的地方格格不入。她在说有关书本的话题时最为动人,她教室的室内装潢也看不出任何浮华的痕迹。

露西娅拽我进店的时候,我有种说不出的异样感。究竟哪里不对劲,我也不清楚。我抱着难言的不安和她一起来到吧台。

很多年轻人在舞池中搂抱、接吻,享受着荷尔蒙分泌。舞池的地板上映射出地狱的影子。那种黑暗让人觉得若从那儿掉下去会落入无底洞。年轻人则在其上空的虚无之处狂欢。

其中分外吸引人眼球的，是一个在光脑袋上涂有全息照相纳米层的年轻人。薄膜喷洒在头顶形成显示域，头皮上显示出照相图样，仿佛头盖骨内部的脑髓通透可见。尽管只是映射在肌肤上的照片，可我一眼看去，心不在焉地想道，那里面有地狱吧。

露西娅很快点好了酒。

"你来这个国家之后喝过啤酒吗？我们国家的，没有掺杂口味的啤酒。"

"没有，只喝过百威啤酒。"

"是白威吗？这里的啤酒。"

"不是，是平时在美国喝的那种。"

"那怎么行呢。不是说你那样不好，不过你要是没喝过当地的，就没资格评论啤酒哦。"

说时迟那时快，啤酒端上来了。

"百威是这个酒获得的商标名。如果仔细看百威的啤酒罐，应该能发现上面写的商标名是白威。你们国家的百威在欧洲不能叫这个名字。因为白威是捷克的一条以酿酒厂闻名的街。这些暂且不谈，以白威酒为代表的捷克啤酒是世界上最美味的啤酒呢。"

露西娅从牛仔裤里掏出钱包，我大吃一惊。这几年，我从没见过钱包之类的东西。更让我惊奇的是她从钱包中抽出纸币。露西娅把纸币递给服务员。小费。自从认证支付占领市场后，这个场景已经完全消匿了。

这时，我才明白自己进店时异样感的来源。

在入口处没有要求认证。

露西娅对我的惊讶漠不关心，开始饮酒。她好像变了一个人，举止和她的外表格格不入。不过，这种惊讶程度不及刚才钱包和小费带给我的冲击。

过了一会儿，露西娅注意到我的表情。

"不喝啤酒吗？很棒的，你试试？"

"不……我有点吃惊。"

"为什么呢？"

"不是，你看，刚才你用纸币了对吧？"

露西娅点头。

"是啊，现在付钱全由便携终端和认证解决了。好久没见过现金了吧？"

"你用的是非法货币？"

"岂有此理。那可是受到捷克政府和欧盟政府承认的纸币呢。不过，适用场所有限制。"

"比如，这里就可以？"

"对呀，这是在捷克的部分经济体里流通的区域货币。仅限可以用它结算的企业之间流通。"

"吓我一跳。我原以为区域通货的尝试在十年前就破灭了。"

"没错，当时区域通货的尝试过于依赖左翼、地域主义思考，有点像共同体复权。比如在某地做一个工匠，或者在田里耕地过面朝黄土背朝天的日子，这样很容易直接和泛灵论相联系。而且不可否认，这里面还包含上个世纪对社会主义意识形态的憧憬破灭的因素。不过我们的不是共同体，有点失控的意思。"

"失控的区域通货，是什么意思？"

"追踪不到的钱，就是这个意思。不管捷克政府还是欧盟政府事实上都想把这个眼中钉铲除干净。但是到现在国会还没有通过非合法化法案。有一些人意图在其中掌控信息社会的平衡。"

我环顾店内四周。仔细看来，大约有几个比我年龄大的人。在他们度过的年代里，用不着一天二十四小时不厌其烦地证明自己，回答"你是谁？你是谁？"的问题。那样的世界深入这些人的骨髓。我注意到这群客人里有一个人面向我们招手。他随意穿着一件裁剪精良的藏蓝色夹克，里面是高领毛衣。

"哇，是你啊，露西娅。"

"哟，卢修斯。"

看来两人认识。露西娅招呼叫做卢修斯的男人过来，坐在我旁边。

"卢修斯是这里的老板。这人特别聪明，又有想法。"

"我除了想明天白威酒的进货量，就不想什么啦。"

卢修斯耸耸肩笑道。他的声音低沉但清晰，节奏不急不缓。

"这位是查尔斯·毕晓普。他从美国调职到这里的分公司工作。"

"我是毕晓普。"我用假名跟他打招呼，"你的店很不错。"

"谢谢。"

卢修斯说道。我们按惯例寒暄，现在除此之外也说不了别的。

"露西娅，好久不见你光临了。"

"工作忙呀。"

露西娅回答，我知道那是句假话。至少在我和威廉姆斯开始监视后的那几天，她应该不怎么忙。

"嗯，忙是好事。"卢修斯说，"不过，我们都很寂寞哦。泰隆可想你了。"

"真的吗？"

露西娅笑着问。卢修斯往店的里面一指。

"瞧，他为了见你才来的。不正站在那儿发呆嘛。"

"哎呀，还真是。"

露西娅起身往叫做泰隆的男人那儿走过去。只剩我和卢修斯两个人留在吧台。我抿了口泡沫完全消失的白威酒，确实不一般。

"你和露西娅是……"

卢修斯的问题在一瞬间让我产生了这个男人是否对露西娅有意思的疑惑。不过，他的提问方式和语调都极其自然，因而没有那种特别着迷的感觉。或许纯粹是作为朋友关心一下吧。

"我是她教室的学生，她教我捷克语。"

卢修斯瞪大眼睛，显得很吃惊的样子。

"露西娅可是第一次把自己的学生带到这里来呢。"

"今天我请她陪我去卡夫卡墓，给我做导游。我知道这是很无理的要求，不过好在她愉快地答应了。"

"卡夫卡墓？在地铁站正对面。那个地方不会迷路的。"

他在怀疑我吗？我提高警戒。

"对的，去过以后才发现不难找。"

我轻轻一笑，卢修斯也附和我笑了一下。

"对了，你来我店里吃了一惊吧？入口处没有检查，还可以使用区域货币。"

"这在捷克普遍吗？"

卢修斯快活地摇摇头。

"不是，我的店当然与众不同了。尽管政府不喜欢呢。现在他们还没能把我定为非法营业。由于没法用机器监视，所以警察可能会派公安人员扮作客人混进来。哎，小店什么执照也不缺，还卖爽口的啤酒，何必呢。"

"在美国已经没有这种地方了，所以我确实大吃一惊。"

"欧洲是个好地方哦。以前都说美国是自由的国度，现在反而在欧洲的一些国家才能得到一点自由。"

卢修斯说着，向调酒师要了一杯苦艾酒。

"要防止恐怖主义威胁，除此之外也别无他法。确实，在失去萨拉热窝以后还保留着这样的地方，我为欧洲的宽宏大度而感动。"

"这是对自由的选择问题。"卢修斯将苦艾酒端到嘴边，"劳动剥夺了个人的自由，作为回报，能给他带来收入，于是可以买各种商品。过去一个人必须耕地、收割、外出捕猎，现在我们可以把时间省下来交给农户，吃收上来的蔬菜、切好的肉类，甚而连烹调好的食品都随手可得。我们放弃了某种自由，获得了某种自由。"

"美国一定程度上放弃了保护隐私的自由,获得了从恐怖主义的恐惧中解脱的自由,是这样吗?"

卢修斯思考了片刻。

"也可以这么说。其实,自由的平衡在您的国家和我们欧洲略有些不同。不过也就是我这样的店能不能开,这种程度的差异罢了。"

"您是为了捍卫自由才经营这家店的吗?"

卢修斯那修长的双目好像在搜寻答案似的投向店内。

"也没有那么夸张。不过,如果从一开始就被束缚得没有喘息的余地,那些年轻人就很难体会到自由是用很多种自由交换而来的这个道理。"

卢修斯用下颚指向那些在舞池中手舞足蹈的年轻人。

"很多年轻人深信绝对纯粹的自由存在。他们需要歌颂这种并不存在的自由。我开这个店,是为了让他们在长大成人、面临不得不做出各种决断的状况时,切身感受到个人意志选择的自由是更高程度的自由。"

"你很有教育天赋呢!"

"某种意义上说算是吧。我喜欢称之为启蒙。"

卢修斯的流畅、沉着仿佛形成一种磁场,正如露西娅说的,他具备思辨的、可以说是哲学家的气场。他说话时会慎重地选择词语。他在说话前似乎一定要整理好思绪,在想好说什么到开口说之间会有一段恰到好处的间隔。

"启蒙是欧洲的专利啊。这一点我们美国人很难做到。"

"没有那回事。过去你们美国不是向全世界灌输自由和民主主义吗？那正是出色的启蒙啊。"

"我不该认为您是在讽刺吧？"

"不不，是认真的。"卢修斯一脸严肃，"投入高科技机器、扩大战场规模，以及之后增加劳务费，导致近代战争费用急遽膨胀。即使发动战争，简单地讲也赚不到便宜。就算在很大程度上能确保石油利益，对吧？那么，美国为什么还要打仗？为什么要在世界各地为了平息纠纷而忙个不停，连民间从业者的武力都要借用？有人说是为了伸张正义，不过我以为，既然它伴随着代价，那么美国人做的应该是以战争为手段的启蒙。"

"启蒙……战争是启蒙。"

"且不论美国人是否意识到这一点，现代美国的军事行动是启蒙性的战争。那是以人道主义和利他行为作行动原理，某种意义上也可以说是具备献身意义的战争。当然了，不得不说，不仅美国，包括现代发达国家的军事介入，多少都具有启蒙性质。"

"您这是在表扬我们美国吗？"

"没有。"卢修斯直言不讳地说，"刚才我说的不包括好还是坏的价值判断在里面。如果要说启蒙是独善的启蒙，只能是某一个人出于自身角度的片面观点。"

我为这个男子滔滔不绝的谈吐目瞪口呆。卢修斯真的只是这个酒吧的老板那么简单吗？我直截了当地把心里的疑问说了出来。

卢修斯笑道。

"埃里克·霍弗是码头工人。你喜欢的弗兰兹·卡夫卡是个小公务员。有句话说得好,职业不分贵贱,同时,思考不分职业。"

"说什么呢,卢修斯?"

话音响起,我回过头,露西娅回来了。

"在说自由通货的话题,还有战争是启蒙的话题。"

"和对我说的没什么两样嘛。"

露西娅笑着说。卢修斯也微微一笑。

"不,能和我交谈这个话题的人屈指可数哦。可惜现在我得回一下办公室。今天很高兴。毕晓普,下次有机会再聊。"

"好的,一言为定。"

我和露西娅目送卢修斯的身影消失在店里。

从那背影,我感觉到一种莫名其妙的紧张。

3

"正如你说的,他很有想法呢。不知道能不能这样说,他不太有捷克风,更有点法国风的感觉。"

我呡了一点点酒,谈自己对卢修斯的感想。

"我说吧,和他说话不会感到厌倦的。"

"在现在这种形势下把这种店开下去应该挺不容易的吧?"

"是啊。不过,对于那些经历过不用这么麻烦认证的人,还有现在感觉压抑得要窒息的年轻人来说，这种场所是不可或缺的。而一旦它有需求，这种空间就必然会在某处诞生。"

"你是说，来这里的，是寻求自由的人……"

"那当然，包括我也害怕恐怖组织呀。我当然没想全盘否定通过信息管理获得安全的当今社会喽。那边年轻的孩子就不知道是不是和我一样啦。不过对我而言，只是想偶尔换换空气，放松一下。有时会需要这样一个舒适安心的场所，我喝了什么，吃了什么，和谁一起跳的舞，从几点到几点在哪个店……这些谁也不晓得。"

这里就是露西娅所谓真正意义上的能够重返自我世界的宝贵空间。

谁也做不了记录，谁也偷窥不了，一切都被允许的地方。

露西娅带我来到如此私人的场所。

"你带我来这么难得的地方……多谢了！"

"我就是想带你来了。也不知道这是为什么……"

露西娅望着啤酒杯轻声自语。

"是因为约翰的事吗？"

我放下杯子问。

"嗯，我不信教，也不喜欢心理咨询。"

"这么说，和我一样喽。"

听我这么说，露西娅的眼中露出笑意。

"我既没有神父可以告白，也没有之前你说的写日记的习惯。"

"写小说也行啊。好多人都写自传小说呢,把自己的人生一点点拿出来零卖。那也是一种解脱。"

"我没有文学天赋。学语言的还这个样子,够悲哀的吧。"

"这么说,你只能把故事讲给我听喽。"

露西娅将视线从我身上移开,怔怔地往年轻人脚下的地狱看去。那架势,仿佛在祈祷自己被吸到深渊里去。

"他和我睡觉的时候,萨拉热窝消失了。"

露西娅开始讲述。和刚才大不相同,用一种簌簌低语式的微弱声调。若不竖起耳朵来听,那声音恐怕要被舞池的音乐掩盖掉。可我不知为什么听得特别清楚。

"那时约翰的妻子和女儿去见萨拉热窝的姐姐。他和我利用这宝贵的时间,在麻省理工的街上尽情享乐。那段时间不用在意他的妻子。我们开心极了,幸福无比。幸福将罪恶感洗刷得一干二净。我空闲的时间一直和他一起度过。"

露西娅咬咬嘴唇。仿佛要用痛楚惩罚自己,否则她会无法忍受。

"我记得再清楚不过了。和他做完爱后我去洗澡,回来发现他整个人定在那里一动不动。纳米显示屏首页的最上面有一个话题,说萨拉热窝发生了核爆炸。他看的就是从那里点击进去的报道。

"我变得害怕,裹着浴巾动弹不得。他一遍又一遍地看同一个链接。新闻主持人不停地播报刚刚接收到的新情况,子栏目里瞬间涌入好多好多的相关链接。但约翰对那些链接一点兴趣也没有。他不想知道更详细的内容了,他呆坐在那里,一直盯着第一条消息。"

露西娅说到这儿,往嘴里含了一口啤酒。她娓娓道来,让我觉得她是在向我讲述别人的一个故事。很久很久以前,在一个地方,有过一个女人叫做露西娅·斯科罗普,就是这样的语气。接着露西娅继续往下讲。"他飞去萨拉热窝了。"她说。

"尽管我也想和他一块儿去,尽管我已经堕落到这等地步,可是专程去确认自己情人的妻子和孩子的生死,我还是做不出来。他的妻子女儿在核爆炸中消失的时候,我们竟在床上寻欢作乐;他妻子女儿的身体被炸得尸骨无存的时候,我竟将他接纳在怀,沉浸在欢愉之中。我到底该怎么办呢?我不知道。他从萨拉热窝回来以后,我该以何种颜面见他?我一点儿也不知道。最糟糕的是,都发生了这样的事,我还是爱他!我想见他,想得不得了。我还是想躺在他的怀抱里!都什么时候了我还是管不住自己,我真想死了算了!

"不过,最后证明我的操心是多余的。他悄悄地从萨拉热窝回来,悄悄地辞掉了大学的工作,到国外的某处去了。我都没有想过要去找他,因为我害怕遇见他。要知道他的存在就相当于我的罪孽。我能与自己的罪孽面对面吗?我能经受得了吗?我对自己完全没有信心。"

露西娅的故事讲完了。

我自始至终都保持沉默。因为也没有插话的机会。露西娅讲完后，静静地望着啤酒杯。我不知道应该说些什么。我应当如何帮助露西娅面对罪恶呢？我一点头绪也没有。

因为，那和我怀有的罪恶很接近。

我看人物像时感到的漠然消失了。当语言通过声音传到我的耳朵里，那无形无状的东西仿佛变得有血有肉起来。那些信息通过露西娅的声音表达出来后，理解获得了形状。阅读文字和聆听声音是不一样的。

不知谁说过，耳朵无眼睑。闭上双眼，书上的故事就会离我们而去。但是，对于别人用声音讲出来的故事，却不能如遮蔽双目那样将它拒之门外。

露西娅的故事通过声音讲述出来的时候，第一次贯穿了我的全身。

声音给故事增添的颜色。

那是忏悔。如同马克·罗斯科的抽象画，那是用风干的血迹般黯淡的褐色填涂的，浓重的忏悔。

一日，约翰·保罗的妻儿在萨拉热窝突然消失。露西娅对不起她们，却已无法补偿罪恶。因为她们已经不在人世。她们消失得一干二净、尸骸无存。

罪恶感的对象已经死了，这意味着，有朝一日施加补偿的希望被剥夺了。杀人最可憎的罪恶便是无法对受害者作出补偿。你也绝对不可能乞求死了的人对你说，我原谅你。

人都死了，还原谅谁？

露西娅之所以痛苦，原因就在于这里。人只有在发觉事情无法挽回以后，才感受到没有后悔药的痛苦。在这个世上，已经没有任何一个人可以赦免露西娅对约翰·保罗的妻儿犯下的罪行。

有人说，上帝死了。这个时候罪恶成了人类的东西。犯罪的是人类，这一点没有变，可赦免罪行的不再是上帝，而是死去的肉体之主，是人。

所以，我被露西娅所吸引。我们同样是无法获得赦免的罪恶之人。我们都困扰于对死者的罪恶感。

于是，我决定将有关自己罪恶的故事讲出来。

现在想来，这算是最小化的对她表达好感的方式吧。

4

"母亲现在痛苦吗？"我问。

"痛苦的核心是问题的所在。"医生说。

到处都是尸体：被子弹打开了头颅的少女；背部中弹的少年；被烧焦的村民；还有我杀死的"头号目标"——屠杀指挥官。

我从横尸遍野的中亚回到华盛顿的那天，离事故发生已经过去三日了，可那时的我并不慌张，而是出奇的冷静，前往上级通知我去的医院。

轧死母亲的是辆老款凯迪拉克，是人类进入二十一世纪之后寻求的不带任何交通保安设备的玩意儿。车身是粉色的。说起来好笑，可这就是事实，只得接受。轧死母亲的是一辆无聊透顶的粉色凯迪拉克。驾驶这辆黑色幽默车的人，醉得一塌糊涂。明文规定：一旦启动引擎，驾驶员必须保持大脑清醒。可现在大多数的车主都是如此，把那些繁琐规定抛诸脑后。就这样，车载着酒精浸渍的大脑恣意冲入人行道，撞飞了包括我母亲在内的四五个行人。

且不说这种车如今在这个国家里还照常使用，堂而皇之地行驶在车道上是对是错。那辆凯迪拉克最终和一辆正规行驶的车在岔路口撞了个正着，凯迪拉克的侧身经猛烈撞击后停下了。酩酊大醉的生命也一样终止了。

母亲当场死亡。在急救车赶到之前，她的自发呼吸已经停止，就在即将到达医院之前，心脏跳动也停止了。

不过，母亲又从死亡中苏醒过来。那是借助恰当的处理和恰当的机械。母亲接受的处理治疗和我们在战场上负伤时派上用场的战斗继续性技术是一样的。先对受损的内脏进行一定处理，然后纳米机械群可以止住细微性出血，心脏便恢复跳动了。

母亲死里回生，是为了让我替她决定生死。那是对前往危险军队执行任务的我施加的报复。

没错，现在徘徊于生死边缘的正是我的母亲。但是，还不至于要上气不接下气，慌慌张张地往医院赶。就我的职业来说，面对死亡是家常便饭，死是再熟悉不过的风景；就身边的环境来说，我的父亲有一日突然消失了，还有患小儿癌症死去的朋友。已经有这么多人从我的眼前消失，时至如今我再也没有慌张失措的必要了。

我一步一步往前走。从自己的宿舍，坐上飞机，来到华盛顿，搭上的士，抵达医院。这个过程中我一步也没有跑。尽管悲伤堵在胸口，但对我而言，这种灾难不算突然造访的不幸，而是这个世界本来就该有的唐突，不过又一次赤裸裸地表现出来了而已。这一点是最残酷的，世界总是很突然。我没有必要对总是突然的这个世界中的一个突然表示惊讶。

那是个夏天。我在八月热得跟蒸笼似的华盛顿走进冷飕飕的医院，在接待处接受认证。"需要虚拟向导吗？"服务台问我。我这才发现自己忘带联络设备了。在机场、的士里，我都丝毫没想起来。我回答说自己没有把设备带来，于是医院认为我是需要指引的人，我脚下的地板上出现了指引标志。黑色的标识好像一条池中小鱼，在医院的压力防滑素材地面中畅游，将我带往加护病房。医院的地板因指引病人的标识而热闹非凡。

一切都被抽象化了，为的是达到一目了然的效果，医院里所有的空间、物体的机能都显示得很清楚。我随着爬行在地面上的标识在医院中行走。一种梦幻般的味道微微地从我意识中穿过。

若没有标识的指引，我大概会迷路吧。我在医院的复杂构造里穿行了许久，总算到了加护病房。我在入口穿上防疫服，大门从左右两边打开表示接纳，我一脚踏了进去，看见透明的帘子将每一个病床隔开，帘子后面躺着的患者神情恍惚，仿佛立即要从这个地方消失似的。

当然了，这里的大多数人大概还有救。至于我的母亲是否有救，我尚且不清楚。

爬行标识往一张帘子里滑了进去，于是我打开帘子。

很多管子，还有很多监控系统。为了复原母亲身体里不健全的部位，伸进体内的输液管导入代替性纳米机械群。母亲浓密的头发都被剃光了，开颅后缝合机固定的缝合部位上满满地贴着止血纱布。再看过去，那大概是医生写下的吧？纳米机械群要通过电磁波照射才能从外部引导注入体内，于是用钢笔在剃光的头皮表面标上了很多记号。

我不禁想，那简直和冰箱门一样。我在威廉姆斯的家里见过乱贴一气的便签，多得数不过来。别忘了！别忘了哦！这些小小的"别忘了"的断片重重叠叠，挤在厨房的一角。当然，这情景还有可能出现在警匪片里主人公的办公桌上。

医生为防止忘记母亲大脑局部存在的机能和它们各自的状态，于是在那滑溜溜的头皮上写下了备忘录，仿佛陈旧的骨相学图版。

我就这么站立不动，凝视母亲，不知过了多久。突然，一个稳健的声音问我："您是克拉维斯·谢泼德上尉吗？"我转过身去。"我是您母亲的主治医师。"他说道，接着自报了姓名。

"我母亲怎么样了？"我问。

"多处骨折，大面积皮下出血。好几处内脏器官受损，功能低下。但总算靠高科技维持住了，现在的状况暂时还不影响生命安全"。

生命是什么？我没有这么刨根问底。现在母亲丧失了意识躺在那里，她的存在能算是生命吗？

"母亲的意识……"

我问道。医生抿了一下嘴唇，皱了皱眉头。当时我以为那个表情是提醒我不要放弃希望，不过现在想来不是那样。那时医生表情阴郁，不过是一个某领域的专家为如何给一个外行人说明复杂的专业知识而苦恼罢了。但凡有过从事专门职业的人，都会有这样的体会吧。与朋友、亲戚，或者一个职场里的机关人员、营业人员说话的时候，针对一个技术上不能简单一概而论的问题，被要求回答一个准确答案的时候，往往会不知如何是好。

"有没有丧失意识，这个问题很难回答。"医生打破沉默，"您母亲的头部与路面发生了猛烈碰撞。它损伤的类别叫做脑挫伤。碰撞一侧的较狭窄范围和相反一侧的头盖骨内部宽阔范围都受到了损伤。相当深层的部位也有几处有出血的状况。"

"相反一侧是指……"

"打个不恰当的比方，就好比台球。把球打出去的时候接触的只有一个点，但被打出的相反一侧会与半圆形头盖骨内侧猛烈相撞。"

在母亲的头颅里进行的桌球游戏，而球却像棉花糖一样脆弱。

"您母亲大脑里的各部位从新皮质开始都受到了严重损伤。"医生说。自发呼吸已经不起作用，他们想尽办法恢复了她的呼吸，现在就是用机器来维持这个状态。

"谢泼德先生,我们可以显示出您母亲的大脑机能模块中哪个领域已死,哪个领域还有用。您母亲的大脑里还有一些模块功能正常。但是……"

说到这里,医生停住了。

"但是,什么?"

"什么模块还能用,就代表意识没有丧失,这个我们没有经历过。也就是说,我们没体会过死,所以不知道。"

母亲的家。这个地方也曾是我的家。

家位于乔治敦的一角。家附近有一段"驱魔人"楼梯,上面有很多涂鸦,大多写的是某某到此一游。我上高中那会儿,有人为了作秀,在楼道里描绘出无限循环翻跟头的卡拉斯神父。尽管这不过是个恶作剧,不过我记得它曾经在很短暂的时间里掀起网络热议。

我打开门,闻到母亲的气味。母亲生活的气味。母亲空间的气味。

"我回来了。"

我下意识地喃喃自语。我说出的话往空间里散去,消失了。

我在自己家里转来转去,简直像警察或者小偷。我的房间还原样留着,和我离开家的那天没有什么变化。我用食指轻轻擦拭书桌表面,几乎没有积灰。原来妈妈一直在为我清扫房间。

我想到了眼睛。

这个家便是眼睛。妈妈害怕我像爸爸那样有一天突然消失,因此始终注视着我。我在这个家里长大成人，从没离开过那种视线。妈妈不在家的时候，我独自一人在起居室浏览网页的时候，也能在肩头感觉到视线。

妈妈总能发现我行动的蛛丝马迹，让我觉得不可思议。我偷吃了什么糖果，或者悄悄带好朋友回来玩，尽管我那时还小，也知道努力隐藏证据，可妈妈能通过确认家里的样子把我的每一个小动作都找出来，然后训斥我。

这不就是内部追踪吗？我在自己以前的床上坐下，不禁一笑。

我想，这是属于母亲的世界。

为了不让任何人消失，母亲时时注视着的，两只瞳孔。

不知何时起，我开始为此感觉到苦闷。于是，我进入军队，志愿参加特种部队。克拉维斯·谢泼德，这下你如愿以偿了吧？进入险象丛生的环境，看尸体看到彻底厌倦，而且到现在自己还活着，还亲历过失去自杀的战友。这不是完美的现实体验吗？除此之外还有什么值得乞求的？

我想到这里止住了。我不敢继续思考下去。

走进厨房，里面也收拾得井井有条，可怕的是冰箱上既没有便签也没有磁铁。

母亲不喜欢照片。不但卧室里一个相框也没摆放，而且我到现在才意识到，自己一次都没有见过父亲的相片。在这个家里，父亲的、我的，甚至连母亲自己的照片，一张也没有。

会不会存在母亲的网络空间里呢？说不定登陆进去，能发现爸爸、妈妈和我都在里面，被好好地保存着，而且就在唾手可得处。

壁纸还是我孩提时代的模样。虽说有些泛黄，不过仍然擦拭得很干净。拿指尖咚咚敲击两下，端口滑落手边。我试着唤出母亲的账号，不消说，需要认证。

这里面会记录着母亲的人生吗？要是我调出人生图表，指示编集母亲的传记，它会为我编织出一个故事，让我弄懂母亲现在想让我怎么做吗？

突然，我开始发现自己只是一味地搜寻记录。

日志、人生图表，相比于这些外部记录，我更想知道自己心中的母亲想让我怎么做吧？而且我发现了一点：我为了寻找母亲的愿望而回到这个家，不过是逃避罢了。因为对我而言，母亲会怎么做，这我完全想象不到。

我们在面临作战前要仔细阅读目标人物的心理图表。仔细阅读国家安全局和国家反恐中心发来的各种日志，预测即将暗杀的对象的行动方式。即便如此，现在我却丝毫无法想象母亲的愿望是什么。

即便母亲的日志能够登陆上去，未经编辑的原始资料也不会那么轻易就可以整理好，网络软件用这些材料编写出母亲的人生故事，又有多少用呢？可我还是忍不住要找记录，不是为了给自己的想象寻找证据，而是因为我害怕承认自己连想象都做不到。

我完全丧了胆，在沙发上坐了下来。

我爱母亲，毋庸置疑。

我害怕。我担心有一种可能性的存在——我会不会对母亲有所厌烦？母亲一个人将我拉扯大，可是会不会有一种微弱的可能性——我在心里的某处刻意疏远了母亲？

母亲的视线从不间断地落在我的身上。她从房间的一侧、从厨房，盯紧着在家里来回转悠的我。无论是下楼梯，还是吃完饭回自己房间，我都能感觉到肩头和背后永不离弃的一双眼。

母亲一直注视着我，从不间断。

小时候的感觉失而复得。自己在走廊，在厨房，在厕所，在浴室，母亲的视线总能从某个地方穿透过来。透过这个缝隙，转过一个弯儿，通过一个角度看向我。我的脑海里浮现出遍布整个家里的视线的方向。母亲并非溺爱我，她对我的养育相当放任自由。母亲把我当作一个普通的孩子养大，只不过和其他孩子有一点点不同的是，我无论在什么时候，都能从后脑勺某处模糊的领域里感觉到母亲的视线。

家。父亲消失了的家。

母亲的视线的家。

被注视带来的安心感，不过是苦闷的表层。

我待不下去了。我不能忍受在这里住下去了。

那一天，我找了一家汽车旅馆入住。我对医生说，我母亲不是留遗书的那种人。于是医生通知我："临终医疗时期病人的意志状态不明，既然您母亲不信教，那么是否继续对她进行治疗——这个问题需要由您来决定。"

白天，我一边在医院照顾母亲，一边不停地注视她的脸庞，想从中寻找答案。我默默地挣扎。如果换作是母亲，她会怎么做？母亲希望我怎么做？

"我的母亲痛苦吗？"我问。"承受痛苦的主体——'我'的存在是问题所在。"医生回答。他继续解释道："究竟从哪里开始可以算作是'我'呢，这是个问题。"

"究竟大脑的多少部位，多少构成人格和意识的机能模块还残存，就可以毫不犹豫地称作有'我'了呢？您母亲现在大脑的状态，我们没有办法去体会。她的大脑里是否还有'我'的存在，痛苦这种感觉是否能从神经传输到大脑，并且大脑把这种感觉当作'苦痛'来接收，我无从得知。"医生无比坦白地告诉我。

"不能有谁帮我决定一下吗？"我说。老实说，我都快哭出来了。我很恐惧。留着这么一个不明不白的灰色领域在那里，现在却逼我去做决断，医学到底是干什么的！

当然那不是医学的责任，那大概应该是哲学的工作。但可气的是，科技对于哲学来说并不是重要的要素。科技把人类分解到这个地步，哲学却佯装不知。

我不想做决定。到现在为止我已经为好多人的生死做过决定，我也知道现在说这种话未免太不负责任，但要让我决定我爱的人的生死，我只会惊慌失措。曾经，"脑死亡"一个词就能分辨黑白的时代尚且是幸运的。而今，生与死之间拓展出如此广阔的暧昧领域，谁也不告诉我是怎么回事。

回归道德，我继续哭泣。我在这个任凭灰色领域不断扩大却不反躬自问的世界里哭泣。恐惧。我感觉到残酷和惊慌，因为自己非决定不可。我哭得太多了，想呕吐。我伏在床上哭个不停，时而跑到厕所里做呕吐状，想从空荡荡的胃里抠出东西来。没有东西，只有唾液在嘴角垂成一条长线。

到夜明之时，我决定了要怎么做。

问题无论有多么复杂，到最后，只有两个选择。

我都没有好好读一下终止治疗的同意书。

我按照要求认证过后，母亲的延命装置停止了。"我能理解您的心情，我为您介绍一下我院的心理咨询师好吗？"医生说。这个时代下，遇到什么问题都得找心理咨询。夫妻危机、作战准备，包括至亲之死。

"多谢了，不用。"我有礼貌地回绝了。

简单地说，我累了。

这么想是在葬礼的时候。为母亲的事情想了很多很多，已经筋疲力尽了。所以我作出了一个决定。要不是筋疲力尽，说不定我现在还在医院左思右想困扰不堪。

那个时候我想，自己是为母亲着想才选择终止治疗的。在设备上摁拇指印的时候我想，母亲大概不想活在这种半吊子的状态。生也好，死也罢，她应该希望别人给她做个决断。况且，如果她还活着，应该还会感觉到痛苦。

但是，医生也告诉我了，会不会感觉到痛苦，我们无从得知。会不会把痛苦的感觉当作"痛苦"来接收，也不知道。因为母亲的"我"正越来越稀薄。

还有，那份"压力"。时隔好久回到自己生长的家，在里面走动的时候，我微弱地感觉到母亲的视线带给我的窒息感。

我真的是为母亲着想才作出这个决断的吗？葬礼结束的时候，我无论从哪个方面想，都找不到合理的解释。

我亲手杀死了母亲？我感到恐惧。这个想法从那时开始侵入了我的意识。

5

我讲的故事版本里略去了军队和作战任务的内容。我在讲话过程中大概喝了四口啤酒。露西娅好像一口也没喝。

"……我觉得你做了一件正确的事情。我觉得你没必要为这件事苦恼，也不用像我这样背负罪孽。"

有些话已经到了喉咙口，却出于职业道德止住了。这些话在我体内迅速膨胀，让我感到快要窒息。我只将自己罪孽的一部分释放出来真是大错特错。其他好多罪孽在我的体内膨胀，让我简直想立即一吐为快，可职业意识——作为专门从业人员的冷静发挥了作用，总算把那些话给压下去了。

我杀死了我的母亲。

我杀死了原准将。

我杀死了正在执勤的侦查兵。

我对正在遭受屠杀的人们熟视无睹。

不要原谅我，露西娅！除了我刚才告诉你的之外，我的罪行堆积如山。你难以想象我杀死了多少人，而且我下一个要杀的就是你的旧情人。所以不要原谅我！如果你原谅了我，我真不知道该怎么办了。

"……你能这么说，我很高兴。"

尽管心如乱麻，但我可以给自己心理麻醉。比如像这样回答你，而且我确实这么回答了。我就是通过这个办法对那些遭受屠杀的孩子弃之不顾，并且杀死了那些暴露在自己枪口前方的孩子。

"你知道自己会受伤。你知道，如果做出终止母亲延命治疗的决断，自己会很痛苦。即便是这样，你还是为了你的母亲做出了这个决断。那算不上是罪孽，你是为了母亲的幸福才那样做的。"

"是这样吗……"

"人类没那么轻易坠入地狱的。我们大部分人是为了为善才生于此世的。"

"露西娅，你不是不信宗教的吗？"

她的话里充满了佛教味儿，所以我不禁这样问道。

"这不是信仰的话题。我说的是有关生物进化的话题。"

"进化……"

"人类的基本样态，并不是地狱模式。不，还不仅是人类。生物的复杂性，就在于必然会采取利他行为。"

"可达尔文的进化论讲的是适应和淘汰。那是适者生存的战略。既然适者生存是最大的目标,那么保护自己岂不成了自然状态?"

"不对,你想想昆虫的种群。超越个我的界限,为种群作贡献的昆虫不胜枚举。比如蜜蜂,为了保卫蜂巢宁愿用毒针刺伤敌人,自己却死了。这就是放弃自己的生存,为了保全群体或者整个种群做出的行动。"

"但是,那是根据遗传基因做出的本能行动啊。"我反驳,"要是这样,我们和机器人不就没分别了吗?我不是像机器人那样为母亲的死做决断的。我是出于自己的意志,决定杀死母亲的。"

"人类的良心,怎么就不能是遗传的产物了呢?"

露西娅反过来问我。

"但是,完全不为他人考虑的坏人也存在啊,这怎么解释?贫穷的国家和富裕的国家里,道德伦理的概念有显著不同。良心还是社会的产物吧!"

"良心的细节,那就对了。但是良心本身,包括良心的边缘领域宗教的存在,都是生物进化过程中产生的。"

"那么,进化论和利他行为两者并立……"

"游戏理论的实验中,曾做过一种模拟,其过程不断复杂化。在初期的单纯状态,每个个体确实纯粹为了自己而行动。排挤其他个体,往对自己有利的方向努力再努力。这种初期状态下,背叛呀、暴力抢夺之类确实是个体的基本样态。但模拟实验的个体经历几个世代后，其细节复杂化了——也就是，随着与现实越来越接近，人们不再只顾眼前利益，而更加注重形成集团共同行动，他们意识到这样获得的安定性要大得多。"

"这样啊。"

"以前相互背叛的个体确实在初期的单纯状态获取了很大利益，但随着谋求安定而聚集在一起的集团增加，他们的利益就大大削减。为什么呢，因为背叛的个体与其他背叛的个体组成集合，其结果就是在集合内部发生背叛。他们无法形成本质上安定的集合。"

"也就是，生物形成种群，意味着良心的萌芽？"

"弱小的生物为了适应在这个残酷的世界上生存，构筑安定的集合很重要。做有利于其他个体的行为，有其纯粹生物学上的根据，而且既然是在进化过程中为了适应而产生的，那么说利他行为存在于遗传基因中，或者说我们一生下来它就在大脑机能中存在，就没什么不可思议的了吧？"

"你是说，我决定杀死母亲所经历的痛苦过程和我的灵魂没有任何关系，是遗传基因的原因，是大脑里本来就有的机能，是这个意思吗？"

"也不能这么说。"露西娅摇头，"我也知道，说到遗传基因啦生物学规定之类的，有些人会这么想。但你说你没有特定的信仰，不是吗？"

"差不多吧，是这样。"

"既然是这样，你怎么会用'灵魂'这样一个形而上的词语呢？"

我考虑了一番。"人类有灵魂"，我这么想代表了什么呢？"人类有灵魂，人类有脱离肉体的崇高精神中枢。"这样想问题的话，我对那么多儿童见死不救、亲手夺去那么多独裁者以及流氓无赖的生命等等罪行就可以减轻——我假设存在这样一个天堂或地狱般的虚拟世界，这些人的灵魂可以在那里生活。

这算什么！这难道不是对宗教最差劲的利用方法吗？我不是一个完完全全的无神论者。这一点，我到现在才意识到。

我不过是在逃避。亚历克斯大概没有逃避，或者逃脱不掉。他和我不同，对宗教是认真而虔诚的。亚历克斯没有利用宗教。

所以亚历克斯才自杀。我现在把这件事弄明白了。

"进化孕育出了良心，我们的文化也一样。从父母到孩子，从一个人往另一个人传递信息。模因这个词，你知道吧？"

"模因属于文化领域吧？刚才你不是说良心是生物进化的产物吗？"

"良心本身是的。而良心的细节却是社会的产物哦。模因世代相传，某一个细节被淘汰，某一个细节保留下来。这就是文化。"

"那么，我们被模因所支配，是这么回事吗……"

"不，不是那个意思。说到遗传基因、模因之类，人容易往被支配的方向去想。但模因这东西并不是用来规定我们的。其实是模因依赖我们的思维而生存。我们思考、决断，模因就寄生于其中，并从一个人传达给另一个人。无论模因还是遗传基因都不能成为自己所犯罪行的免罪符。尽管我们的思维被遗传基因所规定、被模因所影响，但良心和罪行都不能归咎于它们的责任。"

"但是，假设我的体内有强奸女性的遗传基因，把你给强奸了，这不能怪遗传基因吗？我在小时候受过虐待，结果不能充分认识到爱情和利他行为的价值，成了个连环杀手，这不能怪养育我的环境吗？"

"那不一样。人可以做选择。过去啦、遗传基因啦，哪怕有这些前提条件。要知道人是自由的，也可以自己选择放弃自由。人可以为了自己，或者为了一个什么人，决定哪些事做不得，哪些事不得不做。"

我凝视露西娅的表情。不知为什么，我感到极大地获救了。不是因为自己的所作所为得到了肯定，也不是因为自己犯下的罪过烟消云散。

是因为露西娅教会我一个道理：那些是我自己选择去做的事，不需要把罪行推卸到谁的身上去让他负责，是我自己主动选择了背负罪孽。

"谢谢你。"

我说。露西娅默默接受了我的感激。

即使认证在大街各处比比皆是，通行地点需要逐一记录，但自杀性、无计划突发性犯罪毫无减少的迹象。信息管理社会对有计划犯罪形成了一定的抑制作用，但对于某种程度上被逼到绝境的犯罪者来说没有任何的预防作用。所以护送女士回家的习惯也并未过时。

我们乘坐的是地铁和电车。只喝了几杯啤酒，可以说几乎没有酒精作用。所以在离露西娅的家最近的车站下车时，我瞬间感觉到有人在监视我们。

我该怎么做？若仅仅是尾随，我把露西娅送到房间后甩掉追踪者就没事了。不过，如果这次的人是上次交手的青年的同伙，想必他们不会让同样的事重演。

我大概考虑了一下遭遇袭击的可能性。对方跟得很紧，那距离作为跟踪来说实在太大胆了。从这里通过人流较少的道路走到露西娅的房间需要足足十五分钟。我们的据点在她房间正对面的公寓里，所以需要的时间是相同的。我向威廉姆斯发出紧急信号。只要那家伙赶过来，还不至于很糟糕。

我拉住露西娅的手快步往前走。

我猜中了。尾随者跟上我们的节奏追上来了。就算他是个外行，也不该采取这么容易暴露的行动。我做好了思想准备，从这里到露西娅家这段路程中，我们会遭遇袭击。

人数尚不清楚。如果他们吸取上次失败的教训，这次跟过来的人必定不止一个。

情况不妙，我想。如果情况紧急我就必须拔枪，但那个时候我在露西娅面前的所有伪装都将前功尽弃了。除非露西娅还认识会耍枪的广告代理店经纪人。

情况不妙还有一个原因，在这个状况下我很有可能错误判断拔枪的时机。对我而言枪是不得已时的最后手段，而对方从一开始就杀气十足，这个场合下我的行动会比敌人迟一步。

"怎么了？走得这么快？"

露西娅稍显不满。我管不着那么多，抓住她的胳膊继续往前走。我暗自祈祷这时能有行人经过。

前方出现一名男子，是那天跟踪队伍里的一个。我没停下来，冲着那名男子径直前行。同时，后方的跟踪者开始猛冲过来。

后面那个家伙错误估计了我开始进攻的时间。

我首先与堵在前路的男子交手，我紧紧握住他想从怀里掏出的枪柄，上保险，他因无法扣动扳机而仓皇失措。我顺势拧过他的手臂，将他扣在扳机上的手指缠压在触发器上。

"哎呀"，那男子叫疼，跌坐在石阶上。我将从男子手中夺来的枪指向后方的那个人，同时扣动扳机。

出乎我意料，这把枪竟是经过 ID 注册的。

枪柄拒绝认证我的掌纹，枪的保险锁住了。明明是袭击者，使用的枪却是正规注册的。这样看来，他大概是某谍报机构的人吧。我咬咬牙，把枪丢到一边。

到此为止一切都几近在瞬间内发生，露西娅仍呆呆地站在那儿。

我粗粗扫视四周，除后方男子之外看不见一个人影。可袭击者就两个人也太少了，应该考虑第三者突然袭击的可能。

眼下，我尚且能做到不拔枪就解决问题。至于作战技巧之类，倒是需要事后讲清楚，不过只要说自己曾经在军队待过就差不多能蒙混过关。与后方男子交手之前，我还有考虑这些的空闲。

这空闲刹那间便终结了。

燃烧。

食指中指无名指小指拇指。

电击。

我的意识因这猛烈的袭击开始丧失。

双手的指尖、双脚的脚尖、瞳孔、内脏，全身所有地方无可置信地疼痛起来。仿佛神经末梢到达的一切部位一起发狂，这无法忍受的疼痛让我几近昏厥。

"毕晓普，你怎么啦？查尔斯，喂，你怎么啦？"

从身体内部着火，大概就是这种感觉了。

露西娅一脸恐慌的表情，摇动我的双肩。待我反应过来，后面的追踪者已经没在跑了。他将携带终端朝向这里，缓缓走来。

"快跑！"我忍受着神经末端的剧烈疼痛，好不容易挤出这两个字。快逃呀露西娅！那个男子没有停下脚步，我这时终于意识到他就是对我施暴的那个年轻人。

也许因为疼痛，露西娅决定丢下我逃走的那段时间漫长无比，让我心急如焚。脚尖触碰到石阶也疼得难以忍受，我倒在布拉格的历史层上。

我已经叫不出声音，完全败给了对手。

"露西娅，你没必要逃跑。"

我听见了一个声音。我的十指因疼痛而似花瓣一样撑开，在渐趋薄弱的意识下，我总算看见了声音的主人。

作战前在资料里见过无数次的那张脸。

这几年间，成功摆脱我们追击的男人。

在约翰·保罗的面前，露西娅怔住了，仿佛一个木偶。

6

睁开眼之前，我的脸颊感觉到石面的冰冷。

我寻找那种焦灼的疼痛感，可全身上下寻不着一处。我缓缓睁开眼，怔怔地向自己的指尖看去，它们曾经那么疼，可现在既不红也不白，和平常没什么两样。

我的双手腕被胶布缠着。我胆颤心惊地尝试着用手指按压地面，感觉不到疼痛。我用掌心支撑自己起身。房间内略微昏暗，地上平铺着国际象棋模样的瓷砖。

"我不知道你是谁，我猜你是来杀我的吧。"

声音从后方传来，我回头望去。月光泻入镶嵌铁格的小窗，一张背光的脸在对我说话。

约翰·保罗。

屠杀之王。

"听说美国政府往我所在的国家运送暗杀部队。我偶尔会听说和我亲近的将军、军人、掌权者被'某个人'暗杀的报告。"

"恐怖吧？杀手的脚步声渐渐临近。"

约翰·保罗对我的嘲讽只是耸耸肩。

"有一次我想回露西娅家的时候，发现有个三流间谍在盯梢。往后我对她家监视了一段时间，接下来你出现了。我很清楚你是个军人，当时想，这下麻烦了。"

"为什么你觉得我是军人？"

我瞪着约翰·保罗。这个人以前是语言学家，后来成为PR公司的精英，他这流外行人居然能辨别出军人和中央情报局，摆出一副专业的面孔，让我浑身不舒服。

"想必你也知道，我这几年是在战乱地区度过的。时间很长。别提美国了，连联合国都不会武装介入，我去的尽是这种国家。有时民间军事公司的雇佣兵也会来做战术指导。那是为了把当地民兵训练到'能用'的程度，引导他们正确地实施作战行动。那些人大多数都是特种部队出身的吧？为了拿到更多的钱而离开军队。看他们看多了，我发现军人的走路方式很特别。要知道我做学者的时候专门研究从繁杂的要素里寻找潜藏其中的规律。"

我手脚被捆，坐在地板上，与约翰·保罗面对面。简直像教徒在聆听耶稣的训导。

"你得到国防部的资金援助来研究语言。从事的研究是从语言中寻找规律。可国防高等研究计划局究竟为什么要出这个钱呢？不就是关于语言的学问吗？凭什么非得定为国防机密不可呢？"

"你的上司或是华盛顿的官员没告诉过你我在做什么？哎，真像他们的风格。"

月光照在我的脸庞上，在约翰·保罗的眼里我大概泛着白光。原学者把手放在嘴边，慎重地说道。

"一开始没有国防部门的预算，纯粹是学术研究。我的研究指向公开来源的资料——纳粹的公文、广播、杂志、小说、报纸、军事通信、作战命令。我设法把可能搜集到的所有文本资料弄到手，把这些没有电子化的纸质文献通过人力输入转化成数据档案，进行语法解析。"

纳粹德国的话语研究——送给初次涉足法西斯社会的你，于心无愧的国家社会主义者的说话方式讲座。听上去实在仅限于历史和语言领域，没有国防部门插足的余地。

"我将研究成果写成论文发表了，这样一来没过多久麻省理工预算委员会就叫我过去。委员长对我说：'国防部说不定可以对你的研究提供资助。下面你去国防部，简要介绍一下这个研究。'研究一旦加入预算，就被定为机密性质，不过预算补助之外的好处更加诱人，我就勉强接受了。这样一来，我可以阅读所有的情报局机密文件和安全局监听的海外通信记录。这里面有红色高棉领袖波尔布特的无线通信，还有卢旺达的无线电广播。由于国防部为我提供便利，我甚至可以在俄罗斯的公文馆阅读客钦族森林屠杀的相关资料。不过最吸引我的还是实时监听，我可以把那些内容当作研究对象来进行研究。"

"那，你发现什么了？"

"屠杀里面，存在语法。"

我不解其意。

约翰·保罗看出来了，继续加以说明。

"通过对资料的查证，一个事实逐渐浮出水面，那就是：无论哪个国家，处在怎样的政治环境下，拥有的语言是何等构造，都共通地存在一种可以导致大屠杀的深层语法。在屠杀发生前的一段时间里，屠杀的影子开始从报纸上的报道、广播及电视新闻、出版的小说中若隐若现。由于这种深层语法不分语言的区别，所以对于正在使用一种语言的人们来说是看不到的，除非你是语言学家。"

屠杀语法。

一旦屠杀语法派上用场，就预兆这个国家即刻将被卷入残忍的杀戮。

"语言是后天学来的。语言是人类出生之后通过脑细胞获取、后天学习的产物。它根本不会左右我们每一个人的灵魂！"

"我没想到现在还有人相信'每个人生下来都是一张白纸'这种蠢话。你该不会觉得一个小孩得了自闭症是因为成长中缺少关爱导致的吧？"

"不对吗？"

"人类拥有怎样的性格，患有什么缺陷、残疾，以及持有什么样的政治倾向，这些靠遗传基因差不多都决定下来了。在这个基础上环境施加的影响少之又少。有一些人把所有变化怪罪于环境，歌颂人类本质的平等。我也承认人类平等，也相信人类的存在足以证明我们能够构建平等社会，享有超越遗传基因命令的'文明'。科学被用来解释我们的可能性和与之伴随的责任、结果，所以科学绝不能和上面讲的那些混同起来。已经发生的事物有其发生的原因，也应该有从生物学、脑化学角度对原因作出的解释。你首先必须承认自己是根据遗传模式生成的肉体集合。你的心脏、肠胃、肾脏都长着应有的模样，所以心灵绝不可能从这个模式中获得自由的特权。"

"心灵是进化的产物",我想起露西娅的一句话。

难道这句话源自约翰·保罗,露西娅不过是现学现卖罢了?

想到这里,一股说不出的愤懑涌上心头。

"但是,儿童使用的语言,是周围的人使用的语言。婴儿并不是把世界语刻在脑海里以后再生下来的。这不正好说明了语言是后天学习的结果?"

"曾经在奴隶劳动合法的时代,庄园主完全不在乎奴隶使用哪一种语言。黑人奴隶从非洲各地被诱拐到一处,他们种族各异、语言不通、习性不合,一开始相互之间没办法沟通,只能不停地劳作。不过这个状态没有持续很长时间,奴隶们开始留意主人的语言——英语,逐渐学会一些只言片语。由于他们的英语是后来摸索学会的,与地道的英语比起来,不仅语法上毫无章法,而且规则死板,不会使用融合变换语序等文学技巧进行自由的对话。第一代黑奴的语言被称为'皮钦语'。"

约翰·保罗歇了一口气继续说:

"这些黑奴的下一代在皮钦语的母语环境下长大成人,与同样以皮钦语为母语的孩子们接触的时候,他们的语言里出现了更加生动活泼、更接近自然语言的语法,这是呆板生硬的皮钦语所不具备的。孩子们发明了他们父辈没有使用过的语法。他们的语言虽说是以英语为基础的,却不是纯正英语环境的人使用的语言。新生代的他们只不过是从鹦鹉学舌的父辈那里听到一些笨拙的对话,从英语衍生发展出新的语言。这就是混合语。很明显,这些孩子习得了父辈的语言中不具备的复杂语法。

"那不外乎是因为，大脑内部本来就拥有组合现有要素并生成语句的机能。"

"你所谓与生俱来的那种语句生成机能，就是深层语法？"

"是遗传基因携带的大脑机能。是生成语言的器官。"

大脑先天具备生成语言的器官。

从那个器官中传出的屠杀预兆。

"如果刻在大脑里的语言格式中隐藏着预示混乱的语法，就可以从政治、民族的角度对不稳定地区的通信加以分析，预测屠杀行为的发生。国防高等研究计划局是出于这个考虑吧？"

约翰·保罗点点头。

"随着研究的推进，我渐渐能看清暴力征兆的细节了，它潜藏在人类操纵的语言内部。当然了，那不是说从每一个人的会话层面里都能看出来的。必须是地域全体的表示频度才能说明问题。就连被屠杀的一方、纳粹政权下犹太人的会话中，都能发现这个构造的存在。长期持续听使用这种语法的话语之后，人的脑中会发生某种变化。某块与价值判断有关的大脑机能部位的活动将受到抑制，它会扭曲'良心'机能的方向定位，转为一个特定的倾向。"

讲到这里，我开始清楚地领悟到话题接下去会转向一个可怕的方向。就以上的内容，约翰·保罗会进行如何的思维转换，得出什么样的结论，我已经知道了。

约翰·保罗是在哪一刻接收到那束灵光的？是失去妻儿的那

一刻，还是反复重播萨拉热窝首条新闻的时候？

我停顿片刻，小心翼翼地将那个结论和盘托出。

"……是先有蛋，还是先有鸡？"

约翰·保罗微笑着说：

"没错。"

在屠杀发生的地区，深层语法作为预兆在当地被使用。

那么反之，在没有纷乱征兆的地方，增加使用那种语法说话的机会，会是什么情形？

如果人们都开始使用屠杀语法相互对话，那个地区会变成什么样子？

疯子的想法，我想。这种事情，当作开玩笑说说倒罢了，怎么可能真的在某处做实验呢！这不是个人层面上的，而是整个地区层面的社会巨变，它需要多大规模的集团才能实现？无法想象。

"……你在做实验，在贫穷的国家。"

"我进入PR公司就是出于这个目的。侵入贫困国家的中枢，向文化宣传部门施加影响。之后我对国营广播、国家元首演说稿、各官员演讲、政府宣传报道稿等各种原稿做个检查就行了。我已经不是麻省理工的学徒，虽然没有国家援助，但这些已经足够了。实验很成功。"

"你不可能那么轻易侵入国家或者统治层的中枢。"

"也不是总要侵入中枢的。"

约翰·保罗说道：

"用 SNDGA 不就得了，可以在目标社会里传播情报，寻找能起关键效果的位置。你们应该也在用啊。"

"SNDGA……"

"你不知道吗？就是社会网矢量图表解析（Social Network Directed Graph Analysis）。你们暗杀重要人物——哦，在你们谍报界应该叫做'头号目标'呢——意图镇压纷争的时候，需要选择起最大效果的有效目标，那个时候用的那个东西。"

我们经手的"万恶之首"们，就是指挥大屠杀、煽动混乱、在全社会散布混沌、颠倒是非的家伙们。上面这么教导我，于是我执行暗杀任务直到现在，威廉姆斯、亚历克斯和利兰都无外乎是这样。

而且，就现在，说不定华盛顿或者米德堡的某个人正在考虑这个问题呢。

不知约翰·保罗是否从我一时木然的表情中察觉出了什么。他好似在给无知的孩子讲道理，蹲下来与在地板上爬行的我交汇视线。

"凯文·贝肯，知道吗？一个一二十年前的演员。"

我喜欢电影《开放的美国学府》。

"一个演员和另一个演员共演一个影片，那个演员又与别的演员演另一部影片——这样连续下去，古今东西的几乎所有演员中间只要经过三个人就可以和凯文·贝肯联系起来。"

"凯文·贝肯，是个美国人都知道吧。"

"失礼了。有一个领域叫做图表理论。这门学问用来解析点与点之间连接成线的网络行为。当我们闯入与恐怖主义这种分散型、非领域型敌人斗争的时代，安全局和国家反恐中心，当然还包括国防高等研究计划局，都往这个领域注入了巨额资金。我曾经便是这样，也就是军事与学术相结合。图表理论学者组成梯队追踪监听得来的情报资料，观察某个领域的人与人之间如何相互联系，如何交换情报。这个情况下，情报的内容本身并不重要，重要的是那个国家的情报如何传递，从哪里发出的情报易于扩散并可以得到有效利用。这一切可以通过网络解析获得。"

我们在选择暗杀对象的时候也用这个办法。

"你怎么知道这些的？"

"研究屠杀语法的时候他们给我用的。点与点连接成线。节点（Node）与端点（Edge）。这种图表在线上标注情报流通的方向箭头，即所谓的矢量图表。如果利用SNDGA，可以找到在那个国家有效传播情报的职位。不一定非要是总统、总指挥。实际上，我在有的国家做神父，有的国家做民间组织成员。这些职位比总统、官僚更容易推广屠杀语法。这要视国家和社会的不同情况而定。"

真不知道这个男人在实验的幌子下让多少尸骸堆积如山。他的脑子里潜藏着屠杀曲调。

"……不敢相信，语言竟然能诱导这样的无意识产生。萨丕尔·沃夫是个大骗子，人类的思维根本不会被语言所限定。那种机能是出于进化的必要留在大脑中的？这不可能！"

约翰·保罗听到我的话大笑不止。爽朗的笑声令人毛骨悚然。

"有什么可笑的？"

"没什么，我就是想，你这个间谍对语言还挺精通的。"

我撇撇嘴，淡淡一笑。

"是露西娅讲给我听的。"

约翰·保罗并没有表现出有多介意的样子，很遗憾这句话没有达到我预期的效果。这个时候的我卑屈得无法形容。

"你有没有这样想过，语言这东西没有任何意义？"

我沉默。我完全搞不明白这个男人想说些什么。

"喜欢啦不喜欢啦，不知道是谁第一个开始说这种话的！我们现在的对话变得这么烦琐，不就是将简单的感情用极其迂回曲折的方式表现出来吗？'好吃'啦'不高兴'，这些原始的感情。"

我想起自己絮絮叨叨对露西娅讲述母亲的故事，我全身感到一种揪心的耻辱。那番唠叨，不就相当于在对露西娅说"我喜欢你"这么简单吗？

"我在观察很多国家、部族的军事体制化过程时，一种妄想时常萦绕脑际：写在街角的标语其实一点意义也没有。这些标语的直线式'反响'传达给我们的，就像传递憎恶、保卫等等这些原始感情的音乐。当然，这是我的胡思乱想。"

"野兽的咆哮怎么能够跟人类的语言相提并论！"

"你真这么认为？我没那个自信。"约翰·保罗摇头，"歌德这样写过，'军队的音乐，舒展我的脊背，仿佛我展开握紧的双拳'。我们在机场、咖啡厅听得到音乐。奥斯维辛里也有音乐。

有起床的钟声,还有调整步伐的鼓乐。集中营里的犹太人无论多么疲惫不堪,多么身陷绝望,只要听到咚、咚的鼓乐节奏,他们的身体就不由自主地动起来。音乐与视觉不同,能直接触及灵魂。音乐强奸心灵。给音乐赋予意义的,是那些装腔作势的无用贵族。声音可以将意义支到一边去。"

在我们使用的语言底层潜藏的东西。

从我们的日常语言中提取的,对"意义"嗤之以鼻的精华层。

约翰·保罗说的是这么一回事:意义并不是语言的全部。更确切地说,意义只不过是语言的一部分。有一种叫做音乐的语言,叫做节奏的语言存在,这种语言可以被用来交流,却无法被我们明确地感觉或把握,如同咒语一般,然而这个层面的语言确实存在。

"……不知谁说过,耳朵无眼睑,谁也不能阻碍我的语言。"

我想望一眼成为月影的约翰·保罗的瞳孔。满月越过铁窗铺下皎洁的光亮,从那瞳孔里,竟看不出丝毫疯狂的影子,我感到愕然。相反,他正气凛然,甚至透露出些许忧愁。

"你疯了!"

约翰·保罗是清醒的,我一百个明白。可我还是忍不住大骂出口。

7

约翰·保罗跟我说完话,走了。十五分钟后,袭击者之一从背后推搡着我，走进一个污浊的走廊。走廊里到处可见涂鸦的痕迹，而且看得出来那是最近刚写上去的。在今天，个人情报追踪使犯罪再无藏匿之地，这般风景也早该无影无踪了。

枪口抵着我通过走廊尽头的一扇门。进去以后空间比较宽敞，吧台那儿摆放着酒杯和酒瓶。开阔的地板上蒙有一层纳米表层，反射出地狱的模样，叫人猜不透地底下的深度。

这是卢修斯的店。

"这不刚刚才见过面嘛！"

卢修斯和露西娅随同貌似其部下的一群男子从里面的办公室走出来。这群男子均配备手枪，以冷淡的眼光满怀戒备地看着我。

"卢修斯！没想到你是约翰·保罗的同伙……"

卢修斯摇头否认。

"约翰是我们的客户，我与他合作是为了保护我们自身。"

"'我们'，是指哪些人？"

卢修斯身边的露西娅一脸困惑。难道她并没有站在卢修斯或者约翰·保罗那一边？再或者，她在毫不知情的状况下成了他们的同伙？

卢修斯顿了顿。

"'维时，该撒亚古士督下诏，令天下人咸登籍，此乃居里扭为叙利亚方伯时，首次登籍也'……听说过吗？"

"不知道，不过听起来像是圣经。"

露西娅仍然不知道发生了什么，心不在焉地回答。卢修斯面向我。

"你呢?"

"……我不信教。我没去过教会。"

"我刚才说的是路加福音第二章的开头。那个时候国民就开始登记户口了。"

"什么意思?"

我问。露西娅担心地注视着手脚被捆绑着的我。

"我们是'未经登籍者'。"

卢修斯一边说,一边环视了一遍持枪的部下。

"我们这些'未经登籍者',是生活在这个信息管理社会的无名群体。我们是流浪在高度安全社会空隙里的吉普赛人。"

"通过冒充别人的ID生存吗?"

实在难以置信。伪造ID这种事情,若非军人或政府相关人员是不可能做到的。从外部侵入情报安全公司的服务器也无法实现,乘虚而入的社会黑客也几乎消失了。

"没错,实际上没办法做到,我们也很绝望。"卢修斯无奈地摇摇头,"不过,也不是一点其他办法都没有。首先就有一个相当低级的办法,就是将感应器的设置场所详细绘成地图。虽然感应器多如砂砾,但它的功能大多只有一个。要不只能测视网膜,要不测静脉,要不就是指纹。在这个地方的感应器测的是脑电波,那个地方测的是监视摄像头。这样一来,我们把每一个感应器标注下来,制作出一张美国和欧洲主要城市的地图。这便成了一张逃避监视网络的旅行向导。把它放到电脑里加以解析,可以分辨出逃身之道和'相对易于通过的道路'。针对每一种感应器有不同的欺骗手段，如果有了纳米指纹和拷贝而来的他人视网膜，对我们的足迹进行追踪变得几乎不可能。"

这么说来，那个年轻人的瞳孔和手指是分别属于两个人的。

"但要是这样，手指需要手指的，瞳孔需要瞳孔的，这样不就意味着一个人需要准备不同的伪造 ID？"听到我的疑问，卢修斯继续解释。

"这些 ID，是我们辛辛苦苦收集得来的。刚出生就死去的婴儿、出国旅行中失踪的人、在纷争地区失踪或死亡未经确认的民间军事企业士兵等等。还有最有价值的，萨拉热窝。"

在核热反应下尸骨无存的人们。巨额数字的"失踪者"。

生死得不到确认，在炼狱里徘徊的人的姓名。

"我们在其中慎重地把能用的挑选出来，使它们变成'活着的' ID。之后将它们存档，这样无论何时都能使用，而且使用的时候会注意不被政府掌握。当然了，我们不与恐怖主义、恶性犯罪合作，但为了保护这些存档的 ID，我们什么都做得出来。"

"纯粹的自由并不存在，自由是交换来的。几个小时之前你不是还这么说吗？"

卢修斯说那句话的时候，一点都感觉不出他是这么一个激进主义者。

"话是这么说没错。但是，不得不说现状处于极不均衡的交换状态。我们牺牲了自由，却得不到安全，完全换不来任何好处。"

卢修斯走到我跟前。

"现阶段个人信息追踪带来的安全毫无意义。9·11事件后，世界逐步加强了对个人信息管理的安全系统，就是你熟悉的'确保追踪可能性'。但我们越这样加强安全体制，世界主要城市的恐怖袭击就越频繁。"

"骗人！"

"不骗你。你必须承认萨拉热窝事件确实发生了。政府的正规统计图表可以证明恐怖袭击的增加。这个事实明明谁都可以获知，但不知为什么谁都不知道。"

"那为什么我们都觉得追踪可能性是预防恐怖袭击的有效手段？"

卢修斯撇了一下唇角，浮现出嘲讽的笑容。

"因为人们都喜欢这么想。"

接着他哈哈大笑。那嘲笑极其扭曲、悲伤。

"政府没有说谎。不，应该这么说，政府在说谎，媒体也在说谎，最可怕的是民众也在说谎。人们相互轻信，'追踪可能性'的谣言口耳相传，才造成社会今天这个样子。其实恐怖袭击的消失是在全世界范围里内战和民族纷争频发之后的事。和安全系统没关系。"

我们只看见自己想看的东西。

只相信自己愿意相信的事情。

因此统计结果毫无说服力。因为政府、企业、民众，都不想看那个图表。

"'事实'这东西一点用也没有。这个世界上没被曝光的残忍行为多的是。拿人工肌肉打个比方吧,你知不知道它是怎么做的?"卢修斯哀伤地摇头,"那是经过遗传基因处理过的鲸鱼和海豚的肌肉。这些水生哺乳类动物经过改造,能适应淡水环境生存。它们被养殖在维多利亚湖,经过解剖,只有肌肉纤维不作食用,而是出售运用于工业。那些鲜红有弹性的固状物被装在防腐容器里。在维多利亚湖的工厂里,有一群超廉价雇用的青年男女。人工肌肉是他们亲手制造出来的。"

"活生生的海豚肉……"

在侵入敌方领地之际将我们收容在内的侵入鞘,把人们从一片陆地输送到另一片陆地的短距离起降喷气式飞机,所有的这些都是用活生生的动物肌肉包起来的。性润滑液是由海草做成的,这有多少人知道?

"但这件事谁也不知道。就好像把灯鱼卵染黑了当作鱼子酱来卖,谁也不会去追究责任。"

"但是……这种事情……"

"只要有丁点大的关心,我们就可以通过虚拟屏查找制品的所有原材料。要知道我们现在生活在这么一个时空社会里,任何信息或者物品经过的商业流通,无论空间上还是时间上,都记录在案。人们关心百威酒的制作过程是否安全,想知道汉堡包的夹层肉是哪个牧场里的哪头牛身上的。还可以知道自家的建筑材料是来自哪座森林中砍伐的原木。这些物品履历交错构成无限的循环宇宙。可惜,我们都只会看自己感兴趣的物品履历。而对于那些支撑我们生活的飞机和机械，作为它们原料的人工肌肉是在多么残忍的地方生产出来的，我们并不感兴趣。"

卢修斯再一次扭曲唇角，露出讥讽的笑意。

"你小子也知道吧？这世界上惨不忍睹的内战多得数不过来。人们关注的只是其中的一小部分。人们只能看见自己想看的东西。"

确实如此。我除了作战任务之外，只会通过CNN的点击频道了解世界。我生活在达美乐比萨的普遍性里。我存在于电影提供的开头十五分钟免费播放中。

"说什么个人信息的追踪可能性可以带来安全，那是弥天大谎！这种自由交换不公平！我们就是不喜欢那样的社会，所以宁愿让自己不存在！"

卢修斯忿忿地说着，离开我跌落的地狱。

"约翰发现情报局在监视露西娅的家。"卢修斯叹了口气。

"约翰是借用ID的客户，他出于义务向我们报告了这个情况。那时我们想你可能是瞄准我们了，加上我兄弟也遭你一顿毒打。"

一个部下从口袋里掏出便携信息终端，敲下按键。

灼烧的末梢疼痛瞬间向我袭来。我不禁呻吟不止，猛然趴倒在地狱里。

"求求你，住手吧！"

露西娅声嘶力竭，几近发疯。卢修斯对部下瞥了一眼示意他停下。不消说那部下就是被我整过的毛头小子。这个满脸长痣的小伙子勉勉强强地把便携信息终端收进屁股后面的口袋里。

"这是疼痛装置。"卢修斯解释道,"这种纳米仪器可以给神经带来剧烈刺激。抱歉,刚才我们把它混进你喝的白威酒了。这东西非常方便,是约翰给我们的,一般在军队里使用,类似嘌呤,会积压在毛细血管中,给指尖等神经末梢部位带去剧烈疼痛。"

疼痛消失了,好像在捉弄我似的,不过全身还是震颤不已。我喘着粗气向露西娅的脸看去。她泣不成声,眼线都被泪水给弄糊了。

她正为背叛她的我哭泣。一股感情奔涌而来令我万分难熬。

"糟糕的是,露西娅把你带到我的店里来了。这样你的嫌疑超出了我的限度。逮捕我一个人就算了,真正危险的是你扣押我的ID库,掌握全欧美讴歌自由生活同胞们的ID。这是我付出任何代价都要阻止的。所以我们不得已开始监视露西娅的家。"

"你说你曾经监视我?"

"我没有别的办法了。就像我刚才说的,我是为了保卫同胞的自由。"

"没有政府、企业管理信息就生活不下去,我们讨厌这样的世道,于是才变成无名氏,为了留存难得的自由才监视他人……"

"悲哀的窘境。"

"奥威尔在《动物庄园》里写道:所有的动物都是平等的,一部分动物享有更高程度的平等。拥有自由的人,为了捍卫其自由,开始监视别人。"

"希特勒、波尔波特也这么说过，什么可悲的、必要的两难选择。"

我讽刺了一句，痛苦瞬间向神经末梢袭来。

"泽维，住手。"

卢修斯温和地给年轻人下令，好在对方乖乖地听从了。

"看来你没让泽维少吃苦头，这是报应，忍忍吧！"

"……罪与罚？你们为了保卫自由也犯过罪，惩罚不知道哪一天降临呢！"

"太意外了！真是彼此彼此！你难道没有监视露西娅？"

"啊？"

露西娅愣住了，面朝我一动不动。

我早知道有这一天，会落到这般田地。天呐，我冥冥之中期待了些什么！

露西娅·斯科罗普，我对你了如指掌。

我知道你和有妇之夫交往。

我知道你和约翰·保罗在哪家店里吃过饭。

我知道你和约翰·保罗在哪家星巴克喝过咖啡。

我还知道约翰·保罗买过多少只避孕套。

我想叫出声来。我盼望那小子按下按钮。我希望有灼烧末梢的痛苦混乱我的知觉。只要触手可及，什么痛苦都无所谓。

"这个男人为了抓住约翰而监视你。他是美国军队的特工！大概是个稍微有点文学素养的特工吧，至少你的心被他牢牢虏获了。"

我往名叫泽维的小伙子望去。按下痛苦之钮吧！让我在地板上来回打滚吧！拜托你，让露西娅看到我痛苦的可怜样吧！可那年轻人好像看透了我的想法，居高临下地看着我，那眼神仿佛在观看一只受伤的兔子。哎呀呀，赐予你痛苦未免太便宜你了！你就该这样苦闷到死！

地狱在这里，在大脑中，连痛苦都没必要。

"约翰·保罗在店里等你呢。"

卢修斯环抱露西娅的双肩，往店里面指了指。

一刹那，视线往店里看去的露西娅再一次用那空洞的瞳孔扫了我一眼。那是困惑的眼神，还是轻蔑的眼神？说不清。我已经混乱不堪，彻底被罪恶感打倒了。

充满苦痛的瞬间，让人觉得会永远持续下去。我在露西娅的注视下感到痛苦。她的视线穿过我全身，让我煎熬难忍。即便这样，我还是希望露西娅不要走，希望她能留在我身边。

你的旧情人是屠杀魔头！是毫无人道的杀人狂！我或许可以一吐为快，告知她事实的真相。但我实在想不出自己有什么资格对她说这些。

"卢修斯，救救他吧，求你了！"

"我讨厌杀手。"

露西娅听到这个回答后，转身从店里消失了。我趴在地板上，听着渐行渐远的足音，内心因悔恨而几近抓狂。

门被关上，听不见足音了。卢修斯一伙人盯着匍匐在地狱画像上的我，好像在看一只蝼蚁。

谁也不想听我辩解。他们所有人正在细细品味接下来非做不可的工作的意义：为了守护自由，为了抵抗试图插手管理的人们的欲望。因为这些理由，我面临被杀的命运。

"你不是讨厌杀手吗？"

"是啊，没错。"

卢修斯露出非常悲伤的表情。或许希特勒也有过这样的表情吧，还有那个原准将，和索马里的艾哈迈德也是。所以，他的罪恶感一点价值也没有。我对露西娅的罪恶感也没有任何价值。

"所以我现在也很难过。"

这时，一只蛾飞到我眼前。临死之前出现这种状况，让我觉得是神奇的幻境。蛾扑哧扑哧地挥动翅膀，停在我张开的中指上。

我滴出过信息素的中指。

卢修斯注意到了这只蛾。

"是追踪犬！"

我用被绑住的手勉强塞住右耳，左耳用肩头盖上。我张大嘴巴，等待那个瞬间的到来。

一声轰响，南侧的墙壁被炸飞。墙壁的残片和砂砾几乎夺走了屋内所有人的视线，卢修斯的小组瞬间失去了行动能力。估计其中有几个人的耳膜也被震破了吧？就连勉强塞住耳洞张大嘴巴的我，都耳鸣不止。

特殊检索群 i 分遣队的全体队员都在杀人屋的模拟演练中有过室内突围的攻击体验。我们会轮流扮演攻击队员、罪犯和被罪犯逮捕的人质角色。要说扮演人质的经验谈，那就是绝对不要在特种部队突围之时起立。应该趴在地上，等待任务结束。如果像傻瓜一样地站起来，很有可能遭到敌人甚至我方战友的迎头一拳。要知道，大多数特种队员都掌握了对头部的准确攻击术。

因此，我没有看战友们如何展开行动，或者杀了谁保住谁。这种状况下，好奇心会致命。

可能因为店的规模小，突围行动仅三分钟就结束了。连到处飞散的尘埃都还没有全都落地。

"克拉维斯，你没事吧？"

熟悉的声音传来。我起身，让威廉姆斯帮我解开手臂。

"你全身尽是白灰，成老头子啦！"身着特种部队装备的威廉姆斯一边说，一边为我拍灰，"露西娅怎么样了？她在哪里？"

我透过墙上破开的大洞凝望夜晚布拉格的街道。石块和石块组成的迷宫，百塔之街。

"我不知道，应该离开这里了。"

我疲倦不堪。仿佛所有的感觉都感觉不到了，可我想要痛苦。我隐隐觉得只要有痛苦，自己就可以从这种疲倦中解脱。我切切实实地需要惩罚。

可威廉姆斯一个劲地嘘寒问暖。他的体贴对于现在的我来说是最没用的。

第四部

1

纷争地带。

国家地球空间情报局的卫星捕捉到的旧印巴国境地区高解析画面。

环形山群。根据使用弹头的威力范围不同,地面上出现大小不一的正圆形大坑。战区广阔,战术狭小。仿佛地球表面冒出一个个大泡泡之后迸裂的残迹。战域弹头打穿地面形成的凹穴里,淌入发源于山岳地带的丰润河水,核爆炸数年之后,这里形成圆形的巨大湖泊。环形山的周边是一毛不生的核辐射地狱,大地表面褪成红褐色显露于外。离圆周稍远的地方,零星的绿色怯生生地探出头来,终于,尸臭笼罩的黑幕完全消散,植物顽强地繁衍,使这里长成一座印度的茂盛森林。

变焦摄影。多个大口径镜片在轨道上方的真空中相互调节距离,放大遥远的下方地表。由于其间穿越一万米大气层,会经历热浪摇曳,加之镜片本身产生像差,会导致画面发生球状扭曲。光学补偿软件中承载有各种镜片固有的曲折特性数据库,可以矫正扭曲,使模糊的图像变得鲜明清晰。

将红绿蓝各频率段中分布的24位色彩分解后，可以发现山道中不规则排列的绿色像素碎片，与周围树木的深绿色有区别。这种绿色是战斗的绿色、军队的绿色。高射炮、装甲车、士兵运输车、战车。这些是摁下核弹按钮的将军们逃离会将自己送往断头台的法庭，窜入武装集团的时候，作为礼物带来的战斗装备。

将图像放大到每像素五厘米，即最大解析度，能看到武装集团驻扎的村落中央，横躺着很多具尸体，连面部都能依稀辨认。尸体被烧焦后如胎儿一般蜷缩成圆拱状，至少有五十具尸体。聚在一起的死人堆在卫星图像视频里还冒着黑烟。

那里的人们被焚烧殆尽。一整村的人，被另一群人亲手杀死了。

有一个词叫CEEP：幼年兵遭遇交战可能性（Child Enemy Encounter Possibility）。

就是这个意思。我们有可能与还未来初潮的少女交战。

追击可能性，遭遇可能性，搜寻可能性，可能，可能，可能性！在这世上有太多令人恼火的可能性。而且实际上，使用"可能"这个词的可能性是百分之百，"可能"的意义完全丧失了。"可能"是骗子的语言！"可能"是小丑的语言！

语言没有味道。

图像也没有。卫星画面也没有。

我为此感到抑郁。

脂肪燃烧、肌肉萎缩的臭味；头发里的蛋白质烧成灰时散发的臭气；人类被灼烧的气味。我闻见过。虽说不上司空见惯，但长期持续的工作让我好多次不得不闻到那种臭气。

火药燃烧的气味；民兵燃烧旧橡胶轮胎用作烽火的焦味。

战场的味道。

看卫星图像的时候，我心中涌上来一股不快——很不爽。要说为什么不爽，不是因为图像怪异，而是相反——光看这个图像，不管是烧焦的人还是遍地鲜血，都已经除臭祛味了，让人一点也感觉不到不爽——正是因为感觉不到不爽才超级不爽。冷眼俯瞰尸体的卫星镜片飘浮于冰冻的真空层星空，和地球上的臭气是绝缘的，好像残酷的神灵，摆出一副高高挂起的超然姿态。

在布拉格堡的陆军特种作战司令部，取而代之弥漫的味道是会议室建材的气味。涂在混凝土、树脂上的加强涂料，有一股单分子的全新香气与结合剂的化学气味。

"这是航空宇宙军的侦察卫星四天前捕捉到的图像。"

没错，来自国家反恐中心的男子在做讲解。

"位于海牙的检查部在受理新印度政府的起诉后，对现活动于印度内陆的印度教组织头目八人下达逮捕令。他们所犯的罪行有：反人道主义罪行、动员儿童作战的罪行，以及种族灭绝罪。"

这个人的声音具备所有文职联邦工作人员的共有特征，也就是声音和内容奇妙地剥离开的感觉——他说着一些自己也没怎么弄明白的专业术语，走钢丝似的，把这些词勉强凑一块儿编来造去，在词语快要失去意义之前又和现实获得某种联系——就是给人以这种印象。或许可以简单地把这种感觉归纳成轻佻，可还有一种不快，它与流行相关的轻佻是不一样的。无论"种族灭绝罪"，还是"人道主义罪行"，都有点与这名男子血肉分离的异样感觉。估计麦克纳马拉讲述的越南战争在那时的军人们听起来也是同样的感觉吧。

反恐中心的男子用他浮于语义表层的声音，在布拉格堡的会议室里对着集结一处的战士们巧妙地讲解作战背景。

"尤金&克虏伯斯作为联合国印度活动中的日本政府军事代执行者，受委托负责战后印度的和平贡献活动。美军基本没有涉入，因此从规模上，只能说他们拥有当地最大的军事执行力。"

接下来的画面显现在每名与会人的平板电脑上。儿童夹杂在瘦骨伶仃的成年人中间，他们扛着的步枪与弱小的身体相比实在太庞大了。孩子们对着摄影机尽情展现无忧无虑的笑脸。

"这个名为印度·印第安共和国临时陆军的集团，是发动核战争的那帮人的落魄下场。战后，通过国际社会介入，印度合法政府成立，该政府宣扬世俗主义，不支持某个特定宗教。然而，本来只能隐居于穷乡僻壤的印度·印第安，于数年前突然活跃起来，袭击偏僻的乡村，屠杀、强奸其他教徒，诱拐儿童并加以教化，对其展开战斗动员。"

往展示板看去，上面列举了各种惨状。只是画像而已，没有味道，没有声音，只是打在每一张桌子上，封闭于平板电脑显示膜里的光束。

"说实在的，战后的印度做得很好。印度·印第安共和国临时陆军只是一个宗教团体，只能在边远地区搞一点琐碎的活动。

虽然国民贫困潦倒、处境悲惨,但民主选举进行顺利,婴儿死亡率也持续减低。但好景不长,从今年开始,一切迅速恶化。"

"印度·印第安是个什么组织?"

这么鲁莽发问的,是坐在我身后的威廉姆斯。

"他们是主要以贫困阶层为中心,在近一年间迅速扩大势力的武装组织。战后的几年里他们还算老实,不过由于战后国际社会的介入引发国体危机,他们也作为一支反抗多国介入、对抗国体危机的队伍,在边境发起反政府活动。"

"那他们迅速扩大势力的理由是什么?"威廉姆斯继续往下问,"不是所有人都厌恶战争了吗?"

"大家都是像你这么想的。政治学家、临床经济学家们建立了各种各样的假说,但迄今为止还没有一个学者能够说明印度·印第安民族主义急剧扩大势力到这般地步的理由。所有的假说,都是装模作样、牵强附会。"

"肯定是怀念战争了吧!"威廉姆斯嘲讽道,"反正我们经常眷恋战场呢!没错吧,克拉维斯?"

话题突然抛到我头上,我轻叹一口气应声说:

"就算你这么想,也别在大伙儿面前把这么猥琐的话说出来啊!"

会议室渐渐变得像个高中教室了,反恐中心的男子想把气氛拉回去,装模作样地咳了两声。大家把笑容留在了唇上,总算回归安静了。

"海牙的检察官来到现场调查,认定新印度政府的申诉有效。

罗马规约定下的非人道主义罪行、征收儿童入伍参加战争的罪行以及屠杀罪。海牙的法官下达了对这个凶恶武装集团的逮捕令，但新印度政府国家军队没有执行该任务的战斗力。"

"所以轮到我们头上啦！"

威廉姆斯抢先说。那男子点头。

"本作战由海牙国际法院下达逮捕令，逮捕印度·印第安共和国临时陆军总领及高层八人中的三人。我们作为日本政府的军事代执行者，拘捕犯下非人道主义罪行和种族灭绝罪行的同伙，将他们带到海牙。下面一点很奇妙：我们既然必须以日本政府的军事代执行者这一微妙的身份出现，我们就属于日内瓦公约中的'雇佣兵'类别，遭敌方逮捕的情况下不受条约保护。所以，假设我们在敌区被捕——"

"'当局与之毫不相干，所以要做好思想准备'，对吧，菲尔普斯？"

威廉姆斯说道，那样子开心得要命。这家伙喜欢悬崖勒马的感觉。他格外喜欢面对不知所措的状况，为走投无路的处境感到喜出望外。某种意义上可以说他是个天生的受虐狂。

"我不理解的是，为什么非要站在微妙的立场上做小鬼子的代理人不可？"

利兰插话道。反恐中心的男子装得跟老师似的，浮现出矫揉造作的笑容。

"因为美国没有签署有关国际刑事法院的条约。至于本次作战，是国际刑事法院委托日本政府的一项作战行动，而美国'作为外部从业者'接受订单。"

威廉姆斯感慨地叫了一句：

"我们和那个什么尤金＆克房伯斯的地位相同？！"

"没劲！忒没劲了！"

利兰附和道。满屋子的人都是这么想的。

"我们可不是什么兼职打仗的人！"

威廉姆斯的话音刚落，坐在会议室角落里一声不吭的罗克韦尔上校站起身。

"谢谢你，埃文斯先生。下面到我们内部下达简令的时间了。"

那个叫做埃文斯的国家反恐中心的男子被敦促离开，他露出惊讶的神情。不过他被罗克韦尔上校身上特有的军人气势所压倒，老老实实地退出了房间。

接下来才是正题。屋里鸦雀无声。感觉像是秘密集会，我想。没有局外人，这是个同胞的世界。不用说，那个男人被赶出去，是因为接下来要谈的机密事项没必要让他知道。大门关上的即刻间，所有人从拖沓懒散迅速转换成正襟危坐的架势，怎么看怎么像是秘密结社的秘密仪式。如果现在带有一种大男子主义与法西斯主义的美学，那么刚才也许更接近于魔术、巫术之类的把戏。我们是共有秘密仪式的秘密集团。

"这是我们请求日本政府交给我们执行的作战任务，这个形式已经谈妥了。"上校发话，"约翰·保罗有可能与逮捕令里的人共同行动。"

周围骤然鲜活起来。

约翰·保罗在印度的某处。

也就是说,那儿也有露西娅出现的可能性。

"逮捕令发出后,尤金&克虏伯斯的营业部给日本政府做了情况简介。嗨,当然应该这样了,要知道是他们全权负责印度那边的军事作战。但是,把约翰·保罗所在的地方交给尤金就完蛋了。把这个人交给海牙检察官,人家看都不会看一眼!约翰·保罗这个人必须由我们去逮捕!"

上校稍微往我这里看了一眼。在这个房间里,知道约翰·保罗的屠杀语言的,只有上校和我两个人。只有我们知道为什么必须杀掉约翰·保罗;知道这个男人是如何在世界上掀起混乱的轩然大波。

国家反恐中心的男子说——印度·印第安迅速扩张势力的原因尚不明确。但是,就这个房间里的范围来说,上校和我两个人理应是明白的。是那个男人编织的咒语,将人们引诱往屠杀的哈默尔恩的笛声。

上校的身后,屏幕定住了,画面无声地显示着烧焦的人体散落各处。

"也就是说,为了不把约翰送到国际刑事法庭,我们才接受了这次的作战行动?"

对利兰的问题,上校摇摇头。

"'接受'这个词还用得不妥。我们是暗地里与日本政府沟通,让他们拒绝尤金&克虏伯斯的自我宣传,并且拜托他们把这次作战行动交给我们的。"

"原来如此!"

"要是我们国家在罗马规约上签字,事情就好办了。但现在反恐搜查行动中,连拷问俘虏都要委托给对拷问限制宽松的第三国,因此不能轻易签订。因为一旦签署罗马规约,就面临关闭关塔那摩监狱的风险。"

"那么,我们任务的关键是暗杀约翰·保罗?"

"不要暗杀他!要逮捕他!但是,不能交给海牙和新印度政府!"

全体队员已经对任务非常明确。这个任务确实不能让那个国家反恐中心的男人、善良的联邦职员听见。

"基本作战形式和以前一样,是空降。作战完了后,会用无人机去接你们。"

"是什么?"有人问。

"是直升机。除此之外,我们还会安排空中海藻在上空盘旋用于近距离航空支援。战斗过程中只要向它发出呼叫,它就会往地面投射炸弹。"

"CEEP呢?"

威廉姆斯问了一个常规问题。我感觉到房间里的所有人都已经做好了心理准备。

当然了,和以往一样,上校没有表现出任何的犹豫或者同情,轻描淡写地回答道:

"肯定有。"

"我这是问了也白问。"

威廉姆斯苦笑道。我们早就知道了，儿童兵遭遇交战可能性为零的作战在这二十年里几乎没有出现过。尽管如此，还是忍不住要问一句。不仅是威廉姆斯，这个房间里的所有人都一样。

我们还是厌恶与儿童交战的可能性。哪怕明知高科技能使我们的神经麻痹。

"据估计，当地势力中十八岁以下的未成年人占六成，在座所有人从明天开始接受战术心理咨询，作战在一个星期之后，会议结束！"

2

杀机是否源自我的内心？

一个人影跃入光学瞄准器界面。我扣动扳机，人影应声倒下，仿佛是根棍子。紧接着出现下一个人影。那人影持步枪，拼命想杀掉我。于是我再次扣动扳机，第二个人影也倒下了。

杀人本身并不重要，重要的是完成既定任务。不过，在任务执行过程中障碍是不可避免的，对于致力执行任务的我们来说，敌对势力的疯狂反击可以是致命的。与自杀无异的突击行动也不占少数。在我们所奔赴的战场，生命这东西一钱不值。生命比现场指挥官用于兵员管理的古董级二手笔记本都便宜。

人影猛然跃入光学瞄准器的视野，好像不知道什么叫做隐蔽。从我枪里射出的子弹飞进儿童的脑壳,把本可以装很多知识的脑组织搅得一塌糊涂。

一钱不值的生命。我在袭击这些生命的同时,脑中突然浮现出一个疑问:我现在对敌人展开袭击,是出于自己的生存本能,还是因为被心理咨询洗了脑?

杀机是否源自我的内心?

"那当然是你自己的意思喽!毫无疑问。"

心理顾问听到我的问题后只是一笑。那回答让人觉得是千篇一律的条件反射。难道来访者提出这种存在主义疑问的并非个例?心理学自古就和哲学领域不可分割,包括我在内的一般人对心理学的期待并不是心理学本身,大多是它的边缘领域。比如,心理与社会的关系,心理与存在的关联等等。形式有多种,但无论哪一种都不是心理学本身的问题。我们对出现在电视新闻里的心理学专家有所期待,也无非是期待一种社会学与哲学鱼龙混杂式的回答。

我向心理顾问提问的那一天,是罗克韦尔上校负责的战术咨询的作战准备,即名为战斗适应性感情调整的脑神经医学治疗的最后一天。我们的作战中心工作里与作战准备相并行的一项,就是到这位犹太血统临床心理学家的办公室接受"心理状态调整"。通过神经麻痹和用药物输送进行前额叶局部麻痹,加上与咨询师的对话,消除或减低预想中战场上可能遇到的心理障碍,以求在战斗中的反应更加恰当。

特殊检索群每逢作战都要给士兵实施心理咨询,这是为了将士兵以最好的状态输送出去。这在优秀士兵如云的特种部队里，被当作是理所应当的医学处置。可是，经过多次处置之后，我心中升起一股疑惑，一种难以形容的不安，如沉淀物般沉积下来。

"毫无疑问，是吗？"

我追问道。心理咨询师潇洒地点点头。

"没错，你对做心理分析犹豫不决在青春期也许是好的，不过我们生活在现实世界，实际的世界运行不会拘泥于实存主义的踌躇。"

咨询师好像在找合适的表达，托着腮帮，少顷。

"对了，你想一下患感冒的时候。我们医生确实会提供医学上的建议，给你开药。你在家里休养，努力治疗。那么我问你，治好感冒的是谁？"

"是谁呢……"

我担心自己回答得很愚蠢被这个年轻人嘲笑，于是含糊其辞。咨询师演戏似的往我胸前一指。

"是你哦，谢泼德先生。治好感冒的怎么说都是你自己的身体。决心要治好感冒的是你，来医院让我们写处方也是你想出的主意。药物和医生只不过帮了你一把。为了达成某个目的，我们要用道具，前额叶局部麻痹和心理咨询都是道具。要知道，你在来这里之前，就已经选择了去战场战斗哦。"

确实如此。既然选择了战斗，想感受一下必然伴随的精神创伤，还说什么不要消除掉，这么说够奢侈的，听起来大概会有些倒错的感觉。

"我们心理咨询师所做的，就是将你们士兵调整到适合战斗的感情状态。为了提高战场中的反应速度，防止给判断带来致命错误的道德噪音潜入意识层次，于是我们在脑内构建细致的过滤器。当然了，过滤器只是个比喻，实际上是指依靠对前额叶特定机能模块的麻痹和我们军事心理师的咨询服务之间的相互作用完成一个感情调整的过程。"

道德噪音。确实，在战场上，过度的伦理道德担忧会成为致命伤。感情是价值判断的短板。理性判断总需要处理时间。换句话说，要是到最后任凭理性去做价值判断，人类便无法决定任何事情。即使有完全的理性存在，将所有的可能条件通篇考虑过一遍之后，还要做出某项决定已经不可能了。

话说回来野兽不可能完成任务。战斗的时候，需要做一些适宜性判断，比如谁必须杀，应该让谁负伤。杀人可以由野兽来完成，但战斗必须靠人类。战斗不是出自本能，而是来源于自由意志，让对手失去战斗力的行为。

"人类的行动、思维，是由大脑内庞大的模块联合生成的。生成的时候模块会参照行动和判断的数据库。良心也一样，人类的神经系统相互联结，使人采取对生存有利的合作行动即利他行为。良心在人类大脑中作为实体存在有它自己的位置。它分散于眼窝前头皮质、上侧头沟和扁桃体的特定坐标中。"

"模块？"

听到我的疑问，咨询师的脸上浮现出老师的微笑。其实我早就知道了。人类的大脑构造是怎样的，以及"自我"意识是多么的不可靠，我都知道。

然而我不露声色，默默地听咨询师说下去。

"是的。与你们特种部队熟悉的麻痹感觉基本类似。从常识对感觉的理解来看，这相当不可思议吧？只麻痹疼痛的'感觉'，还要保存疼痛的'知觉'。"

痛觉麻痹。这是国防高等研究计划局开发的一种奇怪麻醉，能抑制"感觉"妨碍战斗的"疼痛"，还能保持不影响对"疼痛"的知觉。要说为什么它能发挥这么怪异的效果，是因为对于疼痛，"感觉"疼痛与"认识"疼痛是分别由不同的大脑模块处理运行的。

"也就是说，通过固定组合给大脑中各种模块进行调整，不仅可以抑制疼痛，而且还能影响某人达成目标时的行动性格特性。现阶段判明的脑图尽管还没有达到非常精确的程度，但帮助你们特殊检索群在战场中减轻多余的感情负荷已经足够了。"

和那时我听到的解释是一样的——在我选择让母亲死去的夏日医院。

脑图像框于正方形中，如一块块瓷砖布满诊室的墙上。脑图像大约有四五十张，覆盖了整个墙面，有大理石的质感。

"已经没有意识了，对吧？"

这个关于母亲状况的问题，或者说确认，我说了多少次？现在当然记不得了，不过数量想必惊人。仅为了认识到这个设问本身是错误的，就花费了我相当的努力。至于经过努力有没有理解这个问题，我没什么自信。

医生注视着墙上的图像缄默不语，再次陷入思考。片刻过后，他似乎整理好了思绪，开口说：

"谢泼德先生，您有宗教信仰吗？"

"没有。"

"不过，即便您信教我也还是必须给您解释清楚……"医生摇摇头，"没错，人们曾经认为，意识只有两种状态：'有'或'没有'。因为睡眠的印象对人类来说是支配性的。人断了气，于是长眠了。"

而且，死了。医生没说得那么直白。

"你是说除此之外还有别的状态？"

"是的，"医生说着开始讲解近二十年来脑科学的发展，"随着测绘技术的进步，大脑各种机能部位的详图被制作出来。"大脑的哪个部位发挥什么功能？现在，将大脑分解为五七二式的处理模块。

曾经有过一个实验，现在只要用感觉麻痹就能简单再现了。实验是这样的：实验对象因为中风等原因造成脑部视觉相关领域损伤，什么也看不见了。实验中，他竟出乎意料地躲开了扔向自己的球。这个实验对象声称自己已经失明，事实上他眼前也确实是一片漆黑，可即便如此，大部分场合下他还是可以辨认出自己眼前有物体。可是他自己却搞不懂居然还能够以别的渠道看见。

这种情况下，他的视神经没有受损。产生这种错位的原因在于"看"的行为由两个要素组成。也就是，感觉颜色、形状、世界的要素和分辨有物体存在的要素。大脑的某个角落将这两个要素分开处理。

"看"和"知觉"是由大脑的不同部位处理的。青苹果是绿的、柱子是四方的等等，我们看到的东西基本上由这种"看"的"感觉"构成，但实际上，不依赖"感觉"的视觉也存在，眼球不断往某个部位输送视觉信息。

仅仅是"看"这一种行为，就存在如此复杂的大脑局部分工。大脑究竟能被分解为怎样的处理系统呢？无法想象。医生说，就现代的水平来说，它被分为五七二。

"在睡眠与觉醒之间大约存在百分之二十的亚阶段。意识、此时此刻的自我，并不是常常保持一定的水平。某个模块发挥作用的时候，某个模块在睡眠。有的时候，睡眠状态中的模块稀里糊涂，你呼唤它出来也没反应。遗忘事情和记忆混乱就是很简单的例子，酒精或毒药导致的酩酊状态也是其中一种。就算是现在我们交流的时候，我和你的意识……或许可以这么说，并不一定一直能保质保量。'我'和'你'，时而变强，时而变弱。"

"'我'会时而变强，时而变弱……"

这是语言的问题，医生说。到今天这个阶段，简而言之"我"只能是个语言的问题。

想一下"群体"这个词吧！一万人可以说成是"群体"，一千人也算作"群体"。那么一百人呢？五十人呢？十人呢？究竟多少人的集团可以称为"群体"？

医生说的就是这么一回事。简单地说，"我"和"意识"就是语言定义的问题。多少模块还醒着意味"我"的存在？多少模块联合起来算有"意识"？社会还没有给出界定。

母亲丧失了大脑的一部分，但还有一部分在运转，还能充分地认为她是我的"母亲"吗？

我被逼做决定，却彷徨找不到答案。

我们麻痹感情，和麻痹痛觉一样。

战斗适应感情调整也就是麻痹自己的一部分，削弱"我"的意识。有关良心的领域，在自我这个信息处理系统中位于感情方面的重要位置，而不是理性方面。

"在战场上采取排除对象的行动中，感情判断发挥很大作用。"

电脑显示屏上开始播放世界上的悲惨场面：成为灾害遗址或战场的街道、饥饿的儿童等等。心理咨询师手指图片说：

"打个比方，一边是呼吁给飓风受难者捐赠物资，一边是帮助眼前倒在血泊里的人，后者比前者激起善恶判断相关模块、特定情绪相关模块的反应要强烈得多。人们会对眼前的事态做出更强烈的感情判断。话说回来这也是理所当然的，捐赠行为只是理性判断。感情在生成人类行动的判断系统中占据更多位置，理性在大部分情况下只是给感情促使的行动创造理由。"

"你是说，我砸碎眼前儿童的头盖骨，用的不是理性的榔头，而是感情的喽？"

我试着把话说得刺耳一些。咨询师只是极其自然地点点头。

"感情把理性裁剪掉以作出适应性高的判断。要说良心和杀意属于同样的感情反应,人们总是难以认同。可能因为自命为性本恶显得头脑聪明吧?可是良心的模块对于你们士兵来说'不可否认、不可争议'的存在。尤其是在美国长大的我们。如果不借助科技暂时把它封起来,很有可能会要了你们的命。"

"那和洗脑有什么分别?"

估计这个问题也是屡听不鲜了吧。咨询师轻描淡写地点了一下头。

"当然有分别了。过度用药反而对身体有害。不,就是不过度使用,如果不想正确使用,药也可以尽显神通,对吧?比如不断有人把镇痛剂当作毒品吃。"

"也就是说,问题在于使用意图?"

"就是这个意思。"

让杀手心平气和地奔赴战场。这样的心理咨询难道能够得到允许吗?这样的"意图"就可以被认可了吗?暂时减少瞬间道德意识踌躇的发生,这个过程难道就没有道德问题了吗?我无法做判断。

有一些战友觉得这种心理咨询本来就是演过场用的。神经科学把战士士气这个问题从言辞激烈的长官那里接管过来,变成心理咨询的问题。我们本来就已经做好心理准备了,有哪门子必要还给我们坚定意志什么的?要是早知道得接受那么无聊的心理咨询,我们就压根不会选择这个职业。

只不过,战友们认为多此一举的心理咨询,是军队关心我们士兵的写照。在资本主义发达国家，要是本国士兵在人生地不熟的外国牺牲，上个世纪国民对此的容忍度已经低到了无法想象的地步。民众仿佛忘记了战争就是要死人的，他们无法接受"本国"士兵的死亡。在当今的军事系统中，人类士兵是昂贵的物品。薪水、训练、凝聚高科技的装备。无论哪个国家都不可能拥有很多如此昂贵的物品。为了弥补数量不足，庞大数目的无人兵器经过实验、制作，失败的作品在墓场排成长龙。只有一小撮成功的机器人在真实战场上享受杀害人类的荣誉。讽刺的是，对人类大脑的研究越是进步，人工智能研究便越停滞不前。要用计算机再现人体大脑的精巧——或者说冗长度，人们在很久以前就放弃了。在战场上，只有人类才能完成的工作太多了。

正规军士兵变得昂贵后，政府必然开始探讨各种立法措施，防止精心培养的士兵转业到民间发展。转业后在一定年限内不得进入民间军事企业的法令在投入相当国防费用的各国陆续出台。从国家军队挖现成人才变得困难之后，民间军事承包公司的士兵也相应变得更加珍贵。

所以，无论国家还是民间，都必须尽可能避免珍贵的士兵"损坏"。在美军，这种维护从上个世纪就开始实施了。从越南、海湾战争返回的士兵，被战场的梦魇吓得失魂丧胆的士兵形象反复出现于银屏。这种抱有心灵创伤的士兵数目庞大，美国不得不开始重视本国士兵的心理问题。

不过，现在我接受的治疗不是为了恢复来自战场的过激体验。这次心理咨询的目的是为了更轻松地杀人所做的感情调整。

"也就是和预防接种差不多，谢泼德先生。让你去战场尽情发挥自己的战斗能力，减低担负严重心理创伤的危险。如果你去有疫病的国家，需要事先打疫苗吧？我们所做的工作，就是在你去'战争'的国家之前给你必要的预防接种。当然了，我能理解你的心情，觉得自己不需要注射之类的，自己本来就有免疫力。"

到这里，我意识到对方误解了我的态度。这个心理咨询师以为我和其他战友一样把他们当成傻瓜，觉得心理咨询没必要。

不是这样的，我才没那么大义凛然。事实情况正相反，我和其他战友比起来更脆弱。我攻击，敌人倒下。这就是你死我活的战场，稍有踌躇便意味着自己死。但是，我可以把为了自己生存而杀死的生命当作自身的责任来承担吗？那个时候的自我意识，"强"到能够担负某种责任的程度了吗？

我并不是想逃脱罪行。我惧怕的恰恰相反：如果我没有背负罪行的资格，那些罪行都是虚构的，才是最残酷的现实。

在与死为邻的战场，我强烈地意识到——自己还活着。只有与死相伴，我才能真切感觉到自己的生。你尽可以说我是追求惊险、依赖肾上腺素，我不在乎。为了保住自己的性命而断送别人的性命，哪怕践踏他人也要优先自我生存。那种实实在在生存的感觉是我直至今日仍旧眷恋战场的理由。

可如果这杀意并非出自我内心呢？莫非一切只是这犹太咨询师和各种化学制剂调和成的大脑状态？向往生存的意志是真的吗？现在、在这里，我如此活着。难道这喜悦尽是谎言？

心理咨询师不是靠手法或内容，而是通过其存在本身，切实威胁到我的存在理由。

胃部升起一股无以名状的不快。

往后的战场中,我是否还能相信自己的动机?并非正义,也非家庭关爱,更非报酬,仅为了在战场这个压倒性的现实中苟活。这种倒错的动机是人类独有的,绝不可能在本能单纯的野兽身上出现。我待在军队里,用爱国心、同胞情之类的词做幌子,可以把自己欺骗过去。

可假若这杀意是虚构的,并非我自己的杀意,我就失去了罪过。为得到生存的实感而背负的罪过并不来自我自身——这时,我的所有"生存的实感"成了一派胡言。

我希望有人对我说:是你杀死的。

我希望一个不是心理咨询师的人对我说,这是实实在在的罪行,是真真切切的杀意。在战场上自己体会到的极限感觉;在战火纷飞的环境下,发自内心的,我此时此刻就存在于此地的无声呼喊。有没有人能告诉我,这些都不是伪造的?

我的不安不知会不会被咨询师一眼看穿?在心理咨询开始前医生在我头上贴了一张薄片,这样可以一定程度上监视我的大脑状态。脑研究已经先进到如此地步,足以判定大脑呈现五七二模块,可还不具备正确读取思考内容的技术。不过,大脑会发出很多讯息,从中可以了解到很多东西。

这样,判读大脑状态的心理支援软件实时构筑并修正来访者的心理模式,似乎可以通过耳麦向心理咨询师提供适当的建议。因为我注意到有时咨询师会轻摸一下耳孔,若无其事地调整耳麦的位置。

接着咨询师发问。我不明白这个提问在战斗适应感情调整的过程中发挥什么作用。我也不明白咨询师听到回答后可以据此作出何种判断。我更不明白，从咨询师口中说出的一连串词汇会给我的感情和理性带来什么影响。

这句话大概会在与我的意识无关之处发挥效果吧？这真的是我自己的意志吗？既然考虑这个问题的正是我本人，我就无法从本质上理解这个问题。

"怎么样，现在能杀小孩了吗？"

咨询师不慌不忙地问道。"应该可以。"我坦诚地回答。

心理技术官员为我调整感情，对多余的感觉实施麻痹，让我服下促进协调行动的药物。进行虚拟训练、假想、计划。一切完成后，我在出发前往印度的前一日，站在镜子面前，把针扎进指尖。

疼，我知道有疼痛。

可是，感觉不到疼痛感。

3

核弹在萨拉热窝炸裂之日，世界变样了。

广岛的神话宣告终结。也就是说，全世界军事相关者隐隐意识到却都心照不宣只字不提的事实可以不用再掩饰了。换句话说，就是核武器变得"可以使用"。

在冷战时期，核是终结的象征。若苏联与美国相互实施核打击，蘑菇云遮天蔽日，地球将永远被冬天所笼罩，人类将濒临灭亡。因此核战争坚决不能发生，实际上也没有发生。所有人对"核终结"的神话深信不疑。

但那个神话的时代在萨拉热窝永远宣告终结了。

庞大数目的人死了。即便是这样，在很多军人眼里，那次核爆炸是"管理有方"的。并没有之前形容得那么可怕。军人和政治家们面对自制核弹炸穿的环形山，得出以下结论：核是个不错的武器。

于是，印度和巴基斯坦之间引发的核战争并没有意料之中那样举世瞩目。没错，曾经那是令人们胆颤心惊的事态，是必须杜绝的状况。

可是，那次战争既没成为什么终结，也没成为什么开端。

因为萨拉热窝事件，才是终结和开端。

世界开始逐渐习惯于人类的大量死亡。

这儿有气味。

这儿有令人作呕的野兽气味。在这里让人觉得人也不过是野兽的一种。印度境内散发着气味。有贫困的气味、圣牛的气味、野狗的气味、屎尿的气味，还有在所有菜品里都添加的香辛料的刺激气味。有男人的气味，也有女人的气味。

当然了，和这些活的气味一样，这儿还有死的气味。

所有气味浑然一体的空气布满基地。

我们比货物先抵达孟买的基地，在那里等待塞满装备的集装箱。装满援助物资和尤金＆克虏伯斯武装设备的集装箱大量堆积在孟买郊外，在蒸笼般的热气中等待开封。

我们对热气、湿气早就习以为常。我们在大本营里一遍遍复习计划，静静等待特务的联络。一旦有联络，我们必须通过侵入鞘降落在预定会合地点，逮捕目标后乘直升机往基地撤退，在那里调整状态后到孟买坐列车押送囚犯。

所有任务在计划上看都很完美。

我们走上街头，欣赏这个曾经叫做 Bombay 的都市美景。新德里、加尔各答都在热核反应的火球中毁灭，如今埋藏在核弹炸穿的巨型碗底。而孟买奇迹般地留存下来，于是印度全境的难民都涌入这里。尤金＆克虏伯斯、联合国和民间组织联盟也都在孟买建立复兴支援总部。这里曾经是印度计算机产业的中心地带。

步行在街上，可以看见尤金＆克虏伯斯的装甲车在人海里动弹不得。这些美军淘汰下来的冲锋装甲车被大摇大摆的圣牛挡住，无奈地停下了。尤金公司的雇佣兵身着黑鹰公司的战术背心，将步枪夹在腋下坐在车上。背心的胸前有无数尼龙带扣上的小口袋，他们胡乱从其中一个抓出一根烟，焦躁不安地抽上。进退不得的窘境下不知道是谁的恶作剧，在装甲车身上贴上好多象头神贴画。粉红色的贴画给灰橄榄色的车体附加了一层粗俗的味道。

这条大街上到处可见卖这些圣像的露天小贩。从贴画到玩偶，再到便携终端的挂链，琳琅满目。湿婆神、象头神、神猴哈努曼等等，神的种类也不胜枚举。根据商品款式和神灵类别的组合，估计数量相当壮观。

尤金＆克虏伯斯在那附近。

步哨在十字路口执行警戒，几乎把整个路口挤得水泄不通。这里的人说不定比整条街的巡警都多呢！这些个步哨的装备形形色色，有的规规矩矩头戴钢盔，有的只用防护头盔将就一下，还有的士兵头上什么也没戴。手中的枪支也似乎是任凭个人喜好凌乱不堪。有那么一回，我看见一个爱俏男将过了气的柯尔特左轮手枪别在腰间。这是一款装饰花哨的单动左轮武器。拎着破古董的银发老兵对我们怒目而视，大概是从走路的样子判断出我们是同行。

相比之下，冲锋车上坐着的男兵们倒是装备统一，其制度严明的程度可与国家军队媲美。我暗自估量，这大概是艾莉卡·塞勒斯女士在国防部会议室所说的特殊执行部门。

参与印度复兴的企业不止尤金＆克虏伯斯一个。荷兰注资的建筑公司运营收容战争罪犯的圆形监狱，哈利伯顿一直以来负责土木工程。

尤金＆克虏伯斯从名字上看是欧式的，不过其实美国企业持有其中的七成资本，经营层的人大多也是美国人。据说参议院党派议席领袖也是公司董事之一。

由于罗马规约及人权问题的阻碍，美国表面上未能积极参与印度复兴，但实际上可以通过尤金＆克虏伯斯对其施加影响力。

美国不输送国家军队，而是投入民间军事企业。向尤金&克虏伯斯订购印度警备活动的是以日本政府为首的联合国印度复兴计划，但执行该项任务的恰恰是美国企业。

既然尤金&克虏伯斯要用如此充沛的警备对付印度·印第安的军事力量，可见这一回我们的对手具备相当的实力。

印度战前一度通过法律明令禁止种姓歧视，但是歧视并没有那么软弱，光靠纸和墨是不可能让它在一夕之间消失的。换句话说，歧视就是历史本身。不仅印度，在任何国家、任何一块土地，歧视都是有血有肉的存在，是人类大脑和历史的秘密同谋。印度·印第安得以存活的理由，也就存在于这样的历史之中。

来到河岸边上，可见一大群贫民窟。从足够俯视的地点向下望去，镀锌薄铁皮做的屋顶将河包围，高低起伏，仿佛包裹河流这一血管的血管壁。

住在那儿的是在河边工作的人们，也就是洗涤的种姓。不可接触的贱民里，也根据职业细分为很多种姓。出身于清洁种姓的人一生在打扫卫生里度过，接触其他职业非常之难。

美国没有积极介入战后印度，也是因为这些要素可能衍生出人权问题。实际上，支援印度复兴的欧洲、新加坡、日本，都决心对种姓问题置若罔闻。

作为即将开始作战的最后阶段，我和利兰专程去察看了将我们送往新生印度政府所在街道的铁路。我们登上一座山丘，从那里可以对向孟买郊外延伸的铁道一览无遗。在那里，我们看见列车往蔓延着大地的贫民窟冲过去，丝毫不减速！老人在离线路极近的地方若无其事地穿行,利兰投去惊讶的目光。他们好像陷入绝望的自杀志愿者,不慌不忙地在列车侧面行走。不止是老人,还有孩子、孕妇、所有人,都在呼啸而过的列车边上吃喝拉撒睡。

"这列车就好像是区分贫民窟海洋的摩西啊。"

利兰这样形容山丘上望到的远景。那些临时棚屋用一切可以拿来拼凑的原料组建,也就是说与垃圾无异。镀锌铁皮、瓦楞纸、干草、胶合板、报纸等等,拼接起来就大功告成。贫民窟的汪洋大海将线路包围,好像平面版的九龙城。

贫困层和战后孤儿就像黏在血管壁上的胆固醇一样地生活在战火中逃过一劫的铁路周围。如果把穿过铁轨的列车比作血液,难民作为血液中的胆固醇确实引发过事故,导致血流停止。这里的住民无所顾忌地横穿铁路,在铁轨上排泄。很多人在蹲着拉屎撒尿的时候被列车轧死了。孟买当局的努力无法拯救他们,因为这些难民根本无处可去,只能自始至终生活在铁路周围。

不过,这已经是经过扭转好多的情况了。在联合国千禧年机构介入之前的战后印度曾陷于极端混乱的状态。废弃的产业没有复兴的希望,印度曾经引以为豪的理科技术人员大多在战争中丧生。千禧年机构介入前的印度,是有如《疯狂的麦克斯》中的世界,不同的是印度有绿色。

虚拟设备上接收到一封邮件。标题上写着国家储备号码XXXXXX批货物到港。这是来自全球战斗支援系统的货物抵达报告,和联邦快递一样。我们的枪现在经由哪个港口,在哪个海面上，随时随地都能掌握。

"回去吧？"我对利兰说，"装备在集装箱那儿等着我们呢。"

集散中心位于孟买机场的飞行跑道一侧，那里人多得摩肩接踵，好像在宜家挑选组合家具的部件。我们在入口处领到 ID 和一张展示集装箱大体分布的地图，把车开进去之后，一边缓缓前进一边寻找我们的货物。

集散中心里尽是些看不见的小人，用银铃般的叫声呼喊主人。一旦接近某个贴有标签的集装箱，门口领到的 ID 会用洪亮的声音叫主人的名字。集散中心的面积很大，听说有好多集装箱都因找不到而一直搁置在那里。为了减少这种浪费，半年前这里引进了声音引导装置。

威廉姆斯一手抓方向盘，一手拿着冲锋用战斗食粮，把它当作士力架巧克力一样大快朵颐。

"再不开始行动，我就吃胖啦！"

冲锋用战斗食粮是为登陆敌国海岸的冲锋队员准备的，也就是说主要是海军陆战队的口粮。由陆军士兵系统中心开发，目的是少量食品就可以高效向人体提供高能量和高蛋白。所以，这东西绝对不是作战以外的时候可以拿来吃的。要是把它当作小吃填肚子，不久就会得肝病。

威廉姆斯让车一点点往前挪，并对我说。

"你和约翰·保罗说过话了吧？"

这句话来得太突然，我警惕地瞄了他一眼。

"为什么这么觉得?"

"直觉。"威廉姆斯坦率地说,"再说了,布拉格的那个晚上之后,你明显变了。"

于是我说出了真相。约翰·保罗和国防高等研究计划局创造的塞壬,引诱国家和民族堕入憎恶和混沌海洋的歌声。

"……什么意思?我还是没搞懂。"威廉姆斯吃完,把包装扔到窗外,"是和杀人笑话差不多吗?"

"什么杀人笑话?"

"二次大战时一种英军的语言武器,让德军陷入从未有过的恐慌。据说那个笑话翻译成德语以后,但凡听到的人必定笑到死。"

我叹了口气。无论谈多严肃的话题都能满不在乎地说笑,这是威廉姆斯的本事。

"派森的喜剧短片?合你胃口!"

"蛮了解我的嘛!"

"你也忒无聊了!"

威廉姆斯耸耸肩,镇静自如地继续他的话题。他用食指在空中乱点一气。

"也就是怎么说呢?人类的旅鼠效应?"

"可以这么说。"我把目光固定在前方的集装箱森林,"那种语言有传染性,传播经过一段时间达到一定程度之后,那个语言圈会顿时陷入诱发屠杀的混沌状态。我是这么理解的。"

于是,威廉姆斯装腔作势地将手指指向我。

"问你个问题。你知不知道，旅鼠效应和你之前解释过的爱斯基摩有关'雪'的词汇一样，某种意义上和都市传说差不多？"

"啊……"

"那个传说的来源是迪士尼制作的纪录片。那部电影里的旅鼠确实会成批成批往河里跳，但这很有可能是故意演出来的。电影里的解说地点并非旅鼠的繁殖地，有人说旅鼠是从因纽特人那里买来后，想方设法让它们看起来像是跳进河里。"

我从没想过可以从威廉姆斯那里听到这个故事，不过仔细想来，这确实是威廉姆斯喜欢的八卦。

"这么说，旅鼠不会为了调节因饲养而繁殖过快的个体数量去集体自杀喽？"

"人们往往容易认为进化是种群存续的第一要义，严格地说这个观点并不正确。个体拥有适应生存的特性因而得以生存下去，这个特性在种群中渐渐地占据主导，所以种群才得以逐步进化。进化是个体适应生存的结果，而不是其反面：个体生存是为了进化。所以说，为了种群而自杀的本能，是对个体生存极其不利的进化方式。这几乎不可能发生。"

于是我想：这么一来，也许"屠杀语法"并不是在现代人类的进化过程中产生的。也许这是约翰·保罗凭空妄想出来的？是他随便捏造的一个合理解释？我为了打消这种想法，问道：

"要是只是个随意捏造的谎言，这也太缺乏说服力了。要是想骗人，应该会编得更像一点。"

"用莫须有的弥天大谎来隐藏惊天秘密，还有比这个更恐怖的手段吗?"

我觉得这愚蠢至极。这就好像因为自己的女人和别的男人调情,所以一时发怒便杀了她,然后警察调查的时候撒谎说是外星人命令自己干的。约翰·保罗也并不是想说自己因发狂而没有负责能力。

"无论使用什么手法,总之,这混蛋在世界各地引发屠杀是确凿无误的。我们必须抓住他,让一切都停息。"

威廉姆斯义正辞严。我不由得分了神。我来参加行动并不是为了逮捕约翰·保罗或者杀了他,而是因为约翰·保罗在的地方,露西娅·斯科罗普也应该在。

令我念念不忘的是露西娅·斯科罗普。

我想再见露西娅一面。

我希望听到露西娅告诉我她能原谅我。

上帝死了,上帝死了,这一切都已经无所谓了。

只要露西娅能原谅我,我就满足了。

但是,我当然不会把这么任性的想法说出来,只能装作寻找集装箱的样子一直恍惚不语。刚好,ID 开始呼唤我们,威廉姆斯驾车向我们的集装箱驶去。

4

"通知空中海藻上的各位:即将抵达降落地点。准备高台跳水!"

在机舱内专心准备的士兵们耳中传来飞行员的通信声。

无论从哪个角度看去,这架航空器的空中静态稳定值都只能为负,畸形得离谱。那是呈海藻形状的黑色薄板,与海藻不同的是其边长达百米,同时两端膨胀并携带喷气式发动机。

从卫星轨道往下看,这架飞行器想必展现出一番叱咤云天的景象。它或许确实称得上是一架飞翼式飞机,只不过机翼的形状是规规矩矩的长方形,实在不像机翼。

现在,这架形态扭曲的战略轰炸机的机腹部位——哪里算作机腹我完全弄不清楚——没有装炸弹,而是怀抱着几枚侵入鞘。如人的手指或绒毛一般柔软纤细的襟翼围绕长方形机身四周,靠它群起舞动可以维持飞行稳定。飞机在地面上开了大洞的印度上空飞行。

我们在飞行海藻的机舱中为降落准备忙得不可开交。需要检查的项目非常之多。其中鞘的最终动作检查至关重要。如果不能准确制动,我们会在地面上摔个粉碎。

对鞘的检查完成后,医疗队来到跟前,往我鼻子里塞入注射器。

"这是'友情素'哦,克拉维斯!"威廉姆斯搓了搓刚拔掉器具的鼻子,"真想告诉你,现在我有多么爱你!"

威廉姆斯如此戏谑,大概是因为他敏感地嗅出了我的不安。他是为了让我僵硬的心得到缓和,才故意扮滑稽的吧?这么一想,另一个问题接着跃入脑海:把威廉姆斯的行为解释为对我的体贴,我的思考本身莫非来自于产生协同合作的荷尔蒙作用?莫非这一切只不过是对战友关心自己深信不疑的大脑幻觉？是人工调整的反射神经元信号？我使劲摇头。在快要降落到印度地表的节骨眼上为幼稚的实存问题烦恼，着实不对劲。

"战斗医疗"的技术人员从我的鼻腔中抽出注射器。由于对插入异物的反抗性，鼻涕流出来了。

特殊检索群的医疗关系几乎都由"战斗医疗"负责。给我们实施战斗适应感情调整的心理咨询师也是"战斗医疗"的成员。与其他多种市场一样，"战争承包市场"随着业界体系的成熟，行业分类更为细化。比如有管理、保管、维护武器的公司，运用侦察卫星的公司，谍报专门公司等。就兵站一项，负责水源供给与食品供给的公司都是分开的。

在"战争"这一巨大的"流通"中，"战斗工作"尽管必不可少，但只算作庞大业务里的极小一部分。没有武器就无法与敌人搏斗；没有食粮就无法"持续"战斗；没有情报，战斗就根本不能开始。就这样，民间军事企业分为相互依存的细小业种，各自局限于极其普通的经济流通分支中。所以，民间军事力量将用武力威胁 G9 政府的说法失去了说服力。然而没有民间从业者的支持，战斗工作就运作不起来，从这一点看，可以说民间与"正规"军事力量也没有多大不同。

"拿着，这是'虚拟膜'。"

威廉姆斯把薄膜形成液递给我。由于战斗中容易与外界失去联络，我们要在眼球表面贴上一种特殊的纳米显示层。为了不使眼珠以外的地方形成薄膜，我在眼窝附近的皮肤上先涂一层眼霜,然后将形成液滴进眼里。人体电位对液体的分子排列加以整合后,覆盖眼球表面的显示薄膜就黏着了。由于眼霜是绝缘材料制成的,因此从眼睛里漏出的液体不会形成薄膜。

"各位,检查'虚拟膜'!"

我开启所有士兵的战术数据链接,检验覆盖眼球表面薄膜的测试模式。

"显示方面没问题。"威廉姆斯说道。他的眼睛周围还涂着厚厚一层白色眼霜。

"我每次做这个测试都觉得好像出去旅行了一次。"

说着,威廉姆斯睁圆虚拟膜描绘出模型的瞳孔,不过他的眼神没有朝一个固定的方向看,而是扑朔迷离地闪来晃去。他好像吃了摇头丸似的,嘻嘻笑起来。

"你眼睛睁那么大干嘛?睁大了模型也还是那个样子。"

我对威廉姆斯说。这时薄膜开始在我的瞳孔上描绘测试模型了。机舱里洋溢着准备降落的战士们静默而亢奋的气氛。在这个大背景下,几何学图形和文字排列模型交织重叠,复杂的测试基准图案开始乱舞。这是与现实风景重叠吻合的另一个虚拟现实。

"你看上去跟熊猫似的,快把眼霜抹掉吧!"

我拭去自己眼周的乳霜后,把毛巾扔给威廉姆斯。"熊猫是白脸黑眼圈。"威廉姆斯边擦脸边较真。

我最后一次核对战斗装备。BHI公司的战斗背心把全身遮挡得严严实实的,小口袋在前后挂得到处都是,把背心都遮住看不见了。打开每一个口袋检查物品,需要花上好长时间。

"老大，快点！其他人早都进棺材啦！"

威廉姆斯催我。他催归催，我还是不紧不慢地逐一检查直至满意为止，才钻入漆黑的侵入鞘。

"空中海藻"的空中运送负责人过来将鞘的开口盖上。

光线消失了。

鞘被往上抬。有轻微的振动，并发出一阵声响，应该是固定在一个什么装置上了。我闭上眼，仔细倾听伺服驱动在移动鞘时发出的呻吟。身处低频周波之中，心灵深处的紧张感不觉上升。我握紧置于身体两侧的拳头，松开，又握紧。接着，发生了一阵猛烈振动，鞘的移动停止了，它已经被固定在空投装置上了。

机械的操作声再次响起，风声也透过鞘壁传进我的耳朵，仿佛撕裂布条一般的声音越来越响。我知道那是"空中海藻"的肚子在一点点打开。

"领头的是你，耶格一号！上帝保佑！"

刹那间，我被投放到了高空。

再熟悉不过的自由落体。

终端诱导模式。

不过，这次和东欧的那次不同，必须到非打开不可的时候才能打开阻力伞。因为上一次是在离敌方有相当距离的地点降落的，而这次是直入敌方心脏地带。要是和东欧那次在相同的高度开伞，我们会在落地之前被打个稀巴烂。

这样一来，由于伞没有充分打开而未能完全吸收的重力需要靠内部机关和鞘侧面伸出的脚来吸收。阻力伞张开的同时，四个肌肉质地——其实就是肌肉——的着陆脚一个个地冒出来，在落地的那一刻扒牢地面。乍一看去，说不定会觉得是一个只有下半身的庞然大物从高处飞下来，强有力地停在地面上。我在训练的时候见过战友着陆，从鞘里伸出的脚活灵活现，可以拿"肉嘟嘟"来形容，让人看了简直头晕目眩。那样子仿佛是一个弓腿站立的人。

在着陆的前一刻，人工脚上面"腿"的部分附带的三架机枪开始启动，以确保着陆地点的安全。机枪扫个不停，鞘内也震个不停。我把虚拟膜连到鞘上，可以看见每架机枪消费的惊人子弹数量。将虚拟膜连到鞘的外部视觉，能看见着陆点附近已经有三、四具千疮百孔的民兵横卧在那里。

一股强烈的冲击令我摇晃不已。耐重力机关已经吸收了冲击的大半。接下来的刹那间，鞘如香蕉皮一般剥离解体，道路压制用的无人机也分离出去。

"耶格一号着陆！"

我自报信号，隐藏到附近的建筑物背后。剩下的七个人也相继着陆。从我第一个着陆到所有的鞘开始生物分解才不消十五秒。鞘迅速进入敌对势力内部分解模式，电子零件类被酸烧毁，驱动部位的人工肌肉被停止供给维持其活力的酶。

我从隐蔽地点探出头来，看见由鞘上的机枪和射击系统杀死的民兵尸体横陈于地，而鞘本身也在我的眼皮底下慢慢"死亡"了。

小型无人机从分解后的鞘中分离，在作战区域上空有规律地盘旋。它的作用是搜集战斗情报，并为我们相互联络提供通信中转。我们在敌人作出反应之前，迅速从四周悄悄侵入目标建筑物内，轻而易举地将那些用娇小身体扛着步枪冲向我们的儿童击毙。外面传来链锯一般的呻吟声，还有若隐若现的哀鸣声。无人机悬停于建筑物的四个角，形状貌似倒扣的色拉碗，正在用机枪压制蜂拥而至的敌方势力。

我们对在大厅内摆开阵势的儿童逐一点射，干净利落地将他们杀死。我们从一开始就排除了在这次战斗中只瞄准胳膊和腿的可能。这种场合下非得杀死这些孩子不可。大人对大人的战斗方式基本可以预想得到，危险的反而是那些不知道恐惧，不明白进退的儿童。

建筑物里到处都是儿童，他们是近卫兵。无论少男少女，他们每个人都手持武器，向我们发起攻击。我和威廉姆斯一边沿旅馆荒废的走廊向前，一边往矮小身影的头部发射。接着往楼梯上行进。

与现代化军队交战的时候，使对方受伤要比致命更具杀伤力。因为要帮助受伤士兵脱离前线需要至少两个人手，这样一来等于消灭了三个以上的人。但是，在生命如此廉价的地方，根本就不会有人想到帮助负伤的战友，于是瞬间杀死对方实在是最安全之策。在这里，武装势力的指挥官为了驯服儿童通常让他们服用毒品。给叶子点上火猛地一吸，他们就能从痛苦的现实中逃离。这些儿童在这种状态下，即便胳膊大腿受了点伤也算不了什么。

出于这些原因,我们必须夺去这些儿童的生命——于是我想到了一个问题,在冷静杀死儿童的作战过程中,我自己的脑袋里不也装着纳米仪,把痛觉掩盖起来了吗?现在的我和威廉姆斯即便被击中也不会感觉到疼痛,只能知道有疼痛。

既然这样,敌人想击退我们,也必须击中头部或者心脏?

我感到毛骨悚然。要是我们战友之间对打,也必须打到能确认对方死亡为止。就是说,我们也和那些孩子没什么区别。

眼中的虚拟图像显示装甲车和货车开始从各个街道驶向我们所在的建筑。这个时候我们也不能直接用迫击炮往敌方老大所在阵营里发炮。就是炮筒再大,敌人终归会冲进宾馆里来的。

民兵们发出儿童专有的天使般高音怒吼,企图阻止我们的行动,尽管他们的努力纯属徒劳。第二性征出现之前的儿童发出的声音分不出男女。

现在的我完美无比。要说怎么完美了,是因为我对杀死儿童能做到毫不踌躇。有人可能会说,这不是理所应当的吗?毕竟那些儿童拿枪对着你啊。这些人把道德和感情看得太简单了。这些因素不知道会在哪一个片刻激荡出火花,割裂判断系统。无论多么训练有素的士兵都是一样。当然,大部分时候我们还是能做到毫不留情地射杀儿童,只是不可能做到百分之百。至少对于受过平等教育的美国人来说是这样的。

人类是一种扭曲的生物,有时候,会把爱和道德看得比自己的生命还重要。人类是这样的种群,能够出于利他精神而牺牲自我。不能轻视道德。尤其是因为露西娅说，道德是出于进化的需要产生的，已经根植入人脑。很多士兵面临一种恐惧——如果道德因素干扰了自己的判断，万一自己突然被没有意识到的情绪所支配怎么办？

战斗适应感情调整就是出于这个目的：为了以防"万一"。"万一"一旦发生，就意味着死亡。而死亡是谁也不能挽回的。让感情和道德之类的麻烦避免在战斗这种远离社会的祭典时间里出现，成了以防万一的强制手段。

咨询师和化学物质完美地发挥着作用。

虚拟膜告知我目标所在的位置。就在我所在的这一层。宾馆内的所有楼层都已处于我们小组的控制之下，对方已经被关在了牢笼里。

突然，一颗子弹掠过我的脸颊。知觉到"痛感"的我迅速卧倒，威廉姆斯往子弹飞来的窗口外拼命放弹。如果"痛觉麻痹处理"使痛觉完全都消失了，我们大概不会做出这种反应。我知道有"疼痛"，却没有"疼痛"的感觉。狙击手在离我们相当远的四层楼房中，正在向宾馆窗户这里瞄准射击。离我大约五米远的地方，一个小姑娘应声倒下，她被狙击手误以为是敌人而打死了。

"怎么办？没法前进了。在窗子底下匍匐？"

威廉姆斯无奈地问。我连上"战斗链接"，呼叫利兰。

"蓝色少年，你已经隔着目标房间位于走廊正对面了吗？"

"报告耶格，是的。但我们与目标房间之间仍有窗户相隔。

还不知道有几名狙击手。你不会冒险让我和你从两方同时突入房间吧？"

"用烟雾弹怎么样？"

威廉姆斯提议。我考虑了两秒钟后摇头。

"这样外面的人攻击不了我们，但要是遭遇里面的人袭击就麻烦了。"

"那只能求上帝了。"

威廉姆斯尽管对此不感兴趣，不过还是说出来了。我点点头，把链接连到"空中海藻"。

"空中海藻，请告知现在的位置！"

为我们祈福的飞行员的声音越过压缩机噪音传入耳中。

"在火力上空来回盘旋。"

"我们想让你摧毁一个目标。我会通过激光仪告知你目标所在的位置。"

"收到，耶格！"

我点头示意，威廉姆斯轻悄悄地只是把枪从窗口一侧伸出。这把来福枪上装有各种各样的特种作战装备，威廉姆斯要用的是其中之一——激光瞄准器。他将这个仪器的接近战斗用瞄准模式切换为指示测定模式，同时启动照相模式，这样一来，虚拟屏中显示出枪口视角的画像，便可以瞄准狙击手所在的建筑物。

"瞄准了！"

威廉姆斯脸上浮现出狰狞的笑容。他将激光测定以我们所在位置为基准点确定的坐标发往上空盘旋的"空中海藻"。"收到情报!""空中海藻"的飞行员传来回信。

顷刻之间,爆炸声响彻整栋大楼。天花板上落下很多灰尘。我从窗口探出头往外看去,街对面狙击手所在的建筑物轰然倒塌。"空中海藻"向那里投放了一枚应对紧急情况的备用微型炸弹。

"谢谢'海藻'!"

威廉姆斯说完马上往布满尘埃的回廊冲去。我跟在后面,为自己配了个这么急躁的搭档感到无话可说。威廉姆斯在到达房间门口之前从背后掏出一把短枪,用子弹开锁。我扔出一枚闪光手榴弹,它已经预订好时间,会在踢开门之后的两秒钟爆炸。我们塞上耳朵张开嘴的一刹那,发出一声巨响,强光从墙壁后面传来。

利兰的队伍紧跟我和威廉姆斯进入室内。闪光和冲击波把少年兵弄得晕头转向,印度·印第安的一群领导层人物早就束手就擒,还有一些被烟火熏得够呛。

威廉姆斯用刚才开锁的短枪指向他们。

"这是万不得已时的西班牙宗教大审判!"

"你们是什么人?"

其中一个人问,用流畅的英语。有过留学经验的知识精英情愿在猴子山里当大王是常有的事。

"我们是国际刑事法院的执行部队。你们这帮嫌疑犯,你觉得还会有人跟我一样对你们这么客气?"

威廉姆斯一口嘲讽的语气,恶魔般的笑。那男人两手背在头后，仍然用充满杀意的目光盯着我们:"原来你们是雇佣兵？你们这些拿战争当饭碗的家伙！"

我陷入困惑。我们是美国的正规军，可在这次作战行动中确实是他所谓的"雇佣兵"。我们是作为日本政府的军事代执行人来逮捕他们的。威廉姆斯大概和我一样郁闷，脸上浮现出似笑非笑的表情:"没错，你们不也一样！"

威廉姆斯把那男人的诅咒随口招架了回去。用胶带缠上呆若木鸡的那帮当官的手臂，和"蓝色少年"一起给他们的后脑勺贴上 SWD。

"我们是战士！和你们拜金主义的人不是一类人！"

我早就听腻了狂热信徒的叫骂。狂热这个特点是不分任何宗教的，在哪儿都表现得大同小异。无论是哪个战场上，情景如何悲惨，一些狂热的教徒都在重复同样的话。"跟喜剧表演似的！"威廉姆斯哈哈大笑，令人不寒而栗，"重复是噱头的基本模式！"威廉姆斯补充说道。

一个白人伫立于房间一角，从容不迫地观察我们逮捕印度人的行动。我记得在哪儿见过他的脸庞和体格。

约翰·保罗。

"好久不见啊，特工同志。没想到你还是个特种部队队员。"

约翰·保罗静谧地微笑。日光下，我终于看清了那次在布拉格的黑夜里模糊不清的脸:确实是一副学者模样。而且，和那时一样，从他的眼睛里看不到一丝疯狂的气息。

"打仗才是我的主业。"

我透过防尘面罩紧盯着约翰·保罗的眼睛,问:

"露西娅在哪儿?"

约翰·保罗的脸上浮现出开心无比的表情。

"她可不在这里!怎么,你来这里的目的看上去和国家命令不太一样嘛!"

"我们将依法逮捕你!"

我面无表情地回应,给他的双臂缠上胶带。约翰·保罗老老实实地被拘捕,一动不动。

我再次将链接连向"空中海藻"。

"已经往购物车里装入物品。请清算!"

"收到,耶格!"

利兰打开引导指示。"空中海藻"投放的回收机飞到利兰发出指向波的位置。在楼道里坚守防御阵地的队员也开始往同一楼层集结。

"我们上屋顶!"

贴在后脑勺的SWD信号深入大脑步行系统,那帮当官的脚开始不听自己大脑使唤,往前迈步子。这些男人看见自己的脚成了这般模样,一个个瞠目结舌。无论我还是威廉姆斯,抑或i分遣队的任何人都不知道这便条状设备的正式名称,只知道它可以让俘虏往我们希望的方向走。贴上它以后,人只能按照SWD指示的方向往前行走,而人又会从意志上加以反抗,这是多么回味无穷的走路方式。因此它得名SWD。也就是傻瓜走路指示贴(Silly Walk Device)的简称。

当最小战斗单位到达顶层之时，一声轰鸣响彻整个建筑物，直传入我的腹底。民兵落入传感器的圈套，引爆了设在楼梯上的凝胶体炸药。这种炸药如果被放在合适的位置，可以将整个楼梯炸碎。

在楼梯上往屋顶走的时候，视域一角出现了其他显示层，我的眼前如鸟儿的视野一般俯瞰着街道。那是"空中海藻"投放的无人直升机的前置摄像机捕捉到的图像。

跳上屋顶后，虚拟膜的右侧出现一个箭头不停在闪烁。我按照箭头指示往宾馆南侧看去，无人机有如在空中飞行的海豚，高速往宾馆方向移动。火箭推进式榴弹从街道发射入空，喷射烟雾划出几道弧线。在视线一侧的窗口里，有飞机俯瞰宾馆天台的视角，连我们自己的身影都清晰可见。

从向我们飞来的直升机的视野中看到我们自己。这真是怪异的反射镜，我想。

直升机配备的迷你枪向地面扫射，这是在教训那些用反坦克火箭进行对空作战的无礼家伙们。直升机从远方飞速靠近，其下方枪膛部位如频闪灯一般不断闪烁，从那里投放到街道的大量曳光弹标示着致命的攻击力。这部飞行在空中的巨型机械仿佛在炫耀着能杀人类的特权。

转眼之间，直升机已经到达天台。队员们卧倒在屋顶边缘，用支援火器向下方扫射，以压制民兵武力，防止他们从街道或民宅的屋顶向我们发射火箭推进式榴弹。威廉姆斯一边怒斥一边将俘虏押进机舱，并给他们贴上击倒薄片，使他们失去意识且不具备反抗能力。

这时，屋顶北侧突然子弹纷飞，炸碎的石片簌簌坠落。一颗榴弹穿过枪林弹雨差点就命中了这里。

"怎么样？"

我大声问道。支援火器的枪声不绝于耳。负责北面的队员竖起大拇指：没有人负伤。但趁这个间隙，北方的庞大火力以迅雷不及掩耳之势攻击过来，子弹如暴风雨一般由下向上扑来，榴弹也一个接一个地向我方发射，北面形势告急。我明白，时候到了。

"俘虏已经全部上机！"

我听见威廉姆斯的声音。我发出撤退信号，每个人都掏出手雷。

"耶格，这个宾馆有几层？"有一个人问。"四层。"我答道，接着又补充了一句，"每层二米五。"大家在心里算好距离后，拉开保险，在计算好的时间逐次往地面扔下手雷。

从地面传来爆炸的声音。趁对方火力较弱的间隙，全体队员迅速登上飞机。威廉姆斯以熟练的手势解除直升机自律模式，将系统转为人工操控模式。全体队员登上飞机不消十五秒钟，而这时飞机已经处在威廉姆斯的掌控之下了。

"出发啦！"

威廉姆斯笑着说道。重力产生的巨大力量把肚子往下拽。武装势力所在的街道在我们的视野中越变越小。布阵于机枪发射群周围的队员还在从舱腹部位往地面大量发射子弹，地上的大人和儿童已经对飞往高空的我们无能为力了。

我将虚拟膜连到机体摄像机上。眼前是一个个圆满完成作战任务、满面春风的男人们，而机舱枪膛附近显示的虚拟层画面却是从地面往上空仰望、持步枪乱射的民兵们，还有街上轮胎燃起的滚滚狼烟。

随着风景渐行渐远，肾上腺素的律动也如同波浪从肉体之滨渐渐退去。战斗结束了。接下来，到下一个任务来临之前，我又要回到那个梦境中去。"日常"的梦，"生活"的梦。

在下一个战场来临之前，是漫长的等待时间。

我急不可耐，在未来某一时刻的下一个战场上与露西娅·斯科罗普重逢。

我陷入悲哀的沉思。责任感好不容易冲破沉思，提醒我该往附近的基地报告了。

"耶格负责的战斗事务已经全部完毕，器具一切正常。贵重物品也存放正常。没有负伤人员，就此返回。"

5

列车是上个世纪的古董。这部古董车因为构造简单所以结实耐用，将印度各地相互联系。我们乘直升机脱离印度·印第安的势力圈，前往尤金&克虏伯斯的最前线大本营调整状态，按照程序用列车将囚犯押运到孟买。除了约翰·保罗以外，印度·印第安的指挥官将被运往海牙检察院，海牙会将他们送到圆形监狱里。这样任务便顺利告终。

直升机的着陆点大本营离巴基斯坦非常近，因此这里飘浮的空气给人剑拔弩张的感觉。尤金＆克庞伯斯的精锐紧盯森林对面印度·印第安的统治地域，从早站到晚。在孟买为复兴工作人员提供食物的军事餐饮公司好像没有到这里来。我们在这里停留了四天，没领到在孟买吃的那种驻军干粮，吃的是组合式集团用口粮。不过我也没有要抱怨的意思。

尤金的士兵们——要称那些持枪战斗在最前线的士兵为"职员"很难——像被森林对面吸引过去了一般，神情恍惚地看向那里。"干嘛往那边看？"利兰问道。尤金的士兵这样回答："我们没在看，而是在仔细听，看能不能听到有叫声。人大量死亡的时候能听到惊天动地的呻吟声。几十人、几百人的呼喊混为合唱，这些声音连在一起变成擎天巨柱，直破云天。"士兵们把声音的巨柱叫做"利格特"。这是一个对现代音乐颇有造诣的士兵起的名，久而久之就传开了。好像是《2001太空漫游》里的一个长镜头中播放的一首插曲，"利格特"就是创作这首插曲的作曲家的名字。

一问才知道，尤金＆克庞伯斯从没有踏入过森林对面的土地。一次与联合国军队联合作战准备开展大进攻，结果失败了，于是与印度·印第安之间划定这里为分界线。

所以，尤金的士兵很想听从"森林对面"归来的我们讲讲经历。对面的世界到底怎样？遭遇屠杀的死人尸体果真蔓延无际吗？仿佛森林对面是库尔茨上校的王国，我们是从那儿回归的威拉德上尉。

听说那帮人会吃人肉。听说他们还把战争结束时留下的核弹头当脑袋，装上耳朵作装饰。听起来太荒谬了，可这种与信息化时代格格不入的民间传说在最前线部队里大肆泛滥，大家还都信以为真。在如此潮湿闷热让人烦躁不安的土地上，以一片模棱两可的森林为界，与敌人相互对峙却从未谋面。在这种状况下，世界残酷物语之类的也不失为一大谈资。

在战场上，把未曾谋面、遭遇抑或交锋的敌人形容得无比野蛮，甚至说成人面兽心都是司空见惯的事。同样，幽灵、鬼怪故事之类的在战场上也应有尽有。除了幽灵战舰外还有幽灵潜水艇，另有游荡在立陶宛森林里的德国兵鬼魂。这儿有幽灵自然也不足为怪，传说有人深夜见到成群步行于森林里的被害者和被印度·印第安杀害的村民。这些鬼怪故事长年累月在这块土地上口耳相传，使驻扎于此的士兵们惊恐不已。

在与死为邻的战场上，为什么士兵们会怕鬼？

U艇上的船员们在头顶水雷和遭遇压溃的恐惧里航行于大海。同时他们还被幽灵潜水艇的故事吓得半死。幽灵士兵在战事胶着的夜晚出现，引诱同胞奔赴死亡。无论死与自己多么接近，人们都会害怕幽灵。现实漫天存在的战场上，虚构故事——不，这种情况下叫做"妄想"或许更合适——能够威胁到人类的存在。

约翰·保罗会不会是那种妄想的产物？我想过很多次。他巡回于世界各地散播死亡，是幽灵一般的存在。是一个什么人，出于某种愿望捏造出来的虚构怪物。如此一来，即便逮捕了确为此人姓名的人物，总还有些不吻合的地方。一个学者风范的男子用清唱让人们开始相互杀戮，要与这一事实吻合总归有难度。

夜明后，我们坐上外部车身贴着复合装甲的先锋车，往铁路站台行驶了六个小时。俘虏们被击倒薄片夺去意识后让人硬塞进狭小的车室，所以到站恢复意识的时候已经严重落枕了。从车上下来的那会儿，俘虏们用手在落枕处又揉又按，想办法放松僵硬的肌肉。一个曾经指挥印度国家军队、领导人民卷入核战争的家伙抱怨说：你们这是虐待战俘，无法无天！

"跪下！"

利兰的战斗单位让约翰·保罗和指挥官们在月台边一字排列。跪着的囚犯抬起头来仰视前方。古老的柴油机车缓缓到站，前三节车厢由我们控制。我们的车厢是前后两节，中间一节押送战俘，有如三明治夹心。后面车厢里的人应该是前往孟买的，当地人把车挤得爆满，一个个几乎都要压成了肉饼。坐在客车顶棚上的人们是贫穷国家典型的风景。

这些人为什么要去孟买？为了逃离印度·印第安，还是为了摆脱贫困？我的脑海里浮现出孟买铁路周围蔓延无际的贫民窟海洋和清洗种姓居住的河岸。这些人到了孟买会怎样呢？如果不乞讨，就只能成为那些贫民窟里的新居民。利用居住在孟买的亲戚关系出境？如果不是这样，这班列车不过是给贫民窟海洋追加新居民的大箱子罢了。在孟买的一角，没有界限却确实存在的收容所——名为"贫困"。这简直和运送犹太人的纳粹运输列车没什么两样。

低精度路轨与车轮摩擦、碰撞，车厢嘎达嘎达地晃个不停。这车尽管结实，不过也太粗糙了，简直就像卡拉什尼科夫冲锋枪。听说曾经有过坐在车里的人因为摇晃而被甩出去的事故。在这种客运上坐得久了，屁股在木制座椅上颠来颠去，相当难受。

"我去去就来。"

我起身，往后面的车厢走去。

两名队员在囚犯的车厢执行警备，其他成员分成两班分别坐在前后车厢。离预计同伙袭击列车企图夺回囚犯的可能性较高的"最终警戒线"已经过去一个小时左右。印度·印第安的将士们就算是群龙无首、命令系统混乱，也不至于疯狂到冲进新印度军、联合国军及尤金&克虏伯斯的驻扎地区展开突袭。

猴子山的大王们一个个表情凝重、缄口不语，不过还是形态各异。我踏入收容囚犯的车厢后，看见这帮男人们千姿百态的面孔。有的吓得一动也不敢动，有的哆嗦不止，还有人怒发冲冠，有人竭力维持本来就没有的尊严，还有人好像尽量让自己什么也不想。不过，由于被击倒薄片一定程度上夺去了意识，仿佛照明开关关掉了一样，没有人做出任何恼人的抵抗。

大概把我当成什么领导了吧，其中一个人开口说道：

"在收容所没什么事就好了，没骨气的傀儡国军执行警备的收容所能怎么样？"

"你的部下就是再忠诚，也很难袭击监狱。"我告诉他，"圆形监狱的设施好比清洁干净的恶魔岛联邦监狱。"

"什么？收容所是民营的？"

"严格地说，是监狱。联合国和新印度政府委托建筑公司实行的服刑者收容业务。执行警备的不是你说的'傀儡国军'，而是军事承包公司的精锐。保安体制的技术知识在全世界都是首屈一指的。我劝你趁早打消越狱或者突袭的想法。"

他似乎并不相信我的话，眼中浮现出一股嘲笑的神情。他大概还不晓得当今全世界的监狱都是由民间企业运营的吧？这男人年纪大了。逮捕时我们通过速成ID知道他是旧国军的上校。在他的那个时代，"国家"发挥的效用还很大。

我离开那个上校，沿嘎达嘎达作响的古老列车往后走。约翰·保罗坐在一个铁栏窗边，和印度·印第安的指挥官隔开一段距离。

"居然带铁格子，亏得你们找到这种车厢。"

约翰·保罗两眼望向窗外说。他举起被胶带缠绕的手指向流动的风景。

"快看那里的招牌！"

不知道这里是不是也有所谓的黑体字体，反正那文字被写成又粗又棱角分明的样子。招牌上有一幅陈旧的现实主义士兵画作背景，一排看上去颇有气势的句子写在上面，迅速从眼前往后退去。

"那是我写的标语。"约翰·保罗说，"屠杀语法的效果如何与讲述的内容无关。它可以大篇幅地隐匿在日常对话中。不过这些标语、宣传语之类与屠杀语法更易于联系。很浓，'浓度'被用来表示屠杀语法深入不同文章的程度。屠杀语法在那种煽动性的句子里有趋于浓缩的倾向。"

"你胡说些什么！"

"我觉得，说不定有这样一种可能：并不是极左或极右的政治思想导致屠杀，而是准备屠杀发生的细节，需要左抑或是右的政治思想。"

"你说什么颠三倒四的话！你疯了吧！"

"嗯，听起来确实像是疯子说的。但要说语言的排序导致人类相互残杀，也够疯狂的吧？"

屠杀魔王说着耸了耸肩。

泛黄的云朵笼罩着印度的田地。阳光冲破云隙俯射大地，光柱穿入远处的森林。屠杀可能还在持续，在那森林的深处。这般景色仿佛神灵在用吸管吸走惨遭屠杀的无辜平民之魂。坐镇云端的神灵想必是巨蟒派剪贴画大王。

"零时间"，既非昼也非夜，被高度紧张的情绪所填充，丢失了"生活"细节的奇妙意识状态——只能用"作战时间"来表达。时区同期剂、感情调整和痛觉麻痹助长了这种状态。我身处"零时间"中，被线路连接点的单调脉搏所包围，感觉这种异样的胶状时间仿佛会永远持续，陷入这是某种普遍性的幻想。

这时，我被另一个印度·印第安的梵文标语给拉了回来。约翰·保罗发现我的目光追随招牌看去，发话说：

"标语的背景画最好是偏向社会主义现实主义的，这样比较受欢迎。因为无论右翼还是左翼，他们超越一个阶段以后在'审美意识'，或者说'审美的劣化'角度是相似的。"

"你真是个人渣。"我不带任何感情地说，"屠杀不是你传播的。而是你一边嘲笑那些家伙，一边把他们当作道具来传播的。"

"依你的意思，瞧不起别人是不可原谅的？"

约翰·保罗问。

"你不仅瞧不起人，还让你瞧不起的那些人相互残杀。正因为他们自己亲手杀了人，所以他们反而还比较值得信任。"

"我决心担负的罪孽之重仅由自己亲手执行屠杀那是远远不够的。不得已，不能亲力亲为。我作为责任人，愿意承担一切罪行。"

"他们会接受法庭裁判。"我断言，"他们会在海牙接受审判。而你不同。"

"我要去国防部吧？"

"没错。但没听说接下来该怎么处置你。"

我观察约翰·保罗的反应。毫无反应。这个男人没有表现出任何一点反应。无论恐惧，还是灰心丧气。

稍过片刻，约翰·保罗开口说道：

"口渴了，能给点水喝吧？"

"我都给你贴上击倒薄片了，没必要在意你口渴不口渴。"

"你这家伙真无情！"

"露西娅在哪儿？"

"不在这儿。"

"这我知道。所以我才问她在哪里！"

约翰·保罗耸耸肩。

"这个问题和你的任务没关系,没错吧?"

"没错。"随着情绪逐渐升温,我感觉到自己的声音更低沉更冰冷,"我要的是露西娅!"

"只要能见她,你连小孩都能一杀而光?!"

我盯住约翰·保罗。可笑。这个男人第一次在我面前展现出感性的反应。虽然那里面满含敌意,不过我在愤怒的同时心灵某处感到释怀。

"很痛苦但也没辙,因为这是工作。"

我尽量用毫无意义的句子回答他。听到我的话,约翰·保罗愉快地一笑。

"痛苦?别撒谎了!我知道的,你们在作战前要让感情调整到战斗状态吧?杀儿童的时候毫不犹豫,杀完了不留心理创伤。你们扣动扳机的那一刻,什么罪恶也感觉不到。我说得有错吗?"

我缄口不语。

"'因为工作'?你知不知道,自从十九世纪揭开序幕以来,'因为这是工作,我也没办法'这句话让那些仁慈的平凡人成功制造了多少大屠杀?'因为工作',纳粹把犹太人送到毒气室里。'因为工作',东德国境警备队将向西逃亡的人扫射一光。'因为工作','因为工作'!没必要成为士兵或亲卫队,所有的工作都是为了麻痹人类的良心而存在的。让资本主义诞生的,是努力工作注重储蓄的新教。也就是说,工作就是宗教。信仰的程度之差并非那么明确。人们隐约之中能感觉到这一点,但谁也不愿意直视这个问题。"

"要说工作勤奋你倒是输不掉。在世界各地飞来飞去大肆搞屠杀！"

"真是的，真是的！我们还挺像的呢！"

"别开玩笑了！"

"别较真了，就是一样的。告诉你，我只不过是吟诵诅咒的语句而已。我不会拿枪杀人，不会纵火烧房。我的'手感'是零。反过来说，你怎样呢……你的大脑接受了战斗用感情调整之后，还能感觉到'手感'吗……你射死自己枪口下的小孩的时候，还能感觉到罪恶吗……让我来告诉你吧！你心里根本就没起波澜。你通过军队的医学处置使感情达到最佳状态，杀人的那个瞬间完全是出于条件反射，而且非常冷静。说得更清楚一点，你，还有你的战友们大概也一样，尽管参加了现实的战斗，但总是感觉缺了点什么。'我在杀眼前的敌人，却不伴随感情纠葛之类该有的反应。这杀机是来源于我自身吗？'你们会抱有这种不安。"

一针见血。我开始憎恶这个戳穿事实的男人。剧烈摇晃的车厢里，我感觉只有这个男人奇妙地静止着。约翰·保罗身后的风景仿佛是从别处借来的合成背景。

"对了。要是因为工作弄出个心理疾病来可就不好了。所以要进行感情调整对吧？就好像食品工厂的工人要戴手套一样，你们要遮蔽心灵。说得更准确一点，是允许别人遮蔽你们的心灵。你们允许自己在对待他人，而且是幼小生命的时候没有感觉。这在某种意义上说，比杀死儿童本身还要残酷好多倍。"

"我不想被你这样的人评头论足，说什么'残酷'！"

"倒不如互相说'残酷'好了！告诉你一个事吧。屠杀语法对大脑施加的影响和你们作战前接受的感情调整过程非常近似。"

"我和那些人怎么会一样！"

我抬头用下颚指向印度·印第安那帮当官的。

"我们接受的完全是为了提高自我保护本能的防御性处置。不会诡称仪式而毫无缘由地往儿童的胳膊上猛砍乱剁。"

"你错了，其实是一回事。攻击和防御之间没有那么大区别。屠杀语法的效果是通过对管理良心的大脑机能作调整来实现的。抑制'良心'，将价值判断引导往一个特定的方向。而你们为了能以平常心杀死儿童，需要封闭住可能存在于体内的利他心。这两者没什么区别，都是去限制大脑特定模块的活动，只不过你们是用高科技实现的，而我则是借助太古传下来的语言力量。"

"用科学粉饰的性善说，我从咨询师那里听得多了。"

我讥讽道。

"良心，正因为使用这个词汇，所以是靠不住的。"

约翰·保罗把我的讥讽视为肤浅，不予理睬。

"良心这东西，简单来讲就是人类大脑中各种价值判断的平衡。首先对各个模块表现出的欲求作调整，然后鉴定将来面临的风险后得出应该采取的最善行动，而'良心'就是那个最终结果。庞大数目的价值判断相互冲突，保持一种极不稳定的均衡，被称为'良心'的状态就是在均衡中存在的。所以，如果对某一模块稍稍加以遏制，那么这个脆弱的平衡很可能瞬间崩溃。屠杀语法的原理就是遏制大脑角落中某处极其微不足道的领域机能。其导致的结果，可以使社会陷入混沌状态，迎来大屠杀的下场。而你们在作战前使用特定的神经传输物质，还接受心理咨询师的感情调整，用来部分地抑制'良心'，你们作法的原理和屠杀语法是一样的。"

印度·印第安的中坚力量层在约翰·保罗的咒语下开拓全民皆杀的荒野，同样，我们通过与军队签过合同的心理技师的医学处置，堆积尸骸之山。

对约翰·保罗的这番话，我哑口无言。

但是，约翰·保罗这次的表现和那个布拉格之夜不同，他喋喋不休地用言辞刺激我，让我觉得他的情绪有点激动。难道是因为身处无法进退的窘境，由于恐慌才不停地说话？约翰·保罗说得有条有理，甚至看上去他很享受这个状态。就算他隐瞒了内心的焦虑，这种开朗的心情也不太对劲。假设他的异常开朗是出于恐惧，那这种恐惧里会有类似恍惚的异样感，但从他身上看不出任何这样的迹象。这个男人表现出奇妙的游刃有余。

我猛然想到一个问题。

"你在政府内部安插内线了吧？"

由于话题的突然转变，约翰·保罗有点仓皇失措。

"怎么突然问起这个了？"

"我想了很久了。为什么你每次都能在我们即将逮捕你的时候溜之大吉？关于你的作战行动，知道的人寥寥无几。除了我们特殊检索群i分遣队的人，就是我们的上层了。"

"然后呢？"

"你不是说过吗？使用国家安全局的程序为在各国传播语法寻找最适合的职位。这在以前倒也罢了，你是个受资助的研究人员，可现在凭什么还能用那个程序？你是怎么在不同国家获得那些地位和职务的？你在国家上层肯定有朋友，至少有支持者。"

约翰·保罗点头。

"是这么回事，不管你的推测是对是错，假设发生情报泄露，上层应该早就心中有数了。"

"你什么意思？"

"你们每次让我死里逃生，就应该有一个人被当作泄密源去送死。比起杀死我来，你们可能还得优先考虑确定泄密源，说不定还会因此立案调查开展行动。所以，如果接下来发生什么意外，我可能会失去你刚才所谓的那个'支持者'了，很可惜……我的旅行也要接近终点了。"

"耶格一号！"突如其来的通信声传入我的耳中，"来后面的车厢！"

是威廉姆斯在喊我。我瞥了一眼约翰·保罗，往后面的车厢走去。

"我们去看看！"

威廉姆斯告诉战友后，带着我继续往后方客运车厢走。当地乘客用惊讶的目光打量我们两个装备着枪和防弹衣一脸严肃的外国人。"发生什么事了？"我问威廉姆斯。

"有一个乘客说后面有个东西跟着,好像是直升机。"

"能看见吗?"

"从我们的那节车厢看不见,到车尾才能看见。"

走过几节车厢后,我们到了火车末尾。乘客围聚在我们旁边,用手指向火车的后方。我们微微点头,用这种世界共通的肢体语言告诉他们我们大致理解了意思,然后跨出末尾的车门。在人声嘈杂中往上看去,一个男孩儿在车顶上坐着,腿晃来晃去,拿手指向远方,嘴里叫唤着些什么。

我往向后方疾驰而去的铁轨尽头的蓝天望去。

"你能看到什么?"

"看不到!"

我取出战斗望远镜,透过镜片看去。虚拟膜可以为我修正看到的图像。

我在紧贴地平线的部位发现了一个黑点,那是直升机。在极低空紧贴铁轨飞行,以惊人的速度往我们冲过来。

这意味着:这架直升机既有可能属于巴基斯坦军队,也有可能是印度·印第安的,也不排除新印度政府军队或者尤金&克虏伯斯的可能。再定睛一看,我发现机翼两侧装备有机枪——

"蓝色少年,加强警戒!列车后方有一架武装直升机正在……"

我迅速折回车内,话刚说到一半,眼见着火车前方车皮以迅雷不及掩耳之势逼近过来。不知为什么,整个车辆往我身后移了过去。当意识到是列车急剧减速的瞬间,我已经在旋转的车厢里颠来倒去，就像滚筒洗衣机里的衣服。

苏醒过来的时候，才发现自己刚才已经昏厥过去。一分钟，还是一个小时？我不知道。

"滴——"的高频音在耳中回旋不绝，周围一切风景仿佛都与己无关。我恍惚中想到，在医院杀死母亲的那个夏天，也有过似曾相识的感觉。我整个人坐卧不安，智能套衫检查出我身上有几个破口，将它们判断为几处负伤，开始为我止血。这衣服时而膨胀时而收缩，大概在使尽浑身解数。

座位在我右边，车顶在我左边。我保持冷静，努力辨清重力的方向。

我仿佛置身于只存在视觉的世界。我眼前的光景，到底是横着的，还是竖着的？乘客们交叉重叠，倒在窗户的一侧。威廉姆斯也一样。

少许时间过后，我听见酷似放烟花的声音从远处传来。

啊，是枪声！我反应过来，想挪动身子。全身各处都受伤了，幸好目前并无大碍。我"知道"疼，也"知道"哪里疼，但"感觉"不到疼。这样不会妨碍到我的行动，我从车厢后方爬了出去。

铁轨往我们的右方移动了很远。

前方车厢似乎并没有怎么移动。我们大概是因为离心力才被甩了出去。连接部被扭断，如投出一般被抛到很远。坐在车顶上的人们不知道飞出去多远呢？无法想象。整个列车都侧翻了，前面很远的车厢上方大火燃烧。耳鸣还在持续。能看见若隐若现的人影，以特种部队队员特有的潇洒作战姿势敏捷地行动。

弹丸飞过来，就在我眼前着地了。

我猛然回归到现状中来，在侧翻的车厢内隐蔽。从这个距离看过去，那些来回行动的军人们由于全身覆盖了环境追踪迷彩，显得非同寻常，堪比幽灵。我操作虚拟膜，调出前方队员的医疗数据，如果他们还活着，估计在与袭击者展开搏击战。

我没时间一个个地看名字了。有的显示"心脏停止、无反应"。还有很多人胳膊骨折了。不过就连自认为没有大碍的我在这上面也显示为骨折和出血，所以看来智能套衫的负伤感应器不怎么靠谱。

"蓝色少年，蓝色少年，能听见吗？"

没有回音。

我躲藏在列车的隐蔽处，小心翼翼、同时尽可能迅速地往前挪动。逐渐恢复意识的乘客们开始呻吟和悲鸣，那种声音组成奇妙的合唱曲。这莫非就是尤金士兵所说的"利格特"？往列车外爬行企图逃走的人越来越多。幸存者逐渐恢复意识。

就在此时，想从我前面过去的一个负伤者中弹了。这颗子弹是冲着我来的。

我立马跳到列车的隐蔽处，再次尝试呼叫利兰他们。

"蓝色少年！蓝色少年！回答我！"

"是耶格吗？"

我呼叫的时候忘记报上自己的名字了。

"是的，现在离你所在位置只隔四个车厢。你那里情况怎样?"

"火车头已被引爆。"利兰用惯有的洪亮嗓音说,"列车发生侧翻后,直升机空降部队间不容发地到达现场,现在正处于交战中。我们被困在车厢里。机枪从外面向里扫射,把车皮打得千疮百孔。"

我想,这简直就是伊斯特伍德的电影。那些电影里的巴士被打得破烂不堪。伊斯特伍德扮演刑警,保护重要女证人免受腐败的警察伤害。想到这里,我想起我们需要保护的人——约翰·保罗。

"俘虏们哪去了?"

"不知道!隔壁车厢里的情况我不清楚,我完全被困在这节车厢里动弹不得。但那个车厢里执行警戒的人没有答复,根据医疗数据看估计已经死亡。我刚才想出去,结果左臂被炸飞了。"

利兰的声音和之前没有任何变化,轻描淡写地对我讲述惊天骇地的事实。这让我不禁想笑出来。我凭直觉感觉到他是认真说的。我们尽管知道疼痛,却感觉不到疼痛。我们这些特种部队队员对"疼痛"的这一感觉已经被麻痹了。

"疼吗?"

我禁不住问。这种状况下我问出如此令人无语的问题来,我仿佛听到利兰苦笑着叹了口气。

"是啊,当然疼了。虽然感觉不到疼,只能认识得到'疼'。但完全没问题,因为感觉不到'疼'的实感。哎呀,克拉维斯,不好!刚才尼尔森被打中了。"

我咬紧牙关往前行进。摆开阵势的敌人将目标车辆紧密包围。我取出手榴弹，投往敌人那里。

传来低沉的炸裂声。我趁着对方战斗队形被破坏的间隙移动了一个车厢的距离，从隐蔽处确认爆炸地点。

环境追踪迷彩使这些人影迷糊不清，有如幽灵。我能看见好几处鲜艳的红点动来动去，那是伤口。利兰他们一伙抓住敌方布阵稍有溃塌的间隙发起反击，往外投掷手雷，一齐发起射击。我在短暂的时间里又往前挪了一节车厢的距离。快到了！我们马上就要会合了。

我再次确认周围的情况。这次短暂的交火又杀死了几个敌人。

但是，有些男兵仍能若无其事地站立。失去手脚、身体多处受伤的人，竟然还能保持标准射击姿势！这场景酷似还魂尸电影。不过不是上个世纪的那种动作迟缓如同梦游的还魂尸，而是二十一世纪的身手矫捷有如田径选手一般的还魂尸。

痛觉麻痹。

我顿然醒悟。对方也接受了痛觉麻痹处理，他们的大脑也经过一阵摆弄调整，使得痛觉的"实感"被过滤掉了。他们的大脑可以知道疼痛，但感觉不到疼痛。我咽了一口唾液。我在和那些吸了大麻精神恍惚不知疼痛的孩子们交战的时候，曾经有一种邪恶的妄想拂过脑际。我幻想过，如果拥有同等科技水平的双方交战，情况会是怎样？

没错。自从进入二十一世纪以来，不用说，G9 的军事力量之间从未发生过冲突。享受同等高科技水平的军事集团间没有发生过一次交锋。我们参加的战斗大多是不对称的，尽是些这样的战争：有钱的军队痛打贫穷的军队。

所以，从来没有谁想象过还魂尸状态下的人互相对决的场景。显而易见，他们享有高度军事技术支援。哪怕失去四肢，还能对自己的身体漠不关心，继续厮杀，可见这种技术支援不可小觑。

"敌方接受过痛觉麻痹处理！"

我告诉利兰。

"我也发现了。必须用子弹和火药！"

面对极度怪异的状况，我不知道该说什么了。这已经称不上是战斗行动了。

说心里话吧！那个时候我感觉到了恐惧。

此般印象将我捆绑在恐惧之中。镇定自若地相互攻击，直至死亡：这风景勾织出了一层恐惧。作战时，死之恐惧经常伴随左右，对此习以为常并将它转换为生存渴望而形成战斗技能，是我们的工作。因此，并不是对死本身的恐惧在吞噬我。暂且不论没有痛感而作战的意义，现在这种极致的场面放在我眼前，让我惊慌失措。

我还没有到达那节车厢。在那个战场上的人，哪怕腹部中十发子弹，还毫不在乎地继续战斗。而我还没有到达那个战场。由于中间隔着一段距离，我被那个战场排除在外。最糟糕的是，我因自己远离那个战场而感到欣慰。

到现在这个地步，战场已经不是射程所代表的范围了。现在的战场，是哪怕负致命伤还能平淡出击的人们之间产生的怪异关系本身；是大脑某一状态描绘出的虚拟地图。

没有参与战斗的罪恶感向我袭来。我从隐蔽处跳出来，使劲全力往利兰所在的车厢奔跑。我完全不再考虑自己作为专业人员应该做的现实状况判断。

太残酷了！在我短距离狂奔的这段时间里，竟然一发子弹也没有打中我。后来我才明白这是因为袭击者已经开始撤退。可那个时候的我完全不知情，只是被懊恼的心情左右，不理解为什么战场竟如此疏远我。

我滑入利兰他们所在的车厢内。

"耶格一号，外面怎么样了？"

利兰问我。

男人们倒在地上，还有几个人仍然握着枪，保持射击的姿势准备反击。车内看上去有手榴弹扔进来过，凶恶的残片散落扎穿在车皮上，把那面车皮装饰得好像天象仪里的星空图案。

我往利兰看去，他不仅仅是手臂断了。

下半身也没了。

智能套装为了使"破烂不堪"的利兰获得重生，正竭尽全力地做无用功。地面——准确地说原来是前进方向左侧的车壁——被男人们的血弄得黏糊糊的，很滑。

"你能不能坚持？"我问利兰。这个失去了下半身的男人无力地苦笑了一下。他的意识已经渐行渐远了吧？仿佛立马就要消失了。

"外面……怎么样……小子们呢……"

接着利兰的声音消失了,他这个存在也消失了,大脑里的意识已经不存在了。

"搞不懂。"

我对着利兰的尸体说。

车外,直升机引擎的悲鸣声越来越尖锐。

取代枪声和爆炸声的,是乘客们的"利格特"。

第五部

1

一个。
两个。

我数着棺材。

三个。

四个。

很长时间,我一直凝望苍空,很长很长时间,简直这辈子都不用再看了。我看了太久,以至于缓缓靠近飞行跑道的"环球霸王"在我眼里变成了一个充满母性的庞然大物,仿佛是鲸鱼或海豚,或者是年代更久远的一种无名巨鱼。这条黑色巨鱼在六月灰蒙蒙的天空里游行。我站立的地方是海底。不久,在灰色大海里穿梭的鱼潜入我们所在的海底,轻悄悄地停落,然后向外打开她那庞大的怀抱,放下存放于肚中的卵。

从打开的肚中"生"出来的一个个卵。亡故者的卵。亡故者从钢铁做成的鱼里"生"了下来。

一个、两个。我在数。从大敌的肚中出来的一口口灵柩,一个个卵。
覆盖着星条旗、钉有身份标签的一个个灵柩。

五个、六个。我数着。

不仅是我,美军机构也在数。

他们一边数,一边向有关人物汇报灵柩的到达情况。一具、两具、三具、四具。全球战斗支援系统正在数。抵达的棺材直接为他们提供了原始情报。美军运输网管理机构要通知某地的某人"棺材已到",与联邦快递运送包裹类似。士兵们抬着棺材。我得抬棺材,威廉姆斯也要抬。幸存的人得去抬棺材。

我抬着棺材,寻找愤怒的感情。战友,而且是很多战友牺牲了。感到愤怒是正常的,应该是非愤怒不可才对。应该对突袭我们的敌人和暗处指挥这些人行动的某个人恨之入骨才对。
然而最残酷的是,我在自己身上找不到一点愤怒和憎恨的影子。

我不动声色地向和我一起抬棺材的威廉姆斯看去。从他身上，我可以看见应有的愤怒、憎恨和悲伤。他紧闭双唇，满含对未知敌人的杀意。我尝试着学他的样子，稍微用力紧绷双唇，刻意露出锐利的目光。大约三分钟过后，我感觉自己好像也有一点愤怒起来了。虽然还不知道敌人是谁，但我好像也开始憎恨那个人了。

威廉姆斯的愤怒，那种为朋友而愤怒的感情，是不是称得上良心的一种形式？他并非为自己，而是为他人而愤怒，为了自己所爱的人而憎恨。

而我却没有那种感情。我能感觉到悲伤，却怎么也与愤怒联系不到一起。我该憎恨谁呢？袭击者？幕后组织者？约翰·保罗？

我非常空虚，完全不知道自己应该憎恨谁。

这当然不能被任何人察觉出来。无论朋友、威廉姆斯、罗克韦尔上校，还是心理咨询师。

上头命令所有幸存者接受心理咨询，防止我们中间出现创伤后应激障碍。

威廉姆斯大怒："我们不需要什么咨询，赶紧让我们回去杀掉偷袭我们的畜生！"怒火冲天的叫嚣使他很像一个斗士。"心理疾病我半点也没有！我只有对偷袭的那些人的愤怒！"

我也装出和他差不多的态度，发泄出些许愤怒，然后显得士气高昂的样子。但是军队发来通告说，如果不接受心理咨询，就得去接受军法会议审问。他们说："你们特种部队战士是极为高价且珍贵的人才资源。我们有维护你们的义务。"

我不需要心理咨询。
我需要的是惩罚。
我需要有人来惩罚我。
我希望自己得到惩罚，用以补偿至今为止犯下的所有罪行。

"就当是心理咨询啦！"——威廉姆斯丢下妻子和孩子在家，跑到我这里来，每次无非也就是叫达美乐比萨外卖，喝啤酒，然后看电影的黄金片段。我其实没什么心情陪他，但似乎也找不到拒绝的理由，所以只好默许。

这么说起来，我记得亚历克斯离开我们的那阵子好像也是这样。我打开百威酒，模糊地回忆着。这样想来，威廉姆斯说把和我在一起当作心理咨询也有道理。无论我还是威廉姆斯，在工作中遇到不顺心的时候，总是像这样一边喝啤酒一边吃垃圾食品，用漠然慵懒的时间将自己包围，让沉积心中如铅一般的重块变得暧昧不清，然后暂时忘记。

我抿了一口百威酒。不用说，我根本尝不出酒的味道。威廉姆斯一边嚼比萨，一边从自己的存储空间里找出喜欢的电影开始播放。

今天威廉姆斯和平时比起来少言寡语多了。大概还是有感情隐藏在心里难以吐露。画面中,亚瑟王和随从出现在迷雾里。随从手持模仿马蹄音的椰壳制响板。又是威廉姆斯喜欢的蒙提·派森类型。在笑点出现的时候他会很自然地发笑,不过每次笑完了总将视线移向我这边。好像在向我寻求确认:这挺好笑的吧?

那场战斗里,威廉姆斯在车尾晕厥过去了。所以没吃子弹,也没有目睹士兵相互厮杀。也许,威廉姆斯是因此而难以忍受吧。战友们在战斗中接连倒下的时候,他却不在场。那种耻辱和忏悔与战友死亡的事实一起诅咒着威廉姆斯。

"此地禁行!"

画面里,黑骑士对亚瑟王和他的随从说。亚瑟王见前进道路受阻,与妄自尊大的黑骑士展开交战。威廉姆斯嘟囔了一句:

"这部电影里特里·吉列姆的表情真像随从!"

"谁让他演随从呢!"

"不,我是说他演得太逼真了!想不到他之后成导演了。"

我把目光从威廉姆斯身上转移到画面中。亚瑟王一刀砍下去,黑骑士的左腕从肩膀上飞了出去。"这点伤算什么!"黑骑士叫嚣着再次向亚瑟王发起挑战。

另一只手腕也被砍掉了。黑骑士却还戏谑个不停。他压根不把亚瑟王当回事,还继续挑战。结果,直到骑士的双臂双腿都被砍了,在地上打滚直至动弹不得,才算结束。

在战友们身首分离、尸骨未寒的时候,我在印度基地里凝视着殡仪馆操作台，精神恍惚地想到：在机翼下面，在鞘的纤维素外皮底下，在工业货物运输用鸟脚的跟腱部位，填充的不都是相同的肉吗？一边是我们的肉体，一边是鲸鱼、海豚的肉体，仅仅只有这么点差别。一样都是肉，是靠血和脉搏驱动的。

我记得当时边看边想，要是我们的身体也有"物品履历"就好了。

"物品履历"。先进的消费者们从早到晚都在看物品的履历。撒在达美乐比萨的面饼上所有素材的历史，奶酪、酸菜、培根、菠萝，还有制作面饼的原料小麦粉和鸡蛋，这些"物品"在哪儿播种、收获，由哪家经销商运送，然后经过几道工序制成——物品的详细履历一一记录在案。以前察看履历的人被叫做"精明的消费者"，不过似乎自己叫自己"精明"有些不合适，后来这个名字改为"先进"。这些敏锐的消费者们会为自己购买的商品进行公开讨论会，讨论更安全、更符合道德的食材以及更有效的生产工序，然后向生产方提出改善建议。

有一些先进消费者是商品的舆论导向者，一个商品一般有一人以上的代言人。他们在讨论会中担任指导性作用，对商品的销路产生很大影响。比如说对于鞋带，他们会调查鞋带的物品履历，接着调查编织鞋带的线的物品履历，然后讨论如何制造出更加便宜、更加结实的鞋带。

这便是"物品"自诞生以来记忆的积蓄。

我们的生活乃至人生已经被物品信息所覆盖，我们应该为此感到满足。我们不仅有手描个人记录的权限，而且电脑软件还能为我们从购物记录、移动记录、各种通信记录和我们本人的相册及日记中提取信息编纂传记。软件能够把原始信息整理编辑成书，这种狗血的编辑能力太强大了，哪怕认为自己多么平凡无奇，电脑都会为我们编出一个像模像样的故事。无论是谁，大概都有那么一次为自己编辑传记的经历。只消三个小时的透视、编排，就能呈现出一本传记，如果三十岁上下，这本书一般有四百页。

我想起母亲在医院等待我做决断的那几个夏日。我登陆家庭共享空间，用来宾账户登陆母亲的私人空间，搜寻可见的文件夹。但我没能找到人生图表之类的电子书。母亲到底有没有为自己编辑过传记？我无从知晓。根据去年的一项调查，七成美国人曾经编辑过自己的传记。要知道自己什么都不用做，软件就可以整理出一个像模像样的东西来，绝大多数人应该都想知道软件会怎样讲述自己的人生吧？

假设我当时看到了母亲的人生图表，我的判断会发生改变吗？我会选择让母亲留在暧昧的意识领域，自己换个工作，每周去医院看望她一次吗？

幸存者只被允许经常去想象可能发生的事。如果没有相当程度的自我陶醉能力，只图自己快活的想象根本无法取代现实的残酷。

死去的人支配着我们，因为我们没有经历过死亡。

在我们的队伍里，除了我和威廉姆斯外，只有肖恩、鲍勃、丹尼尔生存了下来。受到如此惨重的突袭，是美国近二十年来的第一次。和装备以及训练水准如此势均力敌的对手交火也属于史无前例。我们这支队伍是美军特殊作战部队中久违了的败北部队。

敌人的遗体也大多零零碎碎的。专业人员要将每一个零件拼凑到遗体上，完成这项拼图需要一周的时间。而拼凑完整后我们得到的结论只是：在这里死去的袭击者们在另一层意义上说本来就是死人。他们所有人都是军事企业的士兵，报告称这些人在不同的战场中失踪、战死，或是被武装势力诱拐后遭处刑。而在印度，记录数据终于又一次追踪到了他们。

按照正规路径完全找不到袭击者进入印度国境的行迹。死人是没法移动的，所以他们一定是从什么地方得到了伪造ID。说不定是在布拉格，从我们遇到过的"未经登籍者"手中获得的。无论如何，我们完全搞不清这些配置装备昂贵、接受过脑医学处理的士兵们从何而来。由于装备上沾有微量的放射能粉尘，足以推测他们是穿过环形山、从巴基斯坦一侧越过印度·印第安领地非法入侵的。但是战后的巴基斯坦比印度更加混乱不堪，在那里压根儿不可能追踪到他们的足迹。

然而，这些袭击者就是"幽灵"已不成问题。嫌疑几乎可以肯定在尤金&克虏伯斯的范围内，而且很容易锁定在其经营层的一员——参议院议席领袖的身上。这个结论要得益于科技魔法——SNDGA的天启神谕。这便是安全局的"深层排序"，全球范围内的凯文·培根游戏。SNDGA似乎可以轻松地告诉我们有关人生、宇宙等等所有的答案。它能够告诉我们,那些袭击者尸体与参议院议席领袖之间究竟隔了多少人。

情报部队内部的极密调查小组从很久以前就开始关注议席领袖。每逢有暗杀约翰·保罗的行动,就会对情报泄漏人员进行微妙的重新排序,以此逐渐缝补情报漏洞。然而缝上最后一个漏洞的,就是印度的那些死尸。

列车里,约翰·保罗说:"接下来要是发生什么意外情况,我可能会失去你刚才所谓的那个'支持者'了。"他已经预料到,议席领袖为了解救他,会不惜给自己掘墓。

政府里的任何一个人都不愿意看到召开公开听证会后,此事成为超大丑闻而引起轩然大波。当时无论白宫还是国防部都希望一切能秘密解决。只不过,这件事结果搞得比水门丑闻和伊朗门事件更糟糕。

如果对议席领袖提起上诉,会牵扯到约翰·保罗和国防高等研究计划局的关系、安全局的深层排序等一系列问题,必须有证人对此作出解释。当然不能允许这样的事情发生。于是,政府与议席领袖拍手成交,这个政治家以身体不好为由从政界悄悄引退,对外宣称其转而为战争领域服务了。

我的战友们被装进棺材送回美国。袭击者们再次拥有了姓名和 ID,经过验尸后被送回各自的祖国。当然了,残骸不止这些,还有车头被引爆、车身严重扭曲的列车。由于离心力的作用,后部车厢遭到反弹,蹦出线路以外很远很远。我和威廉姆斯实在是太幸运了。数不胜数的印度人在车里被搅得一团糟,好像被旧式干燥机卷过一遍似的。坐在车顶上的人被甩得更远，因为客车起到了投石器的作用。一个少年创下最高纪录，他的尸体是在离线路一百五十米的地方找到的，头已经陷到肩膀里去了。

我们的俘虏，印度·印第安的指挥官们，还没来得及被送到海牙，甚至连圆形监狱都没到达，就直接进了坟墓。他们所有人都被子弹打得千疮百孔。对方为慎重起见，在他们每个人的眉间各击中了一发子弹。袭击者明显对这群男人不感兴趣。幽灵士兵的作战目的只有一个：劫走落入美军手中的约翰·保罗。

所以，在这群俘虏中只有一个人生还了，那就是约翰·保罗。

2

我想，这也许是我最后一次乘坐"空中海藻"了。

引退的议席领袖、参议院情报委员会成员、国防高等研究计划局局长、情报部队大将、罗克韦尔上校，还有我——所有相关人员都被拽了出来，参众两院实际组成了多达十二个的调查委员会，准备着手调查每个作战行动和突发事件。在这件超大丑闻暴露的前三个月，我正在非洲上空飞行，参与与约翰·保罗有关的最后一次作战行动。

不知威廉姆斯和其他队员怎么样了，我在基地的机库已经钻进鞘中，随海藻升空，只能通过有线通信了解相互的状况。

"这里是'巨鼠二号'。'空中海藻',我可准备好全胜而归啦!"

威廉姆斯对飞行员说。

"巨鼠,靠你了!倒计时开始!"

"空中海藻"的副机长开始倒数。随着秒数减少,我的兴奋度逐渐上升,无法抑制。这既不是临降落时感到的紧张,也不是因为对总算到来的作战行动充满期待。

露西娅·斯科罗普在我即将要去的地方。

"警报!"

传来副机长紧张的声音。

"地面有激光照射对准我们。混账!他们难道能看见我们?"

"让我们降落!"我向副机长发出申请,"马上放开我们!"

"别开玩笑了!被敌人发现了还降落!"

副机长似乎在动摇。隐形轰炸机的飞行员还不习惯在投放有效载荷之前被攻击。尤其是这次,我们一直以为对方是非洲内陆的三流军队。

"你按下释放键就行了,快!"

"糟糕!敌方对我们发射导弹!"

我咬紧牙关,做好优先启动装置、切断鞘一侧悬挂钩的准备。准备就绪后,一阵"哔哔声"响彻耳际。接着一个女性的声音温柔地告知——悬挂钩一侧优先切断的程序已经启动。五秒后悬挂装置离机。二,一,零!

肉制挂钩脱离的声音非常微小。

随着体重消失，我知道鞘已经被投放到宇宙当中。接着，轰鸣声响起，鞘剧烈地摇摆。可能是导弹击中了"空中海藻"。但有线联络必须通过悬挂装置，而装置已被切断，因此我现在已经处于无线封锁状态。别说飞行员了，连威廉姆斯都联系不上。

大致想起来，但凡与约翰·保罗有关的作战，全都是通过鞘完成的高跳低开侵入方式，一次也没有从陆路或海岸侵入过。仅有一次称得上例外的就是在布拉格当间谍的那次。难道每次与约翰·保罗见面，就非得像这样从一个地方"生"出来吗？仿佛经历一种接受咒师谒见的仪式。

侵入鞘在计算投落地点差距和冲击波带来的轨道错位后，迅速做出判断，整体调整助推器。可就算维多利亚湖再宽阔，考虑到降落时的高度和突发情况，是否能够安全降落在湖面实在不容乐观。

降落的时候，我没有乞求幸运能够降临。

"下面由我来介绍情况。"

罗克韦尔上校说着，在毫无情趣的特种作战司令部简报室里开始说明。

"维多利亚湖中曾经栖息了四百种以上的特产物种，是一个富有生物多样性的典型湖泊，知道这个非洲最大湖泊曾经被称作什么吗？"

"达尔文的梦幻池塘。"威廉姆斯没精打采地说，"这是在上地理课嘛！"

老板和往常一样无视威廉姆斯的态度。

"二十世纪中叶以前,这里的主要产业是渔业。其实也算不上产业,也就是当地老百姓过自给自足的日子。该湖容貌大变是在一九五四年,尼罗河鲈鱼被引入湖中做实验。"

当时,维多利亚湖的生态系统遭到灾难性的打击。作为适者生存、弱肉强食的结果,欠体贴的粗暴外来物种尼罗河鲈鱼在这个湖中为所欲为。尼罗河鲈鱼被出口到俄罗斯和日本,但出口价格不是当地人说了算的。当地人以前食用的小鱼被尼罗河鲈鱼吃了个精光,遭遇灭绝。维多利亚湖周边居民本来就没有职业,有的只好在垃圾场拣尼罗河鲈鱼的骨头。

"后来,尼罗河鲈鱼的时代也终结了。小型鱼类灭绝后,那些鱼类的食物——藻类过剩繁殖。藻类增多导致水中氧分急剧减少,于是湖中恒常发生赤潮,结果尼罗河鲈鱼也灭绝了。"

"那维多利亚湖回到原样了吗?"

威廉姆斯问道。上校否定说:

"在进入二十一世纪一零年代之后有一些商人开始关注这片化为死湖的湖泊。他们用纳米仪器将藻类一扫而光,同时播种植物使湖泊重新恢复生机。该企业的目的在于应用刚刚研发出来的神经联动技术,生产人工肌肉。尽管如今我们还无法再现视觉信息、思维及感觉等神经传达系统,但单纯控制肌肉伸缩的技术已经充分进入实用阶段。"

"人工肌肉是在这片湖里制造的?"

威廉姆斯问。没错,很多人都不了解这个情况。包括性润滑液是用海藻制作的。

"严格意义上说，人工肌肉并不是人工制作的，而是利用转基因鲸鱼和海豚肌肉制造出来的。"

"开玩笑吧？"

威廉姆斯，这可不是开玩笑，我在心里说。

你吃的鱼子酱还是用灯鱼卵染黑的呢！

在布拉格行动之后到印度作战任务之前漫长的等待时间里，我调查过这个事情。人工肌肉大多用于产业，几乎与大众消费者能够购买到的商品没有联系。与我们生活最接近的人工肌肉制品莫过于办公区和富人家里用的"搬运工"。那是双脚和长臂的组合。"他们"在宽敞的地面上有力地来回走动，按照指示爬楼梯或者坐电梯。我在网页的商品目录中搜到了占市场份额最大的一种"搬运工"的物品履历。

我点击物品信息的链接，发现"鸟脚搬运工"的"物品履历"被进一步细分为不同板块，例如有机伸缩树脂外皮、地接压力伸展性变化金属、控制软件中的平衡模块等。里面讲到伸展性变化金属是经过再利用变成搬运工的脚的。在这之前这种金属曾经用在哪一种商品的哪一个部位，经过几道工序，都一一记录在案。我沿着人工肌肉的分类履历继续搜寻下去，但到维多利亚湖的某个工厂的时候，这个履历就结束了。肌肉在这个地方生产出来，信息仅此而已，这个"物品"的记忆到此完结。

我在网页中没找到相关论坛，也没有楼主团体或先进消费者讨论人工肌肉由海豚和鲸鱼的肌肉制造是否合乎道德。想来这也无可厚非。购买"搬运工"的应是具备一定规模的企业或政府机关，与普通消费者的切实利益并无大关联。对于消费者来说，更重要的是家里的东西，是与私人相关的东西。比如吃的食品，还有清扫地板的吸尘器。对这些东西如何生产发表言论当然重要得多。而对于人工肌肉生产原料的"物品履历"，谁也不会关心。人只会看自己想看的东西。

当然了，还有一些人对"物品履历"之类的漠不关心，我就是其中之一。在布拉格的小酒馆从卢修斯口中得知这些之前，我也一概不知。所以威廉姆斯从罗克韦尔上校口中听到同一个事实的时候回应"开玩笑吧"，我也不能笑话他。

"当然没开玩笑！"上校回答他，同时也在对我说，"他们利用广阔的湖泊，通过转基因操作培育出适应淡水生存的鲸鱼和海豚，在当地工厂解剖后出口到世界各地。维多利亚湖作为'巨型水槽'得以复生。"

"根本就没有复生啊！"

威廉姆斯摇头，表示自己听到了一个极不愉快的事实。

"当今，人工肌肉的生产成为这片土地上的第一大产业，或者说是唯一的产业。人工肌肉的生产步入轨道后，维多利亚湖畔的居民发起独立运动。该湖原来分属肯尼亚、乌干达、坦桑尼亚，但这个环状的沿岸区域超越了非洲独特的氏族界限，他们团结一致发表了独立宣言。"

"你的意思是说，向刚才那三个国家发起挑战？"

"没错。现在该湖的沿岸地域成立了一个名为'维多利亚湖沿岸产业者联盟'的新独立国家，这个国家已经得到世界发达国家的承认。这个名字听起来像工商协会的名字，不过原本就是一场赤裸裸的利权之争的独立战争，所以取这样的名字也就不足为奇了。由于这个地区和人工肌肉紧密联系，因此对发达国家的产业基础有重要的影响。"

"约翰·保罗在那里吧？"

我终于开口了。

"是的。"

上校触碰了一下简报室的墙壁，纳米显示屏跳了出来，手持步枪的少年兵出现在屏幕上。

"谢泼德上尉在布拉格作战行动中沾在露西娅·斯科罗普身上的信息素被追踪犬嗅到了，可以证明她去了布拉格机场。当然，由于他们会使用来源不明的多个伪装ID，因此无法追踪到他们的行程。但我们做了一种反方向思考。在追踪犬跟踪到的登机口乘坐飞机的所有乘客，他们在离开机场后会不会中途消失？前后行踪能否一致？我们一一查明。有人到达目的地机场后直接回家，有人则是买点东西……我们把这些在离开机场之后行踪合理的ID一律排除，然后鉴别挑选出剩下的那些行踪诡异、不符合逻辑的ID。这项工作耗费了大量时间，非常辛苦。"

上校说着，隔着贝雷帽挠了一下头。

"据悉，约翰·保罗住在当地的旅馆，统管该国国内的所有媒体。该国可用的战斗力量为维多利亚湖产业者联盟军。虽然他们没有空军，但持有对空导弹。另外，由于他们的国家绕湖呈环状分布，因此拥有'水军'，这在非洲军队中非常罕见。"

"水军？这个有点意思。"威廉姆斯嘻嘻笑道，"非洲人也会用船？"

"他们有几艘小型护卫舰，还有一艘日本自卫队退役的高速导弹舰艇。"

"真的假的？！"

我精神恍惚地听他们说话。

我正在思念露西娅·斯科罗普的美貌，思念她离别时被泪水晕染在脸颊的眼线痕迹，期待她能够惩罚我。

和往常的鞘不同，这次的侵入鞘是水中作战模式。这个鞘如飞行鱼一般往水面方向滑行了一段距离后，为尽可能减小冲击而以浅角度到达水面以下，之后如同人鱼一般动用全身肌肉开始在水中游行。它和地表用鞘一样，基本上是由生物体构成，几乎没有机械驱动部位，所以声呐系统等水中传感器很难捕捉到。要知道，这玩意儿除了里面有人坐着以外，与普通的鱼和水生哺乳类没什么区别。

问题在于，往"空中海藻"发射对空导弹的那些人会不会发现我们。大致想象得出，他们拥有的武器还不至于先进到能击落如此高速降落的鞘。但如果他们能目击到鞘的着水地点就麻烦了。

"预计离着水还有五秒钟！"

鞘的导航告知我，我摆好架势。

"二、一、零！"

"噗通"一声，鞘着水了。由于入水角度不到三十度，就像从水面上拂过一般，所以冲击力并不明显。鞘呈细微流线型，水的黏性使它无法高速制动，鞘在水中缓缓减速。

判断充分减速后，鞘伸出海豚一样柔软的尾部，展开叠放的鱼鳍，开始在水中游行。维多利亚湖的水下静谧无比，偶尔有海豚或鲸鱼的叫声打破这一片沉寂，如同动听的音乐，给水下增添了几分生趣。登陆地点已经预设在程序当中了，所以我只需做好应对特殊情况的准备就行。有时听见主动声呐在响，水中喷气式飞机的轰鸣声传来，不过这里的水军好像并没有发现我的鞘。

想想倒也是，要知道这个鞘是用居住在这里的动物肌肉重新组合拼装起来的。

不知道威廉姆斯和其他战友平安无事与否？会不会和飞行中的"空中海藻"同归于尽了？说到底，不知"空中海藻"是被击落了还是平安返回基地了？

我有很多的不安。想到不知死活的战友，我感到心痛。不过更令我担心的，是约翰·保罗会不会已经在维多利亚湖沿岸播尽屠杀的种子，和露西娅一起踏上了新的旅程？

想到这里，我不寒而栗。刚才自己那样武断地要求降落侵入鞘，真是鲁莽。如果露西娅不在这里，我还冒那么大的险，太不值得了。

游了大约一个小时后，鞘告知我到达预定地点。鞘建议我将它废弃并检查潜水传动装置。我听从并检测装备，做好无论什么时候落入水中都可以应付的待命准备。我打开舱门的锁，维多利亚湖的淡水流入鞘内部的狭小空间中。我出了舱门，给鞘中断了其生存必需的酶供给。鞘悬浮在水中，从我眼里一点一点地消失了。

3

维多利亚湖支撑着我们的生活。

我凝视着月色掩映、波光粼粼的湖面，暗自想道。

航空飞机的机翼、侵入鞘的表面。

我们的义肢义指义足、各种工业用机械、"搬运工"都产自这里。

于是，在这个湖里，人工生产、饲养出来的海豚和鲸鱼日日等待着自己变为机翼、义手或是肉椅的一天。沿岸零星分布的工厂从湖里钓起海豚和鲸鱼，将它们碎尸万段。贫穷的年轻男女在那里辛劳工作，抑或成为国军士兵。

欧洲或美国的运输机飞到这里，将经过慎重解剖没有伤及筋纤维的肉块收进肚子里运走。偶尔会有坦桑尼亚或乌干达的军队为争夺利权越过国境与国军的少男少女交战。不过这里的军队接受过发达国家民间军事承包公司的训练，因此几乎没有悬念，每次他们都是败北而归。

以上就是在这里发生的一切。徒具形式的法律由腐败官僚和军事承包公司执行，有时根本不实施刑罚。或许可以说，毫无法律的世界代表了某种意义上的自由。但是，在这个世界里的少男少女们从事的职业却毫无希望和梦想。这是一笔交易：他们制造人工肌肉给我们带来"自由生活"，却被夺去了希望和梦想。

我一边思考这些，一边脱去潜水传动装置。

我隐蔽在附近的草丛中等了大约一个小时，可威廉姆斯他们一个也没来集合地点。我放弃等待，独自一人开始下一个作战步骤：接近旅馆。事已至此，只能随机应变，我必须完全抛弃通常四人编组的作战计划。

在湖畔行军非常危险。水军的小型护卫舰大概正在用聚光灯进行撒网式不间断监视。尚不清楚是否埋有地雷或传感器，但很容易想象得出，在接近旅馆的路上会遭遇很多此类麻烦。

于是，我选择了在丛林中行军。我慎之又慎地调整纳米伪装。这个时候坚决不能用平时的树枝树叶。植物在折断的瞬间便开始枯萎变色，与周围树林的色差会超出本人的想象。

我把隐蔽迷彩调整到自己满意的地步后，开始向前移动。移动速度在很大程度上取决于路线的选择。一眼看上去毫无秩序的丛林中，实际上也能清楚地辨清行军路线——尤其是对于士兵来说。

在灌木、蕨类丛生的密林中前进的代价巨大。所以，行走在丛林里的人容易挑选野兽或者人走过的、相对比较开阔的路。这样的路线"一目了然"，没有受过特种训练的人出于减少痛苦的理由最终会选择它。

但是，这种地方太有限了，因而成为伏兵的绝佳地。所以，真正想在丛林里移动，就必须选择充满痛苦的路线。穿越蕨木丛生的森林，渡过没有桥的河流，沿悬崖边缘行走。总之不能走看上去省劲的地方。这个道理，英国特种航空队早在上个世纪五十年代就从马来亚丛林遭遇的苦难中悟出来了。

我一边小心翼翼地抹去自己的痕迹，一边在维多利亚湖畔的丛林中前行。

长时间进行相对目标的横向移动，也是避开伏兵的一个办法。虽然这么做非常耗时，但取最短路线纵向直奔目标的办法愚蠢至极。因为在战术目标附近通常会部署极难攻破的警戒线。

在丛林的多种"束缚"选项当中，通过一个一个的精密叠加形成复杂的集合，使看上去混沌乱象的丛林作战呈现出高难度的象棋博弈局面。

但是，判别安全路线的能力正意味着"自由"。

随心所欲地在丛林中前进看上去很自由，但那伴随着"死"这一残酷的不自由。人类的自由同时也是回避危险的能力。对各种危险逐一考量后"选择"最适合自己的情况，这种能力便是"自由"。

我慎重地考虑前进路线往前行军。这片普通丛林仿佛对身边的维多利亚湖所经历过的生物灭绝地狱体验浑然不觉，呈现出一番和谐自然的景象。不过自然不可能有完美无瑕的和谐存在。人类会致使其他物种灭绝，自然也一样。进化就代表着不和谐，这就是适者生存的原则。繁杂的物种诞生后经过自然环境的洗礼历练，一些得以延续，一些遭遇灭绝。

露西娅说过，对"自我"的认识以及与"他人"的区分，都是在进化过程中产生的。包括语言在内的人类意识全都是在适应生存的过程中诞生，经过外在环境的挑选、淘汰后留下一些机能的集合。良心、罪恶感、惩罚，这些都是由基因或模因带来的进化过程的一部分，而并不是完全独立的"灵魂"的创造物。

"但是，"露西娅说，"并不是说基因和模因决定了人类的一切。人类会被环境所左右，而且更重要的是，往往选择不止一个。若是完全的白纸状态，可能允许所有的可能性存在。但我们自出生到现在形成了价值观，有自己认为重要的东西、喜欢的东西、必须承担的义务，我们将这些在天平上权衡过后便能够做出选择。"

刚才在丛林上空掠过的小鸟或许就不能像人类这样做选择吧？有些人会说，希望自己能像鸟儿一样自由。可鸟儿不过是受遗传基因的影响，只能选择一种行动，那就是在空中飞行。

自由，即有选择权。撇开其他可能性，在"我"的名义下做出一种选择。

所以，我选择接受惩罚。我这样想着，在维多利亚湖畔的复杂多样的生物区系里穿行。我之所以这样选择，是因为自己没有积极地承担埋葬母亲的责任，或者说对于类似的所有选择——不，我根本没有选择——我需要接受惩罚。

这一次和以往一样，是国防部派遣的暗杀任务。以前我对于任务或命令向来不多想。但亚历克斯和我不同，他用自己的方式背负了自己犯下的罪行。因为周围没有人给他惩罚，上帝也没有给他惩罚。我一直不敢正视亚历克斯的诚实。我一直觉得自己是为了国家、为了世界和平而杀人，而这个观念里从没加入过主观判断或选择，因此罪恶感不会侵蚀我。

但是今晚，我不是按照国防部的意思，也不是根据作战司令部的指令，而是出于我本人自身的意愿来到这里，暗杀约翰·保罗。

旅馆的灯火在远处依稀可见。那是一栋科洛尼亚风的两层建筑，为通风还建有中庭，非常奢华。建筑周围是修剪整齐的草坪，国军士兵在那儿来回巡逻。

威廉姆斯和其他队员都不见了，我只能单独行动。不过这样也不是完全没好处，我不用担心战友的情况，可以相当大胆地潜入阵地。

月光皎洁地映照着大地，导致可见度较高，这也没办法。我决定最大限度地利用纳米涂层隐蔽。尽管变不了彻彻底底的透明人，不过使用这个技术之后缓缓地在地面匍匐前进，很难被敌方识别出来。

我一点一点地往前，在丛林和旅馆之间的地域爬行，慢得有如模拟时钟的时针。如果有军犬就麻烦了，不过乍一看去国军似乎没有用这种动物。

发达国家支持这里独立，是希望维多利亚湖沿岸的人工肌肉供给稳定。一个国家统管所有的生产，这样双方好交涉，这比和三个国家周旋方便多了。

其实，发起独立战争并不完全出自当地原住民的意愿，更多感觉像是一场有组织的游戏。在肯尼亚、乌干达和坦桑尼亚境内，任何地方的创益都比不上维多利亚沿岸地区的人工肌肉产业。住在这里富裕的人们不愿被三国政府榨取利润，一直压抑着不满情绪。这个时候，欧洲银行家在他们耳边吹风，怂恿分属三国的原住民创建一个联盟。

美国每逢发起战争，都是为了一些显而易见的理由，比如石油。可美国官方却死不松口，硬是找一些别的借口。对于以国民为主体的现代国民军队，挑起战争的导火索是必需的。但在非洲，国际正义、世界稳定、人权之类的借口却完全没用。这片土地上的人为了赤裸裸的欲望忠实地团结在一起发动战争、争夺利益。他们完整保存了中世纪式的利益追逐趋向。

所以，只消从利益切入稍微晓之以理，维多利亚湖沿岸的富裕居民就燃起了追求独立的决心。这也不足为奇。

换句话说，在这里背叛游戏还有一席之地。在游戏理论的初级模拟模式中，确实是优先考虑眼前利益而背叛他人的个体占上风，他们要比那些具备爱他行为和利他行为的个体更适应生存。随着模式复杂化，这些个体反而会遭到淘汰，而相互合作、互利互益的个体组成集团，逐步增多。不过这片土地还没有进化到那么复杂的地步。

或许这里曾经并不是这番景象。但这里的道德准则不知在哪个时间节点上被重置了，模拟模式始终无法进入复杂阶段。

我横穿草坪，与旅馆的墙壁融为一体。接着穿过通风用的中

267

庭走廊，侵入旅馆。中庭起着连接周围房间的作用，中间有一座小型喷泉，几棵椰子树排列在喷泉周围。

我最大限度地利用环境追踪迷彩，"明目张胆"地潜伏在建筑物的中央位置，观察走廊上的动静。偶尔会有士兵从中庭进来在走廊里巡逻，从离我一米远的地方通过，还好看上去完全没有注意到我。

"晚上好，保罗夫人。"

听到这个声音，我条件反射地想举起武器。因为那个士兵站在我的正对面，看上去仿佛在对我说话。不过其实他是抬头对着上面，向二楼走廊上的一个人问候。

"晚上好，穆加贝。"

这个声音我再熟悉不过了。

这声音，讲述过大屠杀，讲述过人类良心进化的必然性，讲述过对于自己所犯罪孽的悔恨。

是露西娅·斯科罗普。

"您身体好吗？"

"是的，已经逐渐适应这里了。不过我看见外面的人们过着让我难以置信的生活……到现在还觉得很难过。"

"您别放在心上。你们为了让我们的生活过得更好，从美国千里迢迢来到这里。"

"要是真的能让你们的生活变好就好了……"

"您的丈夫——失礼了，文化次官已经休息了吗？"

士兵问。在这里，露西娅的身份竟然是约翰·保罗的妻子。

还是说,他们到这里以后真的结婚了?

"没有,那个人呀,几乎不睡觉。现在还在房间里工作呢!"

"佩服佩服!我将来也想成为那样的政治家!"

"我觉得他只不过是失眠罢了。"

"我觉得您先生非常了不起。我们听了他写的广播演讲稿以后,开始相信我们只要通过努力,就能摆脱贫困、远离艾滋。在不远的将来鱼儿就能够回归维多利亚湖,我们一边出口人工肌肉赚钱,一边像上个世纪初那样捕鱼吃,过上幸福的生活。我现在觉得这样的日子已经不远了!现在我们的姑娘们只能拣工厂加工废弃的海豚和鲸鱼内脏吃,以后她们也一定可以去上学,不用在垃圾堆里拣吃的了。我们坚信,只要努力,明天会比昨天美好。他能写出这么棒的文章,一定是个非常了不起的人!"

一阵沉默。对于那个士兵的赞美,露西娅没能马上作出回答。

对不起!我丈夫为的是让你们相互憎恨才来到这里的。

对不起!我丈夫做梦都想在海豚和鲸鱼的废弃垃圾场看见你们的头盖骨和肋骨同样被抛弃在那里的情景。

露西娅莫非是这么想的?

你以为他是为了和平而来吗?错了,是为了战争。

不过,我觉得露西娅更有可能完全被蒙在鼓里,对约翰·保罗想做的事一概不知。

"……嗯。你能这么说,我感到很高兴。晚安!"

"晚安,夫人!"

我迅速确认了露西娅走进的房间。那是面朝满月的房子正中央的一间。

我确认巡逻兵回到巡视区、走出建筑物后，迅速跑上楼梯。我穿的靴子可以判断地面的不同材质，然后随之改变自己的材质，以做到与地面接触的同时不发出声响。由于脚步声完全被靴子吸收了，我感觉自己活像个幽灵。两条腿站在地面上的强烈现实感因为消音靴的存在而丧失得一干二净。

房间的门开着。我端着枪一跃而入。

但是，我却看不到刚刚进屋的露西娅的身影。

只有月光，从楼房外经由一扇窗照射进来，在空气里留下一道光影。

我在无人的房间里探寻。书桌上摊着一份稿件，看上去墨迹未干；还有一本笔记和一支笔。从上面写的东西来看，这份稿件应该是提供给"联盟"议长使用的演讲稿草案。看样子约翰·保罗写东西不喜欢用笔记本电脑和移动信息终端。

稿件一旁的笔记本上，画着很多符号和单词，看上去怎么也不像是英语。初步判断，应该是单词所具有的性和格的状态情报和表现句子条件的伦理符号，以及和它特定的排列模式有关的东西。总而言之，那是些难懂的语言学专业术语和符号，让我丈二和尚摸不着头脑。

很快，身后响起解除枪支安全装置的声音。

"好久不见了，刺客。"

我回过头。

约翰·保罗站在那里，一脸悲伤地拿枪指着我。

4

"我还以为你在遭遇袭击的时候死了呢！"

约翰·保罗说。与布拉格的那次相反，这次我站在明月照射的窗户前，他正对着皎洁的月光。但约翰·保罗的表情留给我的印象和那晚没有区别，依旧是一脸正气，依旧是略带悲伤。

他手中拿的是古董勃朗宁手枪。那把枪曾经存在于不需要ID认证、任何人都可以使用也可以杀任何人的时代。

"我确实以为自己活不下去了。"

"哟，可惜了。"约翰·保罗仍然用枪口对准我，拉开身边的一把椅子坐下，"这次你总算赶上了。我才刚刚开始在维多利亚湖沿岸产业者联盟散播屠杀语法。"

我直视坐在南国风情椅子上的约翰·保罗那坚定的双眸。在我这样的暗杀者面前，这个中年男性沉着冷静，甚至传递出一种威严。某种意义上说，那样子像宗教人士，感觉他把自己当成了救世主一般的非凡人物。

但从这个男人身上，我完全感觉不到非凡人物应有的耀眼目光、不容分说的傲慢和强加于人的慈爱。

"你为什么还要继续？你觉得实验做得还不够？你想知道自己到底能杀多少人？"

约翰·保罗的目光从我身上转移到自己手中握着的勃朗宁

枪。仿佛在质疑自己，怎么会拿着这样的一个杀人武器。

"……实验我在几年前就完成了。你大概觉得我是那种想验证自己的威力有多大而心里发痒的疯子吧？"

约翰·保罗的目光再次回到勃朗宁冷冰冰的闪光上。真想不通，这个男人现在手中握着杀人道具，握着用于杀人的具体工具，他到底在思考些什么？

"你一次也没有碰过枪吧？"

我问道。约翰·保罗的视线从勃朗宁那儿抬起来。

"是啊，今天晚上是第一次拿枪。我无论到多么动荡的地区都没有碰过一次枪，因为我不想碰。"

"那当然了，你有让成批人遭遇杀戮却不弄脏自己双手的力量。"

约翰·保罗摇摇头小声笑了笑。

"那不是我的力量。"

约翰·保罗说着，从椅子上站起身。那话音透着疲惫，含着苦涩。

"屠杀语法是在人脑中预存的系统，我只不过发现了它而已。和'发现'人体器官的解剖学者没多大不同。"

"原子弹制造出来的时候，我想爱因斯坦肯定不是像你这么想的。"

"……人脑中预先就存有屠杀性质。对这一点并不值得大惊小怪。就算屠杀语言没被激发出来，杀戮、盗窃、犯罪等机能也是在人脑中确实存在的。"约翰·保罗用另一只手指向自己握着的勃朗宁枪,"你看,我现在不正想杀你吗?"

"原始社会和还没有产生文明的未开化地区不是和平的吗?"

"那是在上个世纪,想证明文明相对化的学者……或者说社会运动家更贴切,他们散布的谣言,其实毫无根据。未开化种族的人们和我们差不多,有时甚至比我们更具杀虐性。他们也和我们一样会嫉妒、争夺、犯罪、杀人。玛格丽特·米德写的《萨摩亚人的成年》在周密的追踪调查之后被证明是毫无道理的谎言。那项调查中写有在萨摩亚发生的各种杀人和强奸事件。"

"战争呢?"

"当然不例外。战争可不是我们文明国家的垄断、专利。那些还没开化的国家也大肆发动战争、你争我夺、打杀抢掠、强奸女子。这些行为是根据进化的需求在大脑中占有一席之地的。"

"人类可以做选择。"我冷静地宣称,"我的心中怀有罪恶感,我能够在对待选择的时候承担责任。所以,我不认为自己会像你说的那样把杀人、犯罪、抢夺视为合理正当。"

"我和你有同感。"

约翰·保罗微笑道。我大失所望。

"……你说什么?!"

"如果说杀人、抢掠、强奸这些行为是出于对生存的需求产生的,那么体贴关爱他人、为他人牺牲自己的行为同样是出于对进化的需求而产生的。如果这些在我们的大脑中互不干扰各自继续各自的进化倒也罢了,可有好几个感情模块是相互竞争的。而且还有一些机能现在已经完全不需要了,可还顽固地保留在那里。比如在填不饱肚子的时代，大脑有一个机能模块是喜吃甜食，这个机能应该在当时为人类摄取足够营养发挥了很大作用。可在现在这个食品泛滥的社会上，这个嗜好成了减肥塑身者的天敌。"

"按你的意思，导致杀人的模块和喜欢强奸的模块也属于这种'落伍'的机能吗？"

"……这个我还不清楚。要判断是否落伍，必须与现在的文明状况作对比。不过，我可以肯定，诱发屠杀的语法是这种落伍模块的一员。"

"什么意思？"

约翰·保罗往我身后看去，眺望在窗外延伸开、画作一般的维多利亚湖沿岸景色。在那里，很多家庭贫穷、饥饿，靠卖身勉强维持生计。

"让我们假设干旱来袭，时间发生在人类还不懂得农耕的时代。人类已经学会了形成集团、相互帮助、团结友爱，因为这样比尔虞我诈、你争我夺更容易过上安定的生活。这有可能是遗传基因带来的进化，也可能是文化、模因带来的进化，不管是哪一种，总之是适应生存的产物。但是，逐渐庞大起来的部落遭遇了干旱，就无法继续供给相应的食品维持庞大的人口了。他们会怎么办呢？这个洋溢着利他精神的集团只有灭亡了。"

我明白约翰·保罗想说什么了。

"屠杀语法是人类为了适应粮食不足而产生的，对吗？"

"没错。"约翰·保罗点头，"屠杀语法是人类未能控制粮食生产时代留下的遗产。要将影响扩大至种群全体的时候，一般生物会使用信息素或带有气味的物质传递。但人类的鼻子作为嗅觉器官已经退化了。这样一来，想将影响扩大到广阔范围内的每个个体，只能用语言。也就是说，必须用可以完成一对多传播而不是一对一传播的信息媒介。"

被启发的残暴行为。

出于生存所需而大量杀人。

我毛骨悚然。尽管那是原始社会形态，可有了语言交流，有了利他行为，应该可以称得上是"社会"了吧？这种屠杀语法带来的攻击性并不是个体水平上的加法增长。以前约翰·保罗也说过，在纳粹政权统治下的德国，犹太人也在使用屠杀语法。也就是说，这个模块不是个体层面的，而是在传染到一定数量的个体之后，会进入发挥社会机能的阶段。大脑中的价值判断往某一方向扭曲，酿成一种模式，人们开始相信"要发生屠杀了，要斩尽杀绝"，然后这种模式会达到社会阈值，被抑制与"良心"相关的特定模块的人们通过各式各样的办法亲手酿造屠杀。

"但是，"我不禁想起从威廉姆斯那儿听来的话题，"对个体不利的特性很难得到进化。旅鼠现象那样的自取灭亡的行为实际上几乎不存在。"

"这可不是自取灭亡。"约翰·保罗笑道，"通过屠杀行为，个体数量减少，粮食就能供给稳定。为此大脑酝酿出允许屠杀的模块。麻痹良心模块反而对个体生存有利，这是充分进化的产物。"

"太古的生存适应本能在大脑里的残留会驱使人类屠杀……你竟然把这个当作自己在贫困国家到处点火的理由？你不断这么做难道就是为了验证人类本性的残暴？"

"都怨我吧？"

柔和的声音响起。大概她一直藏在某处吧？一只细长白皙的手臂伸了出来，举起一把卢格尔自动手枪对准约翰·保罗的脑门。

露西娅·斯科罗普。

她在月光下缓缓走出。

约翰·保罗将视线停留在我身上，或者窗外的风景上一动不动。在这个月色可人的夜晚，露西娅的面庞如死人一般冰冷，也如撒上一层霜般动人。

"你妻子死的时候，萨拉热窝的街道消失得无影无踪的瞬间，你和我同床共枕。你不能原谅自己，你不能原谅自己背叛了妻子和孩子。"

露西娅将枪口抵在约翰·保罗的后脑勺上，她在落泪。断了线的珍珠沿脸颊往下淌，在雪白的肌肤上闪光。

"所以你宁愿相信背叛、暴力……还有人类的屠杀性……都是人类难以逃脱的本性，对不对？你为了逃离自己的罪过，不停地证明人类本性的肮脏！你是用无数人的生命作为代价的！"

"露西娅，不是那样。我不是为了证明一样东西才把这件事持续到现在。"

"那是为了什么？"

"我发现了人类的古老机能。但同时，我更认识到了我对身边人们的爱同样是一种具有生物学理论依据的机能，它的根基更甚于人类的野蛮。我尽管发现了屠杀器官，但我丝毫也没有觉得这就是人类的本性。我一点儿也没感觉到绝望。"

我察觉到了。约翰·保罗的话语中，看不出任何绝望的影子。他炯炯有神的目光和一身正气凛然的样子也源自于此。

我不顾约翰·保罗对准我的勃朗宁枪，向前迈进了一步。

"你说不是因为绝望而杀人，那还能有什么理由？"

约翰·保罗沉默了。整个房间里，充斥的只有露西娅的呼吸声。

在让人感觉会永久持续的逡巡中，屠杀之王开口道。

"是为了守护所爱的人们。"

5

究竟从何时起，爱国心开始成为战争的动机？

法国地下反抗军为夺回自己的国家而誓死抗争；U艇成员胸怀保卫祖国的大志而藏尸大海。

为了大家而战斗。

这一动机在国民国家诞生之前排在所有动机的末尾。在那之前，战争是一些杀手为争夺利益或储存金钱而进行的工作，这里面即便存在对利益集团的忠诚，也不会有半点"为了国家为了大众"的崇高想法。也会有市民参加战争，但他们只是作为雇佣兵出卖自己的战斗力。在国民军队出现之前，爱国心这个概念根本不存在。这也无可厚非，因为连常年训练整装待命的常备军都不存在。据说打败西班牙无敌舰队的英国舰队一半以上是由经过武装后的商船组成的。战争自古代起，就是用应一时之需而雇佣的士兵来打仗的。

也就是说，为了守卫国家而牺牲自己的精神是到了近代才产生的。在战争史上，民间军事承包商与美国军队和英国军队相比，是更加名正言顺的存在。战争的性质发生变化是最近的事情。

所以，想起来也没错，对于一般市民来说，爱国主义精神成为奔赴战场的动力是在战争成为一般市民的战争之后，也就是民主主义诞生之后。因为是自己选择的战争，所以产生责任感是理所应当的。那种责任感，也就是爱国主义精神。

为了守卫一个人。为了父亲、母亲和妹妹。

这从原理上讲也属于自我牺牲的范畴，是爱他行为，是受到一定范围限制的利他行为。即，战争是因对他人的爱而发动的。在生存适应性的角度互不相容的爱他精神和杀人冲动在这里竟然奇妙地解除矛盾融为一体。

约翰·保罗所说的就是这个意思——我因爱而杀人。

"我在失去妻儿之后下定了决心，发誓再也不能让这种事发生了。这样的悲伤已经是极限了。"

"导致惨剧的不正是你吗？"露西娅咬了咬嘴唇，"你让那么多人死了……难道不是惨剧吗？"

"但那是不会进入人们视线的惨剧。"

我感到约翰·保罗的语气里夹杂着一点绝望。

"什么意思?"

"人们只会看自己想看的东西。至于世界被怎样的悲惨笼罩,他们无所谓。如果关注,只能为自己无力挽回感到惋惜。确实手无缚鸡之力的人们嘴上说着自己无能为力,也以此为借口坐视不管,懒惰倦怠。没错,是这样,但这就是生我育我的世界。人们去星巴克喝杯咖啡;在亚马逊上买东西;优哉游哉地生活,只看自己想看的东西。我深爱着这个堕落的世界,深爱这个世上生活的人们。文明……良心是脆弱的,易碎的。文明大体上说是往祈愿他人幸福的方向发展的,但我们的文明还没有发展充分。我们还不足以下决心根除全世界的悲惨。"

CNN 的点击频道;达美乐比萨的普遍性;电影故事梗概的免费播放环节;只能搜寻到有限内容的物品履历。我们的道德基准还在这个水平上左右徘徊。

"个人认证安全系统,实际上对反恐起不到任何效果。你要知道,深层绝望引发的恐怖主义、自杀性行为……"

"我也听卢修斯说过这些。"

"于是我想,在他们的仇恨转向我们之前,可以让他们之间相互仇恨。在他们准备攻击我们之前,可以让他们在内部交相残杀。这样一来,他们就可以和我们的世界分割开来。也就是充满仇恨和杀戮的世界,与和平世界相区分。"

他去寻找那些极有可能将憎恨的矛头指向 G9 的国家。那些国家快要发觉自己的贫穷和悲惨是我们这些国家的自由导致的。

然后,约翰·保罗到那里去散播屠杀语法。

一旦引发内战,他们就无暇将愤怒向外发泄。一旦屠杀开始,他们就无暇去伤害本国以外的人。将即将喷发于外的怒火关闭在内部。约翰·保罗说,他的屠杀之旅是将针对我们世界的恐怖袭击防患于未然。

"让他们自己杀自己,一个指头也不要碰我们的世界。屠杀深层语法的构造本身是明确的,不过必须经过翻译使之与当地语言相吻合。所以,语法的效果仅限于单一语言圈及其周边。只要不用英语传播,就很容易控制屠杀规模。"

"你真的认为自己所做的是为了防止恐怖袭击?"

"看看统计数字就知道了。公开资源,美国国防部的官方资料。恐怖袭击事件只增不减。但是,自从我开始散布屠杀的火种之后,恐怖袭击事件降为零。不过落后国家的内战和民族纷争、屠杀等行为急剧增加。"

约翰·保罗满足地闭上眼。

"我绝对不会坚持说自己所做的一切是正义的。但我只是为了守护自己希望守护的人,做了一些力所能及的事情。"

"……求你了,约翰,放下枪吧!"露西娅的声音轻如微尘,"你不放下,我就开枪了!这个时候我绝对下得了狠心,你懂的!"

"哦,这是你面对罪行,承担责任的方式!"

约翰·保罗说着将勃朗宁枪口从我身上移开。想到刚才有一把枪对准我，我们竟然谈了那么多，一股莫名其妙的感觉涌上心头。我不知不觉中接受了约翰·保罗的勃朗宁。

"……毕晓普，你真正的名字是什么？"

我久久凝视着露西娅的脸。从她的双瞳中已看不出犹豫，取而代之的是全神贯注，她深知自己必须做的事。这双眼睛，我在布拉格一次也没有见到过。

"克拉维斯·谢泼德。情报部队上尉。"

"克拉维斯，请逮捕这个人。"露西娅冷静地要求我，"把这个人带回美国，让屠杀语法的故事接受审判。所有人都值得弄明白，也有责任弄明白这是怎么回事。如果我们想获得真正意义上的自由，如果我们需要真正意义上的自由国家，就必须担负弄清事实真相的责任，必须担负'自由'这个我们选择的结果。"

"露西娅，克拉维斯是奉命来杀我的。"约翰·保罗露出悲哀的微笑，"他可是暗杀部队的人！"

今晚，我本是出于自己的意志来杀这个男人的。和国防部的命令无关，是出于我自己的意志来给这场屠杀画上句号的。

而现在，唯一可以惩罚我的露西娅让我逮捕这个男人。

"……这个男人的研究是机密性质的，我们到现在为止的作战行动也是机密的。仅仅凭一个人，就可以成为全世界屠杀行为的根源，你觉得人们会相信吗？"

"那我不知道，有可能不信，也有可能会遭到陪审员的嘲笑。但要是这个人就这么被你杀死了，在谁也不知道真相的情况下他死了，那就意味着在这个人一手操纵的屠杀中死去的千千万万个人被我们吞噬了。我们在含冤而死的人们尸体上，过着安稳的生活，对他们的死视而不见。这一点，我无论如何也不能接受。"

我们居住在死尸构建起的世界上。

人们还没有注意到自己正站立于死尸之上。

但是我们已经知道了这一点，再也不能继续在死尸上若无其事地站立下去了。

"……我知道了，我会带约翰回去的。"

"啪"的一声，露西娅的太阳穴像棉花糖一样膨胀。缓缓的一瞬间，我居然异常冷静地作出判断：啊，这是炸裂弹头。

露西娅的左眼消失得无影无踪，左额裂开一个大口，显得空洞无比。失去平衡的露西娅受子弹威力作用向前倾倒，伏在约翰·保罗的肩头。对面站着的是威廉姆斯，手持一把带有消音器的手枪。

"露西娅！"

这景象在战场上太多了，我早已司空见惯。

我竭力呼喊。不，准确地说，我想呼喊，却喊不出声音。我的嘴张成O形，抓起来复枪往威廉姆斯的方向扫射。

威廉姆斯果断地往房间内——我的火线方向冲了过来。由于我的扫射声会引来警备部队，他站在走廊里就危险了。

"克拉维斯，你冷静点！我们的任务是暗杀！"

"她又不是目标！根本就用不着杀她！谁也用不着被杀死！"

威廉姆斯好像跳进了浴室。房间入口一侧的暗处传来了声音。我携约翰·保罗冲入威廉姆斯的火力死角，把勃朗宁扔给了他。

"在这里避一避!"

约翰·保罗无声地点点头。这是个狭小的房间。威廉姆斯从浴室里出来就将短兵相接了。或者在威廉姆斯出来之前,警卫士兵就会赶到。

"为什么要杀她?"

"为了守护莫尼塔和孩子。"威廉姆斯毫不犹豫地回答,"这个世界有多么的不成体统,不用她知道。这个世界建在地狱上面,我不想让孩子知道。我需要守卫我的世界。我还要守卫用认证就可以点比萨的世界,守卫巨无霸汉堡吃不完可以扔进垃圾箱的世界!"

房外传来"咚咚咚"上楼梯的脚步声。要是和警卫兵、威廉姆斯混战,那真是糟糕透顶。

"露西娅不应该死!你才该死在这里!"

"克拉维斯,你冷静点!我们像以前一样合伙把敌人干掉吧!"

"我要杀了你,然后和你的尸体一起战斗!"

"你听着,暗杀命令里有她的名字!只不过你不知道而已。我接到的命令是要杀死露西娅·斯科罗普和约翰·保罗两个人!上面的意思是要把这件事彻底完结!"

"为什么?!"

房间入口处出现了警卫兵的身影。我用全自动手枪压制对方的火力。一个人肩部中弹,打了几个滚倒在地面上。

"国防高等研究计划局为有关屠杀的研究出资,肯定要成为丑闻。而且这对于国家安全强化政策来说也不是件好事情。个人信息的追踪可能性和发达国家恐怖活动减少居然毫无关联!这怎么行呢!"

"但事实上就是毫无关联啊!"

"已经刹不住车了!"威廉姆斯怒吼,"安全体制本来是出于民众的愿望、国家的愿望、企业的愿望才开始启动的。我们宁愿牺牲一点自由,都希望能换来一个安全的社会。你难道希望这样构建起来的安全体制毁于一旦?现在个人信息管理和安全体制的市场规模已经相当庞大了。还有一些斥巨资的基础设施正在建造之中。你想叫停这一切吗?"

紧接着,一枚炸弹从浴室投往房间入口处。门口的走廊瞬间布满烟尘。我仍然怒斥威廉姆斯。

"你说的没有任何意义!全都是骗人的!安全系统根本没用!"

"不管是不是骗人的,经济依赖它可是千真万确的事实啊!"

现在虽然处在胶着状态,但不用多久我们的子弹就会用光,我们就完蛋了。

我拽着约翰·保罗的胳膊,从明月照射的窗口跳了出去。我们两个人都安然无恙地落在草坪上。我们迅速起身,往湖岸方向奔去。

刹那间,头顶上的窗户被炸飞。我携约翰·保罗逃走的时候在空中往屋内扔进的一枚炸弹爆炸了。扔这枚炸弹完全出自条件反射,我压根没有考虑威廉姆斯的死活。

警卫兵将步枪架在腰间向我们射击,但枪法拙劣,子弹都飞到远处去了。当然还有环境追踪迷彩的一大半功劳。由于约翰·保罗没有迷彩只能暴露在目标中,我为了保护他在逃离过程中尽量掩盖住他的后背。

约翰·保罗的肩头被露西娅的血弄得湿漉漉的。我突然想起留在房间内的露西娅的尸体,胸中有如撕裂一般难受。在这个战况下,我无法带她走了。我只得将成为尸体的露西娅留在那个混战状态里。可是,理性的判断并不能平息要撕裂我全身的汹涌感情。我与约翰·保罗一起在逃跑的路上,不知何时哭了起来。

"你是为了露西娅……哭吗?"

"我把她丢在那儿了……她的尸体……"

"你在战场上见过不少尸体吧?"

倒在血泊中的少女。

背后中弹的少年。

在村子广场上挖掘的大坑里,孩子们被浇上汽油焚烧。

我一直把尸体当作东西来看。人死了,就成为没有生命的东西了。

可是,我无法把她想成是物质。那是露西娅·斯科罗普,那不是简单的肉体集合,而是"露西娅·斯科罗普的尸体"。

"我明白你……没办法,我们不能把自己珍爱的人当成是物质……"

我咬咬唇,和约翰·保罗一同逃入密林。

带着约翰·保罗在密林中行走十分艰难。尽管这个男人在纷争地带里穿梭至今，但他不过是一个文官而已。在密林这种不属于人类的空间里，想移动需要一定的技巧。

加上约翰·保罗刚才从二楼窗户跳下来的时候把右脚踝扭伤了。还好离回收编队的等待地点——坦桑尼亚国境已经不远了，不过考虑到他的脚伤，前进速度不容乐观。

"……我绝不会让你回到'维多利亚湖沿岸产业者联盟'的。"我双目注视前方说道，"如果你回到那个国家，肯定又开始在那里歌颂屠杀语法。"

"我已经不想回去了。"

约翰·保罗轻声说。我再也找不到他在旅馆里说话时那种自信满满的神态。

"露西娅说我应该对自己曾经做过的事给全世界一个解释。她让我公告天下，这个世界的安定是在怎样的残忍之上构建起来的。我有可能接受审判，被处以死刑。或者，人们视我为一个说蠢话的疯子，把我一脚踢开，从此我成为世人的笑料。但不管结果怎样，我准备按照露西娅希望的那样去做。这算是我对她的赎罪，是我让她卷入了这一切。尽管她帮我做的只是去布拉格拿伪装ID，我还因此很久没能见到她，她做的也就这么些而已……"

我用厚刃刀在茂密的丛林中砍倒障碍物，默默地听约翰·保罗讲述他的故事。

"我不仅背叛了妻子和孩子，还害死了曾经深爱的女人。"

"你怎么不想一想应该对那些在屠杀中死去的人担负罪过？

你这样的赎罪意识也太不靠谱了吧！"我讽刺道，"你身后站着无数的死人！你可别忘了！"

"啊，当然不会忘。"

约翰·保罗点点头。

"我知道的。自从散播屠杀种子的那一刻起，我就一直背负着这种罪恶。"

我听着约翰·保罗回答，想起自己刚才的话是多么的自私。你别忘了所有死去的人！我一边在提醒约翰·保罗，同时自己却不知道该如何面对自己所怀有的罪恶。除了杀死母亲之外的一切罪恶——那是不经自己选择而杀戮、逃避责任的罪恶。对于这一种罪恶，我需要一个答案。我需要听到露西娅对我说，她要惩罚我，或宽恕我。

但是，露西娅死了。能够给我惩罚或宽恕的人已经不在了。

现在，我身处地狱。我被封锁在"自己"这个地狱之中。亚历克斯的声音说，地狱在这里。而我现在正处于最残酷的地狱。我期待着接受惩罚之后获得宽恕，因此来到了非洲这片土地。然而，刚刚踏入这里，一切惩罚与宽恕的希望都消失破灭。

难道这才是真正的惩罚？要我到死为止，一直怀抱罪恶彷徨失措？

"我想问你，现在露西娅死了……你对自己的所作所为后悔吗？你培育出大片土壤，夺去成千上万人的生命……"

我问约翰·保罗。我不清楚自己心中是不是有一刹那和他产生了一丝惺惺相惜的感觉，因为我们都失去了露西娅。约翰·保罗摇头回答,不,不后悔。

"我不后悔。我把人命放在天平上称过,一边是我们世界的人命,一边是充满敌意的贫困国家的人命。我是在头脑完全清醒的状态下,睁着眼睛做出的选择。我做这个选择的时候已经清楚地认识到了,这个选择意味着有多少条人命要贴在我的后背上。一旦明白了自己能拯救的是什么,我就不能逃离这个使命。"

"接下来你准备怎么办?"

"我准备一个人承担所有。但如果像露西娅希望的那样让全世界知晓,那么接下来面临选择的就是其他人了。让他们去判断在尸体之上构筑远离恐怖袭击的世界是对是错吧。"

"这样一来你的重担就放下了?"

"怎么可能!已经犯下的罪过是逃脱不掉的。"

我们一刻不停地往前走。

世界应该会越变越好吧?尽管偶尔会陷入混乱,稍有倒退。但长期来看,如相对主义者所说的那样,人类文明受其每时每刻独立的价值观左右,各个时代没有什么绝对的好与不好。文明、良心会和杀戮、犯罪、盗窃、背叛之类的本能相互竞争,但世界还是在往爱他和利他的方向进步。

但我们的道德还没有充分发展到那个地步。我们还算不上完全的道德主义者。

我们还能对很多东西视而不见。

约翰·保罗拖着不中用的脚,拼命紧跟我的步伐。他大喘着气,破天荒地问了我一个问题。

"那你准备怎么办？在这次行动结束之后。你还会继续搞暗杀吗？为了维护世界和平？"

"我根本就没有维护过世界和平。我只不过是接受指令才一直暗杀到现在。"

"接下去呢？会不一样吗？"

"不知道。"我诚实地回答，"但很多事情能看得更清楚了。我想是这样。"

突然，我们走到了密林的终点。

那里有宽广无垠的天空。天就要亮了，地平线开始泛白。

一辆吉普车停在草原的另一头。由于离得远，看得不是很清楚，但依稀可见两个军人站着等候。根据事前决定的作战计划，他们应该是从坦桑尼亚派来的军人。

我歇了口气，和约翰·保罗一起横穿平坦的草原。

接着，一声干巴巴的破裂声响彻天际。

一个人正用枪口指着我们。我回过头，看见约翰·保罗应声倒地，额头上开了一个小口。

"谢泼德上尉，作战结束！辛苦了！"

黑人士兵说。他是特殊检索群 i 分遣队的一名下士。

"威廉姆斯呢……"

我精神恍惚地问。

"听说已经死了，是安全局编队监听的无线通信里说的。"

疲惫侵蚀了我身体的角角落落，我仿佛变成了一块蜡。我登上吉普车，瘫坐在座位上，一股强烈的倦意向我袭来。亚历克斯、露西娅、约翰·保罗。一切在我眼里仿佛都成了遥远的过去——在那个时候体会到的感情；在那个时候领悟出的道理。然而一切都失去了真实性，仿佛幻化为紧贴于车壁的快照写真，还原为整体极为微小的一部分。

"出发吧！"

吉普车缓缓前行，地平线彼岸开始泛白。刹那间，我感觉只有坦桑尼亚的草原是真实的世界，只有这草原在无尽延伸，而我的足迹踏访过的布拉格、巴黎、华盛顿、乔治敦，都不过是被冠以文明之名的噩梦。

约翰·保罗大概会花上好长时间，在吉普身后的草原中渐渐腐化吧？烧焦的尸体不会腐化，做过防腐处理的母亲也不会腐化。然而约翰·保罗却可以魂归大地，单从这一点看，他真是比那些尸体要幸运得多。

尾　声

这便是我的故事。在讲述完之后，我觉得我确实讲述过。

我辞职离开军队，没人挽留。从那次作战行动归来，我感觉有什么东西从自己体内被抽走了。可惜我觉察得太迟，在这之前，已经有很多战友在痛切地讲述心理咨询的必要性了。

我对这所有的一切都漫不经心。回到美国以后，人们使用的语言平淡无奇、喋喋不休而且不得要领，我实在受不了。我无法跟身边的人交谈，不久便放弃了和人说话。

我就这样一直闭门不出，精神恍恍惚惚。终于有一天，我收到了一个 ID 和一条密码。信封上有一排压纹，和看上去很昂贵的信息安全公司的商标。这家公司和母亲签过合同。

收件人是我。

信封上有如下说明：依据个人信息保护法修正案第四条，在生前没有特别指定的情况下，死者去世三年后将对其信息进行公开。由于死者登录时指定的个人信息公开对象中排在第一位的是我，于是该公司将艾丽莎·谢泼德的账户转让给了我。

在我们这个一切都被记录并长时间保存的社会，像这样收到来自过去的"惊喜"时常发生。交通事故也是如此，谁也没想过自己会遇到这样的惨祸。我也是这样。

我不认为母亲有什么想要传达给我的。被排在个人信息公开对象的第一位也只不过是因为父亲早已离开人世，而我是她的儿子罢了。

这封信对我来说意味着双重打击。

一个是母亲的记录本身。

另一个是它意味着在决定母亲生死的关头，我没有申请阅览母亲的记录。

当母亲踏往延伸于存在与虚无的中间地带，而这个世界无一生者能够认知抑或体验——我本可以依法向信息安全公司提出申请，尽情阅览母亲的人生图表。因为法律和信息安全公司预设了合同签订者丧失意识或处于近乎丧失意识的医学状态下的情况。

可是，我却没有申请。我没有阅读母亲的人生图表，便为母亲选择了死亡。

那个时候，我何以恐惧阅读母亲的记录？到现在已经想不起来了。只是有一种木然的恐惧席卷全身。

现在，我还在恐惧吗？也许还在恐惧吧！只不过，在经历了露西娅·斯科罗普和约翰·保罗的死之后，这种恐惧附带了不同的含义。

收到信的那个午后出奇的静寂。是否使用账户登录母亲的空间浏览记录？我感觉仿佛有什么人——恐怕是死人们——正屏息注视着我。

然后，在逡巡了一刻钟之后，我登陆进去，向人生图表发出指令，开始生成母亲的传记。

在密林里，约翰·保罗递给我一本笔记本。我从头到尾哗哗翻了一遍，略略看去，上面写着难以弄懂的专业术语，实在让人费解。

然而，笔记里书写的建议竟给予了我力量。

不知缘何，议席领袖引退的理由被曝光了。于是国家开始运作调查委员会，举行公开听证会。这个政治家被拽到公众面前的时候，他义正词严地说了一番话。他说，像这种壮观的战争是时常必要的。在某个地方爆发战争，尤其在一个与己无关的地方发生惨绝人寰的战争，是必要的。我们只有意识、目击到这些战争，才能约束规定自我。

他说的不是那些陈词滥调，不是为了抵御敌人而呼吁举国团结。参议院议员说，在大海的彼岸，战争漠然无际地蔓延开去。我们总能从某处听到战争的声音，就好像在商场里始终伴随着背景音乐一样。二十一世纪的我们需要世界以这种方式存在。而约翰·保罗也许能帮助我们实现永无停息的战争。

身为原特种部队队员、执行暗杀命令的合众国极密部队的前队员，我得到不计其数的机会，在议会公听会的大舞台上反复讲述自己的故事。华盛顿因为我说的话，陷入二十一世纪以来最大的绯闻。我的所作所为违反了国家机密法。于是，"美国情报部队上尉克拉维斯·谢泼德"被起诉。

但结果，司法之手并未前来迎接我。因为美国全境引发暴动，一切突然变得一发不可收拾。州军公然向普通市民开炮，军队兵器库被狂乱的暴徒侵占。

我在死人们寂静的注视下,开始阅读。
计算机软件讲述的母亲的人生。
总在注视着我的那双眼睛的故事。
但是,那里面竟没有属于我的位置。
母亲视线的痕迹、母亲常常注视着我的感触——人生图表讲述的母亲故事简直背叛了我儿时的切身感受,里面几乎没有出现我。

偶尔会出现一言半语记录一件有关我的大事,但那是最低限度的字句。在母亲的记录里活着的并不是我,而是父亲,毫无疑问是那个给自己脑袋开了一枪突然从母亲生命中消失的父亲。

母亲并没有关注我。

现在我可以肯定,是母亲拭去了墙壁上成为血的父亲。

人,无论是谁,都在自己的故事里编织着他人的故事。比如我的故事里有母亲的故事、威廉姆斯的故事、露西娅和约翰·保罗的故事。但母亲的故事里没有我的故事。

我开始在混乱不堪中试图理清自己过去的思绪。母亲始终觉察我的心情,我在肩头感觉到的视线,都应该是真的。我现在清晰无比地记得,有一次母亲的视线通过绝妙的角度从厨房穿过走廊、卫生间,在一刹那与我的视线相遇,使我脊背感到一阵冰凉。简直像交战中的狙击手在决战瞬间因某种恐怖的机缘巧合越过观测镜相互对视带来的战栗。

可那视线毕竟象征着母亲对我的爱，而软件吐诉的母亲故事里，却没有一丝视线的痕迹。

那么，视线究竟算作什么？

作战结束后，我一直深信自己空有外壳，失去了灵魂。可那还不算真空。现在我陷入了前所未有的真空。

约翰·保罗的笔记完美地填补了我的空虚。或者，是约翰·保罗的笔记找到了我的空虚。

我满足于在新闻链接上用适当的语法讲述我的故事。在约翰·保罗留下的笔记里，长眠着能够生成屠杀语法的编辑。

约翰·保罗应该就是用这个在不同国家的不同语言中投下死亡之影的。我学着以前约翰·保罗所做的，开始编织屠杀故事。

写出的原稿从某种意义上说是乐谱。我尽量让它类似于音乐，让诉说听上去像歌唱。我一边强烈地感受着节奏和旋律娓娓诉说，一边祈祷：希望你们像美国以外的那些人一样相互残杀。我还在想，如果有人能发现我的诉说里包含着祈祷，我的诉说相当于某种歌唱，就好了。

我的语言嵌入文字，渐渐渗透进美国这一巨大的信息网。我的语言、我的歌唱通过录像、音频，传入每一个登录公听会记录的人的耳朵，而人耳无眼睑。

丑闻早就不是问题所在了。屠杀语法犹如一把神器，毫不犹豫地将这个没有半点内战预兆的国家带入混沌，迅速且自发。

已经有很多人在美国这片土地上死去了。网络还没有完全瘫痪，上面报道着"可能随时进入内战状态"的消息。但可以称得上屠杀的大量杀戮还没有爆发，但离那一步也已不远。

星巴克的永恒性、达美乐比萨的普遍性都不复存在。因为早就认识到这一点，我在家里囤积了满当当的食品。很多盗贼冲着食品而来，我用来福枪将他们射杀。尸体倒在门口，我也烦于处置就放任不管了。

英语的屠杀深层语法，转瞬间覆盖了全美。

在这之后的一段时间里，大概不会有人想在美国搞恐怖活动了吧？美国的进口完全停滞了，让世界任何国家都讨厌的麻烦也无法制造了。

我选择了背负罪孽，选择了惩罚自己，选择了将对世界构成威胁的美国这一火种投进屠杀的坩埚。为了拯救美国以外的所有国家，我忍痛选择了把同胞推入霍布斯式的混沌。

这是无比艰难的决断，但我已决心背负这一决断。好比约翰·保罗决心背负美国以外的性命一样。

外面，远处，传来轻机枪自动送弹的声音。吵死了！我一边在心里埋怨一边躺在沙发里吃比萨。

但是，我想到在美国以外的地方应该是安静的吧，心中便多了一份祥和。

献给在我困难时给予我支持的父母、亲人。